阅读，认识你自己

Lege, temet nosce

夜莺书店

〔英〕维罗妮卡·亨利 著

王思宁 译

北京联合出版公司
Beijing United Publishing Co.,Ltd.

谨以此书献给我敬爱的父亲

威廉·迈尔斯·亨利

1935-2016

阅读就是一切。

by_ 诺拉·依弗朗

目录

Contents

序曲

1983年2月

若是一年前有人告诉他，今天的他会站在这里——一处空店前面，推着宝宝的婴儿车，慎重地考虑买下店面，他是绝对不会相信的。

能买下这辆婴儿车，也是他的运气。他一向留意牛津富人区的旧物甩卖，因为这份好奇，他必须去看看。卖给他车的，是一对夫妇，将要带着两个孩子搬去巴黎。婴儿车几乎是全新的，非常高级，女王可能会用的那种——或者应该说，女王的保姆会推这种车。女主人说只要五英镑。朱利叶斯很肯定，它不止这个价，她只是太善良了。不过，最近的事教会了他，要接受别人的善意。要在别人改主意之前，欣然接受。于是他买下了婴儿车，用米尔顿宝宝消毒片认真地擦了一遍，即使车本来就很干净，然后他又买了全新的床垫和毯子，就这样，他的宝贝有了个完美的巢——直到她学会走路。

小孩子多大能学会走路呢？问黛布拉是没用的——他母亲不食人间烟火，只待在她那广藿香浸润的韦斯特伯恩格罗夫地下室公寓里，他的童年在她记忆里也是模模糊糊的。黛布拉说，朱利叶斯两岁时已经会读书了，他并不怎么相信这传奇之说。不过，在他记忆里，自己确实一直会读书。读书对他来说，就像呼吸。说到育儿，他就不能指望母亲给他什么建议了。他总觉得，他能好端端地长大，也是个奇迹。她经常把他一个人留在小床上，自己在傍晚时去街角的红酒吧。“能出什么事呢？”她这样问他，“我才离开你一个小时。”也许正因如此，他对女儿的保护欲才如此之强。即使是视线离开她一秒钟，他都不愿意。

他又打量了打量四周光秃秃的墙。潮湿的气味弥漫在空气中，而潮湿是致命的问题。通往夹层的楼梯已经腐朽了，他还被告知，那段楼梯不能走。阳光透过大门旁的两扇落地窗洒进商店，照亮了金色的橡木地板和天花板上华美的纹饰。空气中的尘埃让它有如来自天外：一家鬼店，等待，等待什么事情的发生，等待一次转变，一次翻修，一次新生。

“店面原来是开药铺的。”经纪人说，“后来又开了古董店。说是古董——可是我这辈子都没见过那么多垃圾。”

他确实应该征求一些专业意见。做一次建筑结构检测、问一问做防潮层的估价——可朱利叶斯感觉轻飘飘的，他的心在怦怦直跳。就是这里了。他找到了合适的地方。他和宝宝住在楼上的两层再合适不过了，就在商店的楼上。

他们的书店。

他在三周前开始搜寻，因为他意识到，他跟女儿要过上正常的生活，就必须开始采取积极行动了。他考虑了自己的经验、潜力、资产，还有作为单亲父亲的特殊情况，最后决定他只有一个选择。

他去了图书馆，拿了一份广告黄页放在桌上，旁边是详细的国家地图。他以牛津为中心，画了一个半径为十五英里的圈，思考圣诞镇、达克灵顿、古溪这些地方适不适合生活。接着，他梳理了周边有记录的书店，在书店所在的镇画了个十字。

他列出剩余没有书店的镇，一共有六个。接下来，他每隔几天去考察一个镇，转好几趟公交才能到。前三个镇都黯然而没有灵气，他差点失望到放弃找寻，但匹斯布鲁克这个名字让他觉得很舒心，于是他决定，在放弃这个追求前，最后再试一个地方。

匹斯布鲁克在科兹沃尔德山区的中央，坐落在他画的圈外缘：他所能接受的地方里最远的。他下了公交就去找商业街。商业街街道宽阔，树木成荫，错落的金色建筑布满街道两旁。有几家古董店，一家老式肉铺——窗口挂着兔子、野鸡、腊肠，还有一家大型驿站，几家餐厅，一家奶酪店。妇女协会在市政厅前开甩卖会：她们摆开折叠桌，桌上放的大蛋糕涂着足足的果酱，新鲜的蔬菜还粘着泥土，草本盆景盛开着紫色的、黄色的花朵。

匹斯布鲁克充满活力，人们以一种安静却有目的性的方式奔忙着，就像夏日午后的蜜蜂。大家会在街上停下来互相交谈。餐厅里气氛愉悦，生意红火。收银柜似乎在叮当作响：人们热情地购物，似乎很享受消费。一家雅致的饭店门外种着一棵月桂树，漂亮的菜单摆在玻璃柜里，用以介绍法国新式菜系。甚至还有一家小剧院在演王尔德的《认真的重要性》。不知怎的，朱利叶斯觉得这是个好兆头。他很爱奥斯卡·王尔德，还写了一篇关于王尔德的专题论文——《论奥斯卡·王尔德对威廉·巴特勒·叶芝的影响》。

他把这部剧当作对他的暗示，继续探索这里的街道，以防调查不够彻底。他心里害怕，下一个转角他就会看到不想看到的东西。他一来到匹斯布鲁克，就想把这里变成他的家——他们的家。不过，这样美好的地方怎么会没有书店，倒是个谜。

毕竟，没有书店的镇子就是少了颗心脏。

对匹斯布鲁克的所有人来说，多一家书店都是好事。朱利叶斯看着街上的每一个人，想着他们都是潜在的消费者。他可以想象到，他们拥进书店，请他推荐书，可以想象他将顾客的书装进袋子里，了解他们的好恶，为一位顾客留下一本书，因为他知道这位顾客肯定会喜欢它。他会看着他们在书店里逛，目睹他们发现一位新作家、一个新世界时的喜悦。

“房主可能接受不高的价格吗？”他向房屋中介问道。中介耸了耸肩。

“可以问问看啊。”

“这房子得好好翻修。”

“这点会纳入价格考虑的。”

朱利叶斯说出他给的价格：“这是我的最高价位了，也是唯一的，再高我就付不起了。”

四周后，朱利叶斯去签合同，他不禁觉得惊讶。他从没想过，自己会独自一人（好吧，他还有母亲，但她帮忙的能力跟巧克力茶壶差不多）带着一个婴儿，开书店。宝宝伸出海星般肉肉的手，他让她攥住自己的手指，心里想：真是美好的生活。命运确实很奇妙。

若是两年前的那天，他没有在那一刻抬头；若是他没有转身，而是继续整理旅游书籍，让同事去帮那个一头克里斯蒂娜·罗塞蒂般红发的女孩……

六个月后，他经历了几周的尘土、污垢、木匠活儿、打扫、粉刷，付了几张让他心疼的账单，好几次恐慌发作，接了无数次货物，终于把商店的招牌重新挂了起来，深蓝和粉色的牌子上写着“夜莺书店”。招牌上的空间不够写“为独具慧眼之人提供读物的书商”，可他的角色正是这样，一个书商。

世界上最棒的书商。

第一章

三十二年后……

等一个人死的时候，你该做点什么?

坐在任何人都不会觉得舒服的塑料椅子上，等待他咽下最后一口气，因为已经没有任何希望了。

做什么事似乎都不合适。走廊尽头有间看电视的屋子，但去看电视似乎太残忍冷漠了，而且艾米莉亚也并不爱看电视。

她不会针织，也不会绣花，也不爱玩数独。

她不想听音乐，怕打扰到他。即使是最好的耳机，也会漏出一些声音。在火车上都令人厌烦，恐怕对将死之人来说更是如此吧。她不想用手机上网，那可是二十一世纪最不礼貌的事。

而地球上所有的书都无法让她静下心来读。

于是，她坐在他的床边，打盹。她时不时惊醒，被一股恐惧席卷，怕她错过了那一刻。然后她会拉着他的手，但只持续几分钟。他的手干、凉，在她的手中一动不动。最终，它会变得沉重，她不禁忧伤起来，就会再次让它落在床单上。

然后她会再次睡着。

偶尔，护士会给她拿杯热可可，不过这名字实在是叫夸张了。杯子里的东西不热，而是温的，而艾米莉亚很确定，它的制作过程没有伤害到一颗可可豆。它只是浅裸色、微微发甜的水。

乡村医院夜里灯光很暗，染着一层病态的昏黄。暖气温度太高，小小的房间让人喘不过气。她看了眼单薄的被单，印着橙色和黄色花的图案，盖在下面的，是她的父亲，一动不动，那么瘦小。她看得到他头皮上卷曲的几缕头发，已然没了颜色。他的头发一直是他身上的特色之一。他考虑给人推荐什么书时，或是站在一个展台前，思考该往上面摆什么书时，或是跟客户打电话时，总是用手指梳着头发。他的头发是他不可或缺的一部分，就像他总要戴着的那条淡蓝色羊绒围巾，在脖子上绕两圈，即使围巾已经被蛾子占领过了。艾米莉亚一发现蛾子的苗头，就赶快消灭它们。她怀疑家里的蛾子是她去年冬天从慈善商店买的那件棕色厚天鹅绒外套带来的，她买的东西损坏了父亲心爱的物件，这让她觉得很愧疚。

他那时候就开始抱怨不适了。好吧，并不是抱怨，因为他并不是哀怨的人。艾米莉亚表示担心，而他以一贯的斯多葛主义回应，她便没再多想，登上了去香港的飞机。直到上周，一个电话把她叫了回来。

“我觉得，你得回家来。”护士在电话里这么说，“你父亲知道我打电话给你，肯定会大发雷霆。他不想惊动你，但是……”

这一个“但是”就道出了一切。艾米莉亚搭上了第一班回家的飞机。她到的时候，朱利叶斯假装生气，但那只是表面的，他握着她的手，握得好紧好紧，她全明白了。

“他不想接受现实。”护士说，“他确实是个斗士。我很抱歉。我们在尽力让他舒适一些。”

艾米莉亚点点头，终于懂了。尽力让他舒适，不是让他活下去。舒适。

他现在似乎没什么疼痛，没什么不适了。昨天他还吃了些柠檬果冻，一勺一勺的绿色果冻颤抖着送到他嘴边，他都急切地吃了下去。艾米莉亚想，一定是因为果冻滋润了他干裂的嘴唇和同样干燥的舌头。他伸着脖子，张开嘴去够勺子，她觉得自己像是在喂一只小鸟。之后，他躺下来，累得够呛。那是很多天来他第一次吃东西。支撑他生命的，只有一系列复杂的止痛药和镇静剂。这些药不是什么好兆头，她有时候怀疑它们是否有效。父亲时不时表现出不安，她不知道是因为疼痛，还是因为知道自己时日无多，但这时她知道药不管事。即使很快做出调整，也从来都不会快速起效。这又会让她不安。这是一个永远不会结束的死循环。

可这个循环是有尽头的。路口已经过了。祈祷康复是没用的。即使是最乐观、最相信奇迹的人，现在也该知道没用了。所以，现在能做的，只有祈祷他痛快、舒适地离去。

护士掀起被单，看看他的脚，用轻柔的手指摸了摸。护士看艾米莉亚的眼神告诉她，不需要等太久了。他的皮肤是苍白的灰色，就像大理石雕像的颜色。

护士放下被单，揉了揉艾米莉亚的肩。然后她就走了，她也没什么好说的。能做的一切他们都做了。至少没人能看出他疼。环境沉稳、安静，将死之人还是让人敬畏的。但是谁又能猜出，快要离世的人想要什么呢？也许他想听他最爱的埃尔加的作品，也许他想循环听 BBC 的海域天气预报？也许他想听护士们八卦、斗嘴，谈她们昨晚去了哪里，下午茶又要做什么吃？也许思考自己即将到来的死亡以外的事，听些完全没用的小事，才会很舒心？

艾米莉亚坐着，思考她怎样才能让他在离世之时感受到爱。如果她能把自己的心掏出来给他，她会的。这个伟大的男人给了她生命，也是她生命的全部，现在却要丢下她一个人。

她对他低语，讲回忆，讲往事。她给他讲故事，背他最爱的诗。

跟他说书店。

“我会替你照看它的，”她说，“我保证书店绝不会关一天门，只要我活着就不会关。我也绝不会卖给伊安·曼迪普，不管他给多少钱。书店才是最重要的，全世界的钻石都比不上它。书比珠宝要珍贵得多。”

她真是这么想的。一颗钻石能给你带来什么？短暂一瞬的耀眼。钻石的闪耀只有一秒，而书的闪耀是永恒的。

她怀疑伊安·曼迪普这辈子都没读过一本书。

想到那人在她父亲脆弱的时候给他施加了多大的压力，这让她很生气。朱利叶斯试图掩饰，但她知道他为这事而不安，担心书店，担心他的雇员，担心他的顾客。书店店员们告诉过她，他为这事有多焦心，她再次骂自己当初不在他身边。现在，她下定决心要安抚好他，让他离去时了解，夜莺书店会被照看好的。

她换了个舒服些的坐姿，俯身向前，在床角趴下，头枕在手臂上。她没想到自己这么累。

凌晨两点四十九分的时候，护士来碰了碰她的肩。这一碰，她就明白了。艾米莉亚不确定自己当时是睡着的，还是醒着的。到现在，她都不确定自己是睡着的，还是醒着的，她感觉自己像是在别处，好像一切都浸在蜜里，慢吞吞的。

一切形式上的事都办完，给殡仪师打过电话以后，她走进清晨，空气像太平间一样凉飕飕的，连日光也是晦暗的。似乎整个世界的色彩都被洗去了，直到她看到医院出口旁的红绿灯从红色变成黄色，再变成绿色。声音都像是蒙在什么东西里面，她感觉像是游完泳，耳朵里进了水。

这个世界没了朱利叶斯，会变得不同吗？她还不知道。她吸了一口气，他已经不再呼吸这空气了。她想到他宽广的肩膀，她小时候骑在他肩上，脚后跟踢着他的胸膛，让他快点跑，她的手指埋在他那落在领口的浓密头发里，他三十岁头发就开始花白了。她拿着他每天都戴的普通银表，腕带是鳄鱼皮的。最后的日子里，她把手表取了下来，怕伤到他薄如纸的皮肤，把它放在床头的桌子上，怕他需要看时间，因为这块表比护士站的挂钟走得好。这块表的时间藏着许多诺言，但这块表有魔力的时间也无法帮他避免逃不过的命运。

她上了车。副驾驶座位上有一袋黄油薄荷糖，是她带来给他的。她剥开一颗，丢进了嘴里。昨天早饭之后，这还是她第一次吃东西。她狠狠地吮着糖，直到糖剐到了她的上颚，轻微的不适让她享受片刻的遗忘。

驶进匹斯布鲁克商业街时，一包糖已经被她吃掉了一半，她的牙都粘得黏黏的。小镇被珍珠灰色的黎明包裹。这样的匹斯布鲁克看起来黯然阴郁，金色的砖瓦需要有阳光照射才能亮起来。在微光中，这座小镇就像蔫了的壁花，不过，过几个小时，它就能光彩照人，惊艳四座，让所有人为之倾倒了。它是典型的英式小镇，古色古香，橡木的门廊、门窗有中梃，还有格子窗；铺着鹅卵石的人行道；红色的信箱；一排排修剪整齐的柠檬树。这里没有平顶的难看建筑，没有一处碍眼的景观，只有魅力。

这栋三层高的对称建筑有着一扇深蓝色的门和两扇落地窗，坐落在横跨匹斯布鲁克商业街的石桥边，小镇正是根据这条街命名的。艾米莉亚站在门外，抬头看这栋楼，这是她一辈子唯一的家，沉睡的镇子里，清晨的微风是唯一的动静。不论她身处世界的哪个角落，不论她在做什么，书店楼上，她的房间总在那里等着，她的大部分东西都还在那儿放着，积攒了三十二年的所有零零碎碎。

她悄悄从侧门进去，站在铺着瓷砖的地上愣了一会儿。她面前的门通向楼上的公寓。她还记得，小时候父亲牵着她的手教她下楼。花了几个小时的时间才走下来，但她很倔强，而他很有耐心。她还记得，上学的时候，自己总是跑着下楼，一步跨两个台阶，背着书包，手里还拿着一个苹果，总是快要迟到。多年后，她从派对上回来，光着脚溜上楼去。朱利叶斯并不严厉，也不爱吼她。只是，一个十六岁的女孩，稍微喝多了些苹果酒，在凌晨两点回家，都会选择溜进门的。

她的左边，是书店收银台后的那扇门。她把门推开，进了书店。清晨的阳光从窗子里透进来，犹豫娇羞。屋里的空气流动起来，艾米莉亚有些微微发抖。她似乎有所期待：每一次踏进夜莺书店，她都有这种时空交错的感觉。不论她想去哪里，想什么时候去，都可以实现。只不过，这一次她做不到了。她可以放弃一切回到过去，回到一切安好的时候。

她感到，店里的书在询问，是否有什么消息。他不在了，她想告诉它们，可她没有，因为她不确定自己能说出话，还因为那样做会很傻。书可以给你讲故事，告诉你你需要知道的一切，但没人会跟书讲话。

站在书店中央，她渐渐感到一份安逸在心中落下，那是一种抚慰她灵魂的冷静。朱利叶斯仍然在这里，在书页中、在竖立的书脊中。他说他了解店里的每一本书。他可能并没把每一本都通读，但他明白每本书为何在这里，作者写书的初衷是什么，因此，他知道谁可能会喜欢它，从最简单的儿童纸板书，到最厚重、最难以读懂的大部头，他都知道。

地上铺着深红色的地毯，如今已经老旧暗淡了。一排排木制书架沿墙排列，直抵天花板。——店里有一架梯子，专门用来取书架顶层不常见的书。虚构类书籍在店门口，参考书在最里面，中间的桌上展示着烹饪书、艺术书、旅游书。楼上的夹层里，收藏有初版书和稀有的二手书，锁在玻璃展示箱里。朱利叶斯在木制收银台后面统治着这个书的王国。他身后堆码着人们订购的书，用棕色的纸包好，拿绳子捆着。收银台处还有个雕饰华美的老式钱柜，打开时会叮叮响，这是他在旧货店里淘到的，他早就不用它了，但还是留着，做装饰。偶尔，他会往里面放些糖小鼠，店里有孩子表现特别好时，奖励给他们。

收银台上总是放着半杯咖啡，他喝到一半，一跟人谈起话，就忘记了咖啡，把它放凉了。人们经常进店里来找朱利叶斯聊天。他能提供很多建议、知识、智慧，更重要的是——善良。

书店就这样成了匹斯布鲁克以及周围地区的人经常拜访的“圣地”，不论是哪个社会阶层的人。镇子里的人都为这家书店自豪。它是一个舒适而熟悉的地方。人们也很尊敬店主，甚至可以说很爱他。三十多年来，他一直为他们提供精神和心灵食粮，最近几年还有了几个助理的帮助。温暖、快活的梅尔，把书店打理得井井有条；瘦高的戴夫是不折不扣的哥特风，他对书的了解几乎跟朱利叶斯一样多，但不怎么说话——不过，他一说起来，就没人拦得住了。

父亲仍然在这里，艾米莉亚想道，他活在这数不清的书页中。这里的文字，只能以百万千万来计数。这些文字，还有多年来它们带给人们的收获：逃避、娱乐、教育……他转变了许多人的思想，改变了他们的人生。她得接过他的火炬，以这种方式让他活下去，她对自己发誓。

朱利叶斯·南丁格尔会永远活下去。

艾米莉亚离开书店，上楼进了公寓。她好累，都没有力气泡杯茶。她得躺下来，梳理思绪。她还没有什么感觉，没有震惊，也没有伤痛，只感到一种麻木的沉重在拖着她。最坏的事发生了，全世界最糟糕的事，可是地球似乎还在运转。渐渐亮起的天空向她传达了这一信息。她还听到鸟鸣声，它们欢快地宣告又一个黎明的到来，她却皱了皱眉。太阳该不会再次升起了吧？世界会永远暗淡下去吧？

所有房间似乎都没了一丝温度。厨房里的古董松木桌、老旧的组合橱柜，冰冷、朴素。客厅的窗帘半拉着，似乎在生闷气。艾米莉亚不敢看沙发，怕上面还残留着朱利叶斯的痕迹：她数不清有多少次，他们两人蜷卧在沙发上，喝茶，喝热可可，喝葡萄酒，翻看着正在读的书，留声机播放着勃拉姆斯、比莉·荷莉戴，或是琼妮·米切尔。朱利叶斯从没彻底接受现代科技：他爱黑胶唱片，仍然珍爱他的根德罗摩天籁[1]球形音箱。不过，它们已经沉寂了有一阵了。

艾米莉亚又上了一层，走进她的卧室，掀开被子，爬上了她的高铜床，这张床自记事起就是她的。她从一堆抱枕中拉出一个来，紧紧抱着，是为了暖和些，也是寻求安慰。她蜷起来，把腿抱在胸前，等着眼泪落下。可是她没等来。等啊等，眼睛还是干的。她想，她一定是个怪物，连哭都哭不出。

不知过了多久，她听到有人在轻叩公寓门，醒了过来。她是

---

1 根德罗摩天籁：Audiorama，音箱系列名称。

被惊醒的，还纳闷自己为什么穿戴整齐地躺在床上。想明白时，就像胸口被重击了一拳，她好想回到刚醒来时迷糊的那一瞬间。但是她还有要见的人，要干的事，要做的决定。还是要去开门。她穿着袜子就跑下楼，赶忙打开门。

“亲爱的。”

朱恩。可靠、可敬的朱恩，她自三年前退休后搬到匹斯布鲁克，一直算得上是夜莺书店最好的顾客。朱利叶斯病危住进乡村医院时，她接手了书店。朱恩经营自己的公司四十多年，很乐意跟梅尔和戴夫一起代管书店。她体态轻盈，一头浓密的深色头发，手臂上戴着好多银镯子，她看起来一点也不像已经七十岁了，至少要年轻十岁。她有着二十岁的精神头儿、科学家般的头脑、雄狮般的勇气。艾米莉亚一开始还觉得朱恩和朱利叶斯之间可能会萌生爱情——朱恩离过两次婚——但他们之间的友谊一直很坚实，不掺半点男女之情。

艾米莉亚意识到，她应该当时就给朱恩打电话的。但她没那个劲儿，说不出口，更没那个心情。她现在仍然做不到。她只是站在那里，朱恩给她一个拥抱，她的怀抱像她身上的羊绒套头衫一样温暖而柔软。

“可怜的宝贝。”她轻声说着，这时艾米莉亚才哭了出来。

“今天没必要开店。”过了一会儿，艾米莉亚的啜泣差不多过去了，终于同意去给自己弄点早餐时，朱恩说。可是艾米莉亚坚持要开门。

“周四来的人很多的。这可是赶集日。”她说。

最终，开门还是件好事。平时说个不停的梅尔震惊得不言不语；而话不多的戴夫，一口气说了五分钟，讲朱利叶斯如何教会了他一切。梅尔打开收音机，转到古典乐频道，这样他们就没必要想办法避免尴尬的沉默了。戴夫展示了他的众多秘密才能之一，用书法字体写了一张公告贴在窗上：

我们怀着沉痛的心情宣布

朱利叶斯·南丁格尔在与疾病的短暂斗争后

平静离世

他是一位深受爱戴的父亲、朋友、书商

他们稍晚一些开门，但还是营业了。一天里，不断有顾客进店来，表达他们的敬意，跟艾米莉亚说节哀。有人带来了卡片；有人送了砂锅菜和一整罐自制松饼；还有人在柜台上留了一瓶夏瑟尼－蒙哈榭，她父亲最爱的葡萄酒。

艾米莉亚不需要别人说，也明白她父亲生前是个伟大的人，但是一天下来，她发现他认识的所有人都是这样想的。梅尔在里间办公室里泡了无数杯茶，用餐盘端到店里来。

关门时间过了许久，他们才终于把“营业中”的牌子翻成了

“休息”，这时朱恩对她说：“来我这儿吃晚餐。”

“我不是很饿。”艾米莉亚说，她完全对食物提不起兴趣。

朱恩却不答应。她把艾米莉亚拉起来，带回了自己位于匹斯布鲁克镇郊的宽敞平房。朱恩是那种随时备好牧羊人馅饼，可以马上放进炉子里的人。艾米莉亚得承认，她吃了两份之后，确实有劲儿多了，这下她才有精神商量她不想面对的事情。

“我没法面对盛大的葬礼。”她沉默了一会儿，才说出口。

“那就不搞大的，”朱恩边说边挖出香草冰激凌，放在布丁上，“办个私密的小葬礼，过几周再办一个追念仪式。那样会好很多。你也有时间好好组织。”

一滴泪落进了艾米莉亚的冰激凌里。她擦掉了下一滴眼泪。

“没有他，咱们该怎么办？”

朱恩递给她一罐咸焦糖糖浆。

“我不知道，”她说，“有些人的离去比一般人更让人难以承受，你父亲就是如此。”

朱恩留她过夜，但艾米莉亚想回家，在自己的床上伤心总是要好过一些。

她打开客厅的灯。客厅里的墙是深红色的，挂着织锦的长帘，这里的书似乎比书店里还多。两面墙都被书架完全遮住，每件家具上都摆着高高的书堆：窗台上、壁炉台上、钢琴上。钢琴旁是朱利叶斯心爱的大提琴，静静地坐在琴架上。她摸了摸光滑的琴木，意识到上面满是灰尘。她明天会拉的。她拉得不如父亲好，但她不想让琴这样安静下去，她知道，他肯定也不想。

艾米莉亚走到她的专属书柜前——虽然很久以前就满得摆不下任何一本新书了。她抚摩着每本书的书脊，想找一本安慰心灵的读物，那种能将她带回童年的书。萝拉·英格斯·怀德不行——现在读到写高大、善良的爸爸的文字，她是受不了的。弗朗西丝·霍奇森·伯内特也不行——她书里的女主角都是孤儿，艾米莉亚意识到，她现在也是孤儿了。她拿出她的最爱，红色的布面书套，烫金题目印在书脊上，年代久了，书有些变形，书页都黄了，《小妇人》。她坐在壁炉旁的环形靠背椅上，把腿搭在扶手上，脸颊靠着天鹅绒的椅垫。没几分钟，她就飘去了数百年前，数千英里外的波士顿，坐在炉火旁，跟乔·马奇和她的姐妹们以及她们的妈妈一起……

之后的一周结束时，艾米莉亚只觉得被掏空了，疲惫不堪。每个人都那么好，那么照顾她，都给她讲朱利叶斯多么地好，但这对她来说太累了，一种情绪上的劳累。

火葬的时候举行了一个小型葬礼，参加的人只有从伦敦坐火车赶来的朱利叶斯的母亲黛布拉，艾米莉亚上学时最好的朋友安德利亚，还有朱恩。

去参加葬礼前，艾米莉亚在镜前端详自己的模样。她穿着黑色军大衣、闪亮的马靴，深红色的头发搭在肩上。睁大的眼睛下面有些泪痕，浓密的眉毛和睫毛映衬双眼。因为钢琴上摆的照片，她知道，她的发色、肤色随母亲，轻巧的骨骼结构和厚嘴唇随父亲。她用颤抖的手戴上他去年圣诞节送她的耳环，打开别人送的那瓶夏瑟尼－蒙哈榭，饮尽了一杯，又套上颜色与她发色相称的假狐皮外套。她犹豫片刻，想着自己是不是打扮得太像古装剧里的群众演员了，不过还是决定不管了。

第二天，他们送朱利叶斯的母亲上了回帕丁顿的火车——黛布拉不喜欢离开伦敦太久——安德利亚把艾米莉亚拉去了匹斯布鲁克之臂，那是一家传统客栈，地上铺着石板和木板，有家餐厅做基辅炸鸡、牛排佐猎人酱汁，还有个甜点小推车。这地方并没有像许多复古店那样，从地板到横梁全部粉刷成复古配色，这给人一种舒适感。它没有刻意伪造复古感。这里温暖亲切，即使咖啡做得很难喝。

艾米莉亚和安德利亚在休息厅的沙发上坐下，点了热可可。

“那，”安德利亚从来都是这样实际，“你下一步的计划是什么？”

“我已经放弃原来的工作了，”艾米莉亚说，“他们没法给我无限期地保留职位，我也不知道什么时候才能脱身。”她之前在香港的一所国际语言学校教英语，“我不能一直那样一个国家一个国家地跑。”

“我没觉得那有什么不好啊。”安德利亚说。

艾米莉亚摇摇头：“我也该整顿整顿自己的生活了。看看咱俩——我还是一个背包走天下，你的事业却干得这么起劲。”

安德利亚刚离开学校时，做了金融咨询机构的电话接待员，之后上了夜校，又自己开办了会计业务。现在，她给过去几年里匹斯布鲁克兴起的许多小商家做会计。她知道大部分人讨厌面对自己的经济问题，所以她的生意很容易找到雇主。现在她已经很成功了。

“别瞎比较了，你打算怎么处理书店？”安德利亚说话可不拐弯抹角。

艾米莉亚耸耸肩：“我没的选。我答应了爸，绝不关门。他要是知道我把书店关了，非得气活了不可。”

安德利亚沉默了一会儿。她再次开口时，声音温柔友好：“艾米莉亚，对临终之人许的诺言不一定要兑现。不现实的话，就不要勉强。当然了，你说的时候是真心的，但书店是你父亲的人生，不一定要成为你的人生。他会理解的，我肯定。”

“我就是无法想象放弃它。我一直知道我有一天会接手，但我大概是以为得等我到父亲这个年纪吧。没想到是现在，我还以为至少还有二十年时间呢。”她感到泪水开始充盈她的眼眶，“我都不知道到底能不能经营下去。我开始看账单了，但我看这些东西都是迷迷糊糊的。”

“我能帮得上的就开口，你知道的。”

“爸总说他弄不清数字，其实我也一样。而且现在的账目很乱，我猜他后来是有些松懈了吧，收据攒了好几个盒子。还有一摞没拆的信封，我还没敢面对。”

“相信我，这种情况我也不是没见过。”安德利亚说，“真希望人们在钱的事上不要逃避。这只能让问题更复杂，最后反而赔进去更多钱。”

“你能帮忙整理就太好了。不过酬劳可不能打折，”艾米莉亚用一根手指指指她，“我要给你付合理的报酬。”

“我很愿意帮你。小时候你爸对我也很好。”

艾米莉亚笑了：“还记得那次咱俩想撮合他跟你妈吗？”

安德利亚对着酒杯扑哧一声：“那要成了，可就是一场灾难。”安德利亚的母亲有点嬉皮士的味道，做些烧香啊、穿飘逸长裙之类的事。安德利亚与她母亲那伍德斯托克的生活态度背道而驰，她是艾米莉亚认识的人里，最传统、最有抱负、最守法自律的。她开事务所的时候甚至把名字从原来的秋（Autumn）改成了安德利亚，因为她觉得没人会认真对待一个名叫“秋”的会计：“他俩在一起就什么都做不成了。”

虽说朱利叶斯人也很随和，有些自由主义，但现在两人想到她们的父母在一起，就笑得停不下来。可十二岁时，她们觉得这个主意棒极了。

笑完之后，艾米莉亚叹了口气：“爸从没找到个伴儿。”

“行了，行了。匹斯布鲁克的所有女人都爱死你爸了，她们全都围着他转。”

“是啊，我知道。他是从来不缺女性朋友。可他要是有个特别的人，该多好啊。”

“他过得很快乐，艾米莉亚。这能看出来。”

“我一直觉得愧疚。也许是因为我，他才一直单身。”

“我觉得不是，你爸不是那种苦行僧。要我看，他是真的自己过得挺好。也可能是他有心上人，只不过咱们不知道。”

艾米莉亚点点头：“希望如此吧……希望是这么回事。”

她现在永远也无法了解了。她的一生，都是她跟父亲两个人，而现在父亲离开了，也带去了他的所有故事、所有秘密。

第二章

1982 年

书店位于小克拉伦街，远离牛津市中心的喧嚣，离圣基拉斯街很近。它被各种时尚服装店、餐厅的闪耀光芒所包围。除了最新的小说和厚重的画册，这里还卖美术用品，气氛则不像布莱克威尔或是市里其他严肃书店那样学术，而是温馨而轻松。这是那种能偷走时间的书店：人们经常因为在书架间驻足而错过会议、错过火车。

朱利叶斯·南丁格尔四年多前初到牛津时，就开始在这里工作，以贴补上学的花销。而现在，他已经读完了硕士，却仍然不想离开牛津，不想离开这家店。其实他也不想放下学业，但他知道，是时候开始生活了，他并没有条件支撑搞学术的生活。至于要做什么，他还没有头绪。

他决定拿到硕士学位后的夏天先在这里全职工作，攒些钱。然后挤时间去旅行，之后再开始繁复地找工作的过程，做简历、申请、面试。他想，除了出色的第一名成绩，他并没有什么闪光点。他倒是导演了几出话剧，可做过这个的人太多了。他做过一本诗歌杂志的编辑，可是——这也没什么特别。他喜欢听音乐会，喜欢葡萄酒，喜欢漂亮女孩——他全身上下都没有什么不平常的地方，唯一的亮点大概是人们似乎都很喜欢他。作为一个伦敦西区长大的男孩，有一个时髦却穷得叮当响的母亲，他上的是一所规模很大的平民综合学校。他懂得怎么跟混混儿打交道，但也举止得体，既能跟有钱的花花公子交往，又能对付稍微缺乏自信心的私立学校学生。

那是八月的最后一个周末，他正想着去母亲那儿，参加诺丁山狂欢节。他从小就每年都去狂欢节，非常爱那里的气氛，震耳的贝斯、弥漫的毒品气味，给人一种任何事都可能发生的感觉。他正要准备关门的时候，一个女孩匆匆进来。她一头亮眼的红发——不可能是自然的吧，跟邮筒的红漆是一样的颜色——瓷白的肌肤，在身上裙子黑色蕾丝的映衬下显得更白了。他觉得，她看起来像个明星，那种好像在化妆箱里转了一圈，把所有化妆品都用上，再出门游行一番的歌手。

“我需要一本书。”她说。他被她的口音惊到了，美国口音。他所亲眼见过的美国人都是抱着旅行手册和相机，好像刚从夜店走出来似的。

“那你就来对地方了。”他答道，暗自希望这话听起来像玩笑，而不是刻薄。

她看着他，举起手用食指和中指比画了大概两英寸：“至少得这么厚。我要在回家的飞机上看一路，十个小时的航班。我读书很快。”

“好吧。”朱利叶斯喜欢介绍书，“啊，我的第一个推荐是《安娜·卡列尼娜》。”

她微笑着，露出雪白的牙齿。

“‘幸福的家庭都是相似的。不幸的家庭各有各的不幸。’”

他点点头。

“好吧。那《尤利西斯》呢？詹姆斯·乔伊斯的？这你说不出了吧。”

她用戏剧的腔调说道：“‘愿意，我愿意，真的。’”

她在重复摩莉·布卢姆的话，主角那滥情风流的妻子，有那么片刻，朱利叶斯想象摩莉就是她这个模样，然后才反应过来，提醒自己摩莉只是个虚构人物。他很折服。他没见过几个能背出乔伊斯书中话的人。他也拒绝被她似乎浩荡无边的文学储备吓退。他得好好筛选一下，推荐一本非常平民化，而他又喜欢的书。

“《盖普眼中的世界》？”

她冲他笑，右颊上现出大大的酒窝。

“不错。我很爱约翰·欧文，不过我更喜欢《新罕布什尔旅馆》。”

朱利叶斯也笑了，他很久没遇到过读过这么多书的人了。当然，他认识一些读书多的人：牛津城里可不缺读书的人。但他们大多是学术呆子，这个女孩则是个挑战。

“《米德尔马契》[1]呢？”

她张口回答，他一眼就看出，这回猜中了她没读过的书。不过她还是好脾气地笑了。

“太好了。”她说，“你这里有吗？”

“当然了。”他领她去对应的书架，拿出一本橙色的企鹅经典本。

他们就那么站了一会儿，朱利叶斯拿着书，女孩看着他。

“你最爱的书是什么？”她问道。

他慌了。既是因为这个问题，也因为是她问了这个问题。他在脑海里掂量着，刚要回答，却见她举起一根指头。

“只能有一个答案哦。”

“可那不是让人在自己的几个孩子里选吗？”

“必须得回答。”

---

1 《米德尔马契》（*Middlemarch*）：英国女小说家乔治·艾略特（George Eliot，1819—1880）的长篇代表作。

他看得出，她不会退让的。他心里有答案——《一九八四》，薄薄一本，却是完美的创作，每一次重读都能让他胆寒却激动——但是他不会那么轻易告诉她的。

“你要是愿意跟我喝一杯，”他也不知道自己哪儿来的勇气，“我就告诉你。”

她双臂抱胸，脑袋一歪：“我不确定我有兴趣。”但她的微笑背叛了她的言语。

“你该有兴趣。”他答道，说完便往柜台走去，希望她会跟来。她有些反复，想跟他玩捉迷藏，不想他放弃，而他决心要陪她玩下去。

她没有跟着他走。他把书录入系统，她递来一张一英镑的钞票。

“今晚有个乐队演出。”他说，“肯定有高浓度苹果酒，去的都是朋克族，但我觉得一个美国女孩在英国的最后一晚去那儿是再合适不过了。”

他把书装袋，递给她。她看他的眼神里，有种像是不相信的神情，还有一丝丝的倾慕。

朱利叶斯与女孩相处向来很自信。他尊重女孩，他喜欢的是她们的思想，而非外表，似乎正是因为这个，女孩们也觉得他有吸引力。他体贴，却又保持一些神秘感。他与牛津那些公立学校出身的狂妄男生不同。他的穿着打扮也稍稍与众不同——波希米亚风格，天鹅绒的夹克和围巾，头发稍微漂白。他还很好看——高高的颧骨、大大的眼睛，他还偶尔画眼线来衬托。在伦敦长大的他，并不惧怕不懂时尚的人对他打扮的嘲讽。

“为什么不呢？去就去吧。”她终于答道。

“我八点到。”他说。

他到酒吧时，已经八点二十了。她却不见人影。他不知道是她迟到了，还是已经来过，又走了，或者根本没打算出现。他不想因为这个担心，还是顺其自然吧……

他在吧台点了一杯浓苹果酒，品着酒里发酸的苹果味，然后在人群中挤出一条道，找到落日余晖中的一把长椅坐下。这是一家蛮受欢迎的酒吧，但不怎么斯文，他爱的正是这里的不遮掩、不虚伪，而且总有好乐队来这儿演出。此刻，这里有一种欢乐而充满期待的氛围，这是夏日的最后一周，太阳也在道别。朱利叶斯感到他的生活即将改变。但这是否与那个红发女孩有关，他不确定，只觉得有这个可能。

九点钟，有人轻快地拍了一下他的肩。他转过头，是她。

“我本来不打算来。”她说，“我不想爱上你，再去乘明天的飞机。”

“爱上一个人是可以选择的。”

“那可不一定。”她看起来很严肃。

“那咱们就想办法阻止吧。”他起身，拿起自己的品脱玻璃杯，“你尝过苹果酒了吗？”

“还没。”她看起来有些犹豫。

他为她点了半杯，这种酒就算是成年男人，两杯下肚，都会悲鸣起来。他们去看乐队表演，这个乐队是吉普森朋克风，唱的歌都是写心碎、满月的。他又为她点了半杯酒，看着她的微笑变得慵懒，半闭着眼睛。他只想让她那拉斐尔前派画作般的鬈发穿过自己的手指。

“你今晚在哪儿住？”乐队开始收拾器材时，他问道。这时，微醺的酒客们也开始离开酒吧，走进温暖的夜。

她搂住他的脖子，紧紧拥住他的身体。“跟你。”她低吟道，她的唇覆住他的，是夏日最后一颗苹果的味道。

后来，两人在夜的余温中相拥，她呢喃道：“你还没回答我呢。”

“回答什么？”

“你最爱的书。”

“《一九八四》。”

她掂量了他的答案，赞许地点点头，闭上眼睛，进入了梦乡。

第二天早晨，他醒来时，还被她雪白的手臂搂着。他不知道她的航班几点起飞，她怎么去机场，有没有打包好行李——昨晚他们没怎么谈实际问题。他不想叫醒她，她在这儿，让他感觉很安全。他从没有过这样的感觉，一种全然的完整感。这种感觉让他觉得从前读的许多书都好理解了。他当时以为自己读懂了，不过那只是理性层面上的，而现在，他有了一种更深层的理解。这种感受好奇妙，让他觉得快要窒息。

他要是一动不动，不言不语，她就不会醒过来。也许那样她就会错过飞机；也许那样，他就能再与她共度奇妙的二十四小时。

但是朱利叶斯到底是有责任感的，没法做到任性。于是他捏起一小撮她的头发，搔她的脸颊，直到她动了。

“嗨，”他低声道，“你该回家了。”

“我不想回。”丽贝卡唇贴着他的肩，嘟囔道。

他抚着她温暖的手臂：“你还可以回来啊。”

他一颗一颗地抚着她身上的雀斑，一共有几百个，不，是几千个。他肯定没法赶在她走之前全部数清。

“你的飞机是几点？怎么去机场？”

她没回答，而是拉起他的胳膊，看了看他腕上的表。

“一点起飞。”

他吓得坐了起来，已经十点了：“天哪，你得赶快起来，这样肯定赶不上的。我可以开车送你，但我觉得赶不上了。”

他赶紧起来找衣服，匆忙地穿。她没有动。

“我不去了。”

他正在穿牛仔裤，听到这话，便盯着她看。

“什么？”

“我有主意了，昨晚决定的。”她坐起来，头发乱蓬蓬的，“我想留下来，跟你在一起。”

朱利叶斯笑了：“那怎么行。”他有点慌了。

她坐在床的正中央，睁大眼睛抬头看他。

“你没有这种感觉吗？好像遇到了一生的至爱？”

“呃，有，可是……”那确实是美好的一夜，他不得不承认。他确实疯狂地陷入了爱河，不知这表达对不对。但朱利叶斯还比较理性，他知道，没有人因为一夜情做什么重要决定。

但丽贝卡似乎不这么想。

“这样多合理啊。我想主修英文。我想在全世界最好的学校学。那就是牛津啊，在这里，对吧？”

“啊，对。应该是吧，或者是剑桥。”

“我能考进去的，我知道。我既然能进布朗，那就能进牛津。”

朱利叶斯又笑了，不是笑她，而是笑她的自信。他所认识的女孩里，可没有这样敢大声承认自己有能力的。她们的教养使然，都谦逊而不露锋芒。丽贝卡却将自己的出色自豪地亮出来。

她双臂抱胸："不要笑我。"

"我没笑你，只是觉得你这样做决定太草率了。""草率"完全不足以描述这事的疯狂程度。

"我不去赶飞机了。"

朱利叶斯倒吸一口气。她是认真的。何况，现在她也赶不上飞机了。据他所知，她还没别处可去。

"那你父母呢？"

"他们能说什么？"

"很简单啊。你不是该去上大学了吗？"

"没错。但是说实话，我一直觉得不对劲。我打算去上，只是因为我应该去。但是这里是正确的选择。我能感觉到，这里。"

她用拳头指了指心口。朱利叶斯小心地看着她，不知道她是不是认真的。他认识不少异想天开的女孩，不过她们的任性通常是有限度的。他有些紧张：聪明、任性、富有，这三种特质可是致命的组合，他很确定，丽贝卡满足这个条件。从他对她生活不多的了解，也可以总结出她家庭条件优越。

所以她才觉得，自己应该拥有最重要的特权。

"这是我应得的。"她从床上爬起来，"我要找份工作，就在牛津。然后我就参加大学入学考试，明年入学。"

她看起来有点疯癫。他不知道该拿她怎么办。她对他而言，还很陌生。通常的理由这里都用不到。他决定假装，装作以为她在开玩笑。

“是因为昨晚的苹果酒吧。”朱利叶斯说，“这种酒确实能让人犯迷糊。”

“你觉得我在开玩笑？”

朱利叶斯挠挠头：“我觉得你可能没考虑周全。”

“我当然好好考虑了。有什么问题吗？为什么不呢？说真的，给我一个理由啊。我又不是要跟什么乐队主唱私奔。我是想进全世界最好的大学。这是好事才对吧？”

她正是那种让人没办法的人，能把最疯狂的想法说得完全可行。

“行了，我开车送你去机场。你可以改签，回家跟你父母谈谈。他们要是同意，你就能回来。”

“我把你吓到了？”

“啊，确实，有一点。”

她走过来，双臂环住他的脖子。他呼吸着她的气味，心嗵嗵地跳。昨晚没怎么睡觉，再加上跟她在一起的原因，此刻他感觉轻飘飘的。他有种通了电的感觉，但同时也感到责任的重量，因为他知道，他的回应将决定事情的走向：他们的未来。他应该抓住缰绳，让马慢些走。

“这是最最美好的事，你和我。你没有这样的感觉吗？”她质问道。

“嗯，确实，很美好。我感觉……只能惊叹。”朱利叶斯看得出，她是受到情绪的左右。她会不会认真思考，然后意识到自己只是在幻想？她会不会看出，她的设想会遭遇重重阻碍？“但我还是觉得你该跟父母谈谈。”

话说出口，他才发觉这听起来有多无聊。他不想为毁了她的人生负责，也不想惹来她家人的怒火。

“我会谈啊，现在就谈。”看丽贝卡的反应，她似乎没有意识到，他们可能并不觉得这是个好主意，“我觉得他们会很激动。我爸特别爱英国——他比我大一些时，还来这儿交换学习了六个月，所以他才让我来过一夏天。附近哪儿有电话？”

“楼下门厅里有个公用电话，”朱利叶斯说，“不过你得打对方付费的。你觉得他们被吵醒会高兴吗？也许该等到下午再打？”

“也许吧，他们那边现在是凌晨三点。那咱们就弄点吃的，等一等。我快饿死了！”

他带她去吃传统英式早餐——宿醉的最佳良药——祈祷着，胃里有些食物，昨晚苹果酒的酒劲儿和他俩的激情就会散去一些。事实可没这么容易。下午三点半，她还是坚持要执行她的计划。她打电话时还是决心满满——他想象着，她的父母坐在他们完美的新英格兰厨房里，听说下午不用开车去机场接她了，一脸震惊的样子。他不禁想，他们是不是已经习惯了丽贝卡这样突发奇想？几分钟后，她回到楼上时，会不会垂头丧气，一副被回绝的样子？

他听着她的声音从楼下飘来。

“牛津太适合我了，爸爸。我一到这里就感觉到了。我就想留在这儿。我想在这儿学习。这个地方印在我的骨髓里、血液里、心里、灵魂里……”朱利叶斯挑了挑眉。她确实蛮会说服人，“你知道这地方有多好，你亲口给我讲过的。你再来拜访一趟，自己看看。你要是不同意，我就跟你回家。就这么定了，爸爸。”

哇哦，她真是个厉害的谈判者。

她跑上楼，跳到了他的床中间。

“爸爸要过来。他觉得这个主意很棒，但他得亲眼看看。”

朱利叶斯环顾四周，打量自己的房间：“那他可不会喜欢这里。”

朱利叶斯喜欢自己的卧室，但这可不是能虏获女孩爸爸心的那种房间。他把墙刷成了极深的紫色。墙都被他多年来收藏的明信片覆盖着，明信片上是他的偶像，从海明威到玛丽莲·梦露。屋子角落里放着一台留声机——他最大的一笔投资——还有占了四英尺长的一叠唱片。地上的床垫既当沙发，又当床。他的衣服挂在临时衣杆上：二手店买来的西装，还有一众帽子。他穿衣还是很时髦的。另一个角落里摆着一个烧水壶和一台煤气灶。即使他真的努力了，地上还是摆着数不清的空方便面碗。世上有太多有趣的事可做，为什么要白费力气，在存在严重卫生隐患的楼下厨房里做什么营养餐呢？朱利叶斯喜欢食物，也喜欢烹饪，但他可不想得破伤风。

“没关系，我不会带他来这儿的。我告诉他我住在女性青年旅馆，还在找住处。我们只需要确保他不知道你。”

“哦。”朱利叶斯有点小失望。

她搂住他。

“我不是那个意思。我爸要是知道有个男孩子，肯定会拉着我的围巾把我拽回家的。等过几周，我就假装不经意地提一提你，也许你还能去新英格兰过圣诞呢！”

朱利叶斯点点头，着实被这个计划吓到了。这一切对他来说，都来得太快。毕竟他是昨天才认识的她，而她只因为共度的一夜，便让他的生活天翻地覆。可他还是得承认，他们两人之间的化学反应是无可辩驳的。他被她迷住了，她也为他沉醉。这种吸引既是肉体上的，也是精神上的，甚至是灵魂层面的，令人迷醉，欲罢不能。他心里暗暗为她的大胆窃喜。他几乎可以确定，若是角色互换，他是做不出这样的事的。就现在的情况来说，他同意她的计划，不会有任何损失。

到了第二周的周四，丽贝卡的父亲住进华尔道夫酒店时，丽贝卡已经说服朱利叶斯的经理，让她在书店做兼职。来工作的第一天，她就整理了库房里杂七杂八的多箱老书，有的退回，有的上架，这活儿一直没人愿意干。

她还探查了周围的几所大学，询问了几个入学导师，了解她获得入学资格的可能性。她拿了一摞纸回来研究，还有不到两个月的时间准备入学考试。

朱利叶斯很佩服。这个女孩想要什么的时候，谁都没法阻挡她。

“我一遇见你，就知道我的人生即将转变。”她说，“这是我一生遇到的最刺激的事。无法想象，没有遇到你的话，我现在可能在收拾东西，去世上最无聊的大学上学。”

她与父亲见面后，朱利叶斯去给她开门，差点认不出她。她穿着一条灰色长裤、一件白色衬衫，头发中分，扎成整齐的马尾。她看到他困惑的表情，大笑起来。

她把头发解开，边解衣服扣子，边从他身边挤过去，往楼上走去。

“他觉得我是个天才。”她跟朱利叶斯说，“我们一起去他以前熟悉的地方走了走，他就又爱上牛津了。这对他来说也算是身份象征——他朋友的女儿们可没一个来英国上学的。他答应给我付房租，等我被录取了，还会给我付学费。感恩节、圣诞节、复活节，我得回家过。就这样成交了，对我来说还是很值的。”

他们两人一起躺在乱糟糟的床单上，欢脱地笑，既是笑彼此，也是为她的新冒险而激动。朱利叶斯对丽贝卡的热情无力抵抗，对她的小聪明、她的身体同样是无力抵抗。他脑海里有个小小的声音，警告他要小心谨慎，但他的手指穿过她的红发，把整齐的发丝再次弄乱，他的唇滑过她小而圆润的乳房，忘掉那个声音一点也不难。他比她年纪大，该比她更有智慧。他能应对她。

他能吧？朱利叶斯清楚，他们的关系是特别的，与他过往的经历不在一个层次。他不知道，这到底是冲昏头脑的热恋，还是真爱。若是真爱，那又是何种爱？他从书中读到，爱并不总是正面的力量，但他想努力让他的爱变成正能量。

可他还是有种直觉，觉得丽贝卡不会像他一样能控制住自己的感情。她太过热情，太过冲动。短暂相处的时间里，他已经注意到她天马行空的思维，而对于这样自由的人，试图束缚他们是最糟糕的选择。他会把自己的心交给她，还会给她足够的自由。

同时，他还要带她认识她的新世界。这是件美妙的事，通过他人的眼睛重新认识，重新发现牛津。他已经在这里生活了四年，渐渐忘记了如何发现这里的美和奇妙。他开始默认，所有人都生活在鹅卵石、长回廊、绿草坪、自行车的舒适圈子里。但是给丽贝卡展示城里的地标建筑时，他为这一切自豪，也意识到自己为何迟迟不愿做出下一步的打算，只是害怕那会意味着离开牛津，而现在，他不需要做这样的打算了。

他带她去自己上大学时住的房间，她被震撼到了，惊叹于房间的古色古香、朴素的设施，还有跟《故园风雨后》场景惊人的相似度。

“你的泰迪熊呢？”她边笑，边问道。

“我可以保证，我跟塞巴斯蒂安·弗莱特没有任何共同点。我可没有大豪宅可以回。”

“哦，”她假装失望地说，“我还在遐想当豪宅夫人呢。”

“我们要买个自己的小豪宅。”他说着把她拉到身边。

“不像布莱兹海德城堡那么豪华，但要属于我们。”

他带她去听他参与演奏的交响乐。他拉大提琴，他的交响乐团毫无疑问，得归为三等，因为牛津不缺出色的乐手和音乐家，他还挤不进精英级别的乐团，但她觉得他太棒了，她坐在教堂观众席的前排，演奏《福莱：安魂曲》的时候，目不转睛地盯着他看。

“还有什么事是你不会做的？”她问道，“我从没见过会做这么多事的人。”

“用大提琴拉出个调子，做鸡肉砂锅菜？”他谦虚地笑了。她甚至佩服他的厨艺，而他的厨艺完全是自学而成，因为他母亲对食物没有任何兴趣，他不得不花多年的时间来磕磕碰碰地学习。

他们商讨决定，今后的四年一起住在牛津，她去上学。朱利叶斯要找份比书店工资高的工作，这样他们才能租一栋小房子。

“你不用太担心，”丽贝卡说，“咱们要是钱不够，我就多问家里要些。”

朱利叶斯惊愕地看着她：“那可不行。”

他不想啃老。这是他一开始教会她的理念之一，要自食其力。她明白这条原则，即使他知道，她还是拿家里的补贴。他也知道，不能指望她立马放下一辈子养成的习惯。

夏去秋来，一切变得更加浪漫美好。他们在河边漫步，在酒吧吃香肠薯片，在皮特河博物馆里欣赏稀奇古怪的展览——她不停地夸赞渡渡鸟的标本——再去听音乐会。她对音乐的了解勉勉强强，不过朱利叶斯带她了解了弦乐四重奏和车库乐队、让她泪流满面的合唱表演，还有周日午后慵懒的爵士乐。

朱利叶斯辅导她为考试复习，督促她读课本、记名言，一篇一篇写论文。她倒也不需要太多督促。她比他见过的任何一个学生都要积极，她似乎还拥有过目不忘的记忆，读一遍就能背下大段的话。

“我是个怪胎，”她这样告诉他，“我七岁的时候就能背出《凯蒂做了什么》[1]。”

“对，你是个怪胎。”他打趣道，不过他其实有些被她超人的

---

1 《凯蒂做了什么》（*What Katy Did*）：美国童书作家苏珊·柯立芝（Susan Coolidge，1835—1905）的作品。

聪颖吓到了。他觉得她大概能统治全世界。可她没有一心扑在奖学金上，而是希望跟其他学生一样，尽情享乐。他在她第一次醉酒后照顾她醒酒，带她第一次尝试大麻，用他那老爷级棕色 Mini 在废弃的飞机场教她开车——她有美国驾照，但完全搞不懂手动挡，她花了好半天才弄明白离合器时，他还暗暗窃喜。

“所以你也不完美嘛。”他开玩笑说，这话还惹得她跟他闹别扭。

她参加了入学考试，信心满满地表示自己肯定考过了（朱利叶斯又一次被她的自信惊到，提醒她，英国人都是每次考完试坚持说自己肯定没过）。她跟父母说她搬出了租住屋，跟别人合租了房子，只是没详说是跟谁合租。

“他们信任我。”她跟朱利叶斯说。

“这是他们犯的第一个错误。”他答道，而她假装听了很生气。

他们成了社交国王和女王。在最拉伯雷式的派对上，所有人都想与他们为伴。他们年轻，很少的睡眠时间、很少的钱，也能过日子。除了葡萄酒和音乐，什么都不重要，当然，还有愉快的谈话和书。他们没日没夜地聊书。书店允许他们从店里借书，读完再还回去，只要不弄坏就行。他们每天读一本书，有时一天甚至读两本。真是美好的时光。丽贝卡发现了缪里尔·斯帕克、艾瑞斯·梅铎，对给了她名字的作品完全着迷[1]，享受她能找到的每一部达夫妮·杜穆里埃作品。他则在她的推荐下，认识了约翰·厄普代克、菲利普·罗斯、诺曼·梅勒。他给她写了一份另类经典完整清单，他承认其实没读过《米德尔马契》时，她让他去读。

朱利叶斯不止一次想过向丽贝卡求婚，但他没有那样做。他想等他们有了经济保障，能买得起房子。虽然他也幻想过，在登记处办个朴素的婚礼后，在切韦尔河岸边开一场疯狂的派对庆祝，但婚姻毕竟是成年人的事，而他们显然还不够成熟。所以，他开始存一些工资进住宅互助委员会，攒订金。这点钱对她来说只是周五吃意面时配的两瓶葡萄酒成了一瓶，所以她并没注意到。

“你是我的公主。”他对她说。

“我家那边，公主不是个好词，是贬义的，说女人太任性，一切以自我为中心。”丽贝卡向他解释道。

“我说了嘛，”朱利叶斯回答，“你是我的公主。”她笑了。

他知道他的母亲黛布拉肯定不会反对他们的事，因为黛布拉思想前卫，似乎从没对他说过“不”。

他们开车去伦敦，黛布拉带他们去肯辛顿一家葡萄酒吧吃午

---

1 丽贝卡（Rebecca）为达夫妮·杜穆里埃代表作《蝴蝶梦》的英文书名。

餐。餐厅的墙上是葡萄藤图案的壁纸，他们吃了罐焖鸡和巧克力海绵蛋糕。

丽贝卡被黛布拉迷住了，被她那一串串琥珀珠子、一刻没停的圣莫里兹香烟和沙哑的嗓音吸引。黛布拉身上有种厌世的气质。你会觉得，她似乎见证了一切，做过了一切，即使她如今过着平淡的生活。她一点也没被丽贝卡的高智商，还有鲜明的个性、前卫的着装吓到。她们两人以一种独特的方式，与对方极为相称。

午餐快结束时，丽贝卡去洗手间，黛布拉点了根烟。

“亲爱的，要小心。”她说，“幸福的泡沫撑不了多久。”

朱利叶斯告诉自己，这只是母亲对他的保护欲。这倒也奇怪，因为他小时候母亲并不是这样，大部分时候她都是对他放任不管。他不禁开始猜测情况有何不同。

他叹了口气：“爱过但失去了总比一次都没爱过好。”

“我只是不想看你受伤，出了岔子的话。”

“什么岔子？”

黛布拉吐出一串烟圈：“很多可能啊。”朱利叶斯决心不再因为母亲的警告而心慌。丽贝卡回到桌上，搂住他，说他是她的守护天使，他冲黛布拉微笑着说：“你看吧？”

“你妈好酷啊。”他们沿 A40 道往回开时，丽贝卡说。

朱利叶斯翻了个白眼。

“我妈从来不担心别人，只管自己。”他说，只想忘掉黛布拉的话给他带来的不祥预感。他有些愠怒：她自己厌世，没必要让别人也过不上好日子吧？“她不在乎别人怎么想。”

“那她就是跟我妈完全相反了，”丽贝卡说，“我妈最在乎别人的想法了，连邮递员都包括在内。”

不过，黛布拉没猜错。

朱利叶斯想，他大概也应该想到吧。可是——他到底该怎样想到呢？

问题在于，所有跟他有过关系的女孩都在吃长效避孕药。这几乎是肯定的——大部分女孩上大学时都要去开药，有些上大学前就已经在用了。只要去看看附近的医生，就没问题了。他从没想到，美国人有可能不是这样的。他没想到，丽贝卡可能在来英国之前没有做好避孕计划。在牛津，所有人在性这个话题上都很随意。随意的性活动并不少。朱利叶斯也一样，但遇到丽贝卡后，他就没再跟别人有瓜葛。他第一眼就知道，她是他一生的至爱。可他却忘了这个关键问题。

所以那天，她坐起来，脸色难看地低着头，然后冲向卫生间时，他听到她说的原因，震惊不已。

“我觉得我怀孕了。”

“你没有用避孕药吗？”

她摇摇头。

“你怎么没告诉我？”他吓坏了——让他震惊的，除了自己的疏忽大意，还有她的，“我一直以为……那你肯定知道这种事可能发生？”

她双手覆住脸：“我想，我只是心里希望吧。”

“希望什么？”

“往好的地方想。”

“那可不是什么可靠的避孕方式。”

“确实。”她看起来好无助，坐在床中央，捂着肚子。

“呃，那咱们该去计生诊所了吧。”

“那是什么地方？”

“卖计生用品的地方，或者，呃……”

她举起一只手。

“不要，不要说那个词。”

他也并不想说出那个词：“他们能给你……安排解决办法。”

她盯着他看：“不行。”

他眨眨眼，没想到她不想选这条路。“哦，好吧，好。那……”他挠挠头，“那你打算怎么办？”

“什么意思？”

“你想上大学，我们还住在一间房里，咱们没钱抚养孩子。”

她躺下来，盯着天花板：“我们没选择啊。我不要打掉孩子，这是咱们的宝宝。”

朱利叶斯不知该做何感想。这是他没料想到的决绝。他从没认识过其他有类似经历的人。他认识几个意外怀孕的女孩，但她们都安静迅速地解决了问题，当教训了。他从没见过把孩子生下来的人，但他也不会逼丽贝卡做她不想做的事。

“你怎么跟你父母说？”

她长叹一口气，好一会儿都没作答。

“我感恩节回家的时候告诉他们，月底的时候。”她坐起来，脸上的微笑让他惊讶，“宝宝，朱利叶斯。我第一眼看到你，就知道你会是我孩子的父亲。”

“啊，很感人。”朱利叶斯答道，他觉得这确实是好事，只是他想再等等。不过这话他没说，“我们只需要找个好点的地方住。我也得找个更好的工作。”

浑蛋，他想。这也是他自己的愚蠢错误。这不是她一个人的责任，也是他的责任。他不该想当然。丽贝卡又跑去吐。朱利叶斯打量着他们过去几个月的家，想着：我要做爸爸了。

感恩节回家时，丽贝卡没告诉家人。她身材仍然纤细苗条，因为还没到三个月，每天早晨和傍晚，她都要吐，特别准时，即使朱利叶斯从面包房买的高热量蛋糕她都吃了。

“只是没找到合适的机会。我回去的时间不够长，家里又有很多客人。我等圣诞节再告诉他们。”

到了圣诞节，她的体重增加了一些，但那时天气很冷，她可以用一层层宽大的衣服把自己裹起来。她还是没跟家人说。

“我没告诉他们，不想搅乱圣诞节。”

“现在有点晚了吧。”朱利叶斯很紧张。他已经告诉母亲了，黛布拉一点也没表示惊讶。什么事都吓不到黛布拉，她已经见过、经历过了一切。

“只要别指望我给你们看孩子就行。”她只说了这么一句，而他笑了，没告诉她，他可绝不会把孩子留给她看。

四个月的时候，丽贝卡收到了牛津的录取通知，终于告诉了她家人。朱利叶斯这才意识到，她之前一直不说，是因为怕他们逼她做她不想做的选择。她倔得像头牛，但怀孕之后变得脆弱，耳根软了，她害怕在家里，会被洗脑。

“你？被洗脑？”朱利叶斯不敢相信。

“我没有表面上那么坚强。”她说，“你也不了解我家人。”她做了个鬼脸，“爸爸要飞过来。”

“你不是说你爸被你整得服服帖帖吗？”

“可是情况不同啊，”她说，“想在世界最好的大学学习，跟十九岁就生孩子可不一样。”

“没关系的，”朱利叶斯说，“有我在呢。”

朱利叶斯意识到，她虽然说得很有斗志，心里却很害怕。他想，也许她是怕自己选择让步，毕竟那是更简单的选择。害怕自己的家人操纵自己，是多可怕的事啊。黛布拉确实经常不在状态，但她从不干涉、控制人。那一刻，他对自己发誓，绝不会去控制自己的孩子。他要给孩子支持鼓励，但绝不操纵。

他怀疑托马斯·奎因会不会带杆猎枪来。若是如此，那他准备好面对了。朱利叶斯并不怎么在乎托马斯·奎因怎么想——他只在乎丽贝卡和他未出生的孩子。在某些情况下，人是不能做到考虑所有人的感情的。

托马斯·奎因面对他们的情况，居然十分稳重冷静。丽贝卡跟他见面后回来时，有些失落，却也觉得释然，因为他们没吵起来。

“要是我妈来，肯定会更麻烦的。”她跟朱利叶斯说，“爸说她甚至没法谈这事。我了解我妈，她会把这种事当成她自己的危机，都得围绕她。”

“听起来好可怕。”朱利叶斯说。

“只要是事与愿违，她就会不开心。”

“那我觉得她这样的人有很多啊。”

“可不是，但是她可觉得这都是别人的错。”

“嗯，那只能说很幸运，她不在这儿。”

“是啊，”丽贝卡同意道，“不过我爸想见你。”

“没问题，”朱利叶斯说，“我也觉得我们该见见面。”

他想尽力让托马斯·奎因对他们放心。

丽贝卡看着他的眼神里充满了好奇："你真勇敢。"

朱利叶斯耸耸肩："我也没做错什么。"

"你知道，大部分男人遇到这种事都会彻底抓狂吧？"

"抓狂又没有什么益处；假装什么事都没有，也一样。努力去扛就是了。"

丽贝卡给他一个拥抱："你知道吗？你能给我安全感。我从前都不知道，这就是我想要的……"

第二天，朱利叶斯在丽贝卡父亲入住套间的画室里跟他见面。丽贝卡决定不参与。

"他要是说什么我不想听的话，我只会情绪失控。别让他欺负你。"

"不用担心。"朱利叶斯说。他并不紧张，只是有些忧心。他不想让已经微妙的情况变得难看。

托马斯·奎因的礼貌显得拘谨，他让朱利叶斯进门，点了咖啡。这一切对朱利叶斯来说有些脱离现实，在这样正式的场合，坐在面对面的扶手椅上，他感觉自己像是哪个国家的元首，正要商讨外交政策。

"我希望咱们能把伤害控制到最低。"托马斯对他说，"当然，你知道丽贝卡有多聪明。她的未来潜力无限。"

“没错，”朱利叶斯说，“她很聪明，比我聪明许多。”

“而我，作为她父亲，不让她去发掘全部的潜力，是不合适的。”

“我明白，所有父母对孩子都有这样的期望。”

朱利叶斯直视着他的眼睛。

托马斯·奎因清了清嗓子。

“我欣赏你的绅士风度，同意支持她。丽贝卡给我讲了你给她多大的支持。我很感激。”

这与朱利叶斯想象的可不一样，他以为会遭遇刁难、批评。

“谢谢。”他答道，不知道下一步会发生什么。

“不过，我认为你们两人都太过理想化了。在我看来，你们完全不懂孩子会对你们的职业生涯、生活方式、经济状况产生多大的影响。说起来，你们俩还都没有什么事业——对吧？你们在书店工作？”

朱利叶斯盯着他，强烈的反感开始在他心里发酵。他就觉得一开始的谈话美好到难以置信，但还是保持冷静礼貌。

“对，但是我学历不错，我有信心——”

“你的信心不错，但你太天真了。听我一句，我有三个孩子，理论上讲，有好的动机就是好事，令人钦佩，但你会发现现实完全不同。”

“奎因先生，每天都有人生孩子，都能把他们好好抚养成人——”

托马斯再次打断了他：“我不想看到我女儿的潜力被浪费掉，而是希望她成为最好的自己。我觉得十九岁就生孩子在这方面帮不到她，不论你给她多大的支持。”

“她可以继续求学。我们会想办法的。”

奎因轻蔑地哼了一声。

“听着，我不会假装觉得这是个好主意。丽贝卡表面上像杆枪。但内心里，她其实非常脆弱。她并不像别人眼里那么坚强。相信我，我是她父亲，我了解丽贝卡，所以我才这么担心。我知道你一定觉得，我说这些都是为了我自己和她母亲，但事实绝非那样。我是真的担心。我能看出她很看重你，她肯定会听你的话。”

朱利叶斯越想越觉得可怕：“现在堕胎已经晚了，如果你是在想这个。”

他看到托马斯缩了一下子，很满意。朱利叶斯可不打算为了不伤这个男人的感情，而拐弯抹角。

“这我知道。”托马斯小心地说，“但是把孩子送养还不晚。”

朱利叶斯掩盖不住自己的震惊，不确定是不是听错了：“什么？”

他双臂抱胸，盯着这个男人，若是他们的故事没有这样颠倒次序，发生的过程更愉快一些，这个男人可能会成为他的岳父。

托马斯走到套间的格子窗边。朱利叶斯盯着他强壮的后背，猜他到底在想什么。他真的是为自己女儿好，还是另有所谋？他只是想挽救她的名声吗，还是要保护他们家庭的名誉？

“我给你一个交易的机会。”托马斯转过身，穿过房间坐了下来，“如果你能说服丽贝卡把孩子给别人领养，我就给你一张五万英镑的支票。我会帮忙找到最好的领养家庭。”他举起手，“先别回答，等一分钟。你要知道，我的提议都是为了女儿好。”

朱利叶斯走到窗边，跟托马斯站在一起。他望着窗外的建筑，那些大学：很多年轻人的希望、梦想都住在那围墙之中，包括他，包括丽贝卡。他终于转身。

“我猜你是认为没什么事不能用钱摆平吧。”

托马斯露出微笑。

“我确信，将来有一天，你会理解我保护自己孩子的心。”他说，“尤其是对女儿。”

“我会让女儿自己做决定，我只会做引导。”

“如果你不接受这个提议，我不会给你和丽贝卡任何经济支持，你明白吗？”

“我根本没想过您会给我们钱，我不打算靠您的钱。”朱利叶斯站起来，伸出手，“拜托——记得我会尽全力照顾您的女儿和外孙的。”

“你要是改了主意，我的提议直到这周末都算数。那之后我就不在这里了。"

"我不会跟丽贝卡讲咱们谈话的内容，"朱利叶斯跟他说，"我不想让她难过。我就跟她说你祝福我们。"

托马斯·奎因跟朱利叶斯握手时，脸上一点羞愧的神色也没有。

最终，他还是告诉她了，因为她不停地问他们谈了什么。

"他有没有给你钱？"她问道，"我打赌他给了。"

"他想让我劝你把孩子送给别人领养。"

丽贝卡怒了："他真是爱摆布人。"

"我觉得这是因为他在乎。我试着从他的视角思考。"

朱利叶斯也说不清他为何会替托马斯·奎因说话，大概是因为他不想丽贝卡不开心吧。他对她的保护欲越来越强，尤其是现在，她开始显怀了。他提出了结婚。费劲地填了许多表格之后，他们在一个晴朗的春日下午走出了登记处。

"你知道我们该干吗吗？我们该自己开家书店。"他们牵着手走回家，丽贝卡在路上提议道。朱利叶斯停下了脚步。"这，"他说，"是我很久以来听到的最棒的点子。"

"夜莺书店，"丽贝卡说，"叫夜莺书店，跟你的姓一样。[1]"

---

1 夜莺的英文"nightingale"即为姓氏"南丁格尔"。

朱利叶斯被片刻的幸福感淹没。他能想象到，他们两人开着一家小书店。

与此同时，他在书店升职成了经理，工资稍微高了一些，他为他们租了一栋房子：在杰里科能找到的最小的带阳台两居室。第二间卧室其实只是个储藏室，但至少他们有了自己的空间。他只要一有工夫，就去粉刷，直到整座房子焕然一新。他摆起了架子，挂了些钩子，这样就有许多储存空间。他还带丽贝卡去爱必居[1]选沙发。

“咱们买得起吗？”她问。

“咱们以后每天都要用，至少要用十年，所以花些钱是值得的。”

他没有告诉她，黛布拉给了他五百英镑，帮他们安顿生活。他不想攀比父母。他也没觉得拿她的钱是啃老：是黛布拉自己乐意给他。黛布拉有时让人抓狂，但她还是很慷慨的，她也并没说“我警告过你了”。知道还有她在，他就有安全感，所以他懂得丽贝卡为何比他难受，因为她算是跟家人断了联系。他想知道，宝宝出生后，她的父母会怎么做。他怀疑他们只是在等待，希望她会反悔。他们肯定还希望情况一变糟，他就会抛弃她。

情况确实变糟了。

1 爱必居（Habitat）：法国高端家居商城品牌。

怀孕七个月的时候，丽贝卡整个人都变了。她肿了起来，不仅是肚子，还有全身所有部位：手指、脚踝、脸。她很痛苦，烦躁不安。她睡不着觉，怎么都不舒服。她辞了书店的工作，整天躺在床上。

“你得多活动。”朱利叶斯担心极了。她不再像一开始那样，觉得怀宝宝是件天大的喜事，她害怕、担心。

“抱歉。我只是觉得身体不是自己的了。大概宝宝出生了，就会好吧。”一天晚上，她这样说，他给她揉背，直到她睡着。

离预产期还有三周的一天晚上，她在夜里醒来，疼得乱扭。床单全湿了。

“羊水破了。”她啜泣着说。

朱利叶斯打电话叫了救护车，告诉自己，早产的孕妇很多，她会没事的。分娩是世界上最自然的事，医院的人也这样安慰他。丽贝卡被送进产房，接受检查。

“你们这个宝宝有点不耐心啊。”助产士微笑着说，一点没有烦恼的样子，“是个小早儿，不过不用担心。我们这里的记录还是很棒的。”

“小早儿？”

“早产儿。”她把手放在他臂上，“交给我们没问题。”

揪心的十八个小时里，丽贝卡忍受着一拨又一拨的阵痛。朱利叶斯暗暗觉得可怕，谁也不该遭受这样的痛苦，不过参考隔壁病房的声音，这似乎是正常的。医院的工作人员似乎都没觉得丽贝卡的号叫有什么可担心的。朱利叶斯努力让她减轻一些痛苦。

“她必须得这样痛苦吗？”他问了助产士一句，助产士回应的眼神略带怜悯，好像在告诉他，他什么也不懂。事实确实如此——他以前从没跟孕妇接触过，更别提看孕妇分娩了。

本以为情况不能更糟了，可突然间，医护人员的漫不经心又变成了慌忙紧迫。朱利叶斯看着两个护士交头接耳，一位会诊医师赶了进来，他被冰冷的恐慌袭击。他们三人完全忽略了丽贝卡和朱利叶斯，商讨片刻后，做出了决定。

“孩子情况危急，我们要把她转移到手术室。”助产士告诉他时的眼神仿佛在说“不要再问问题”。

手术团队冲了进来。没过几分钟，丽贝卡就被推出产房，进了走廊。朱利叶斯跑着才能跟上医院的男助手，他们到了手术室的双开门前。

“我能进去吗？”他问道。

“没时间给你消毒换衣服了。”不知是谁回了一句，他就突然成了孤零零一个人，站在走廊里。

“千万不要让孩子死掉，拜托不要让孩子死掉。”朱利叶斯一遍遍重复着，无法想象手术室里在发生什么。他想象的都是残忍的画面：鲜血、刀子。他想，至少丽贝卡不再尖叫了。

一个护士走了出来，把怀里抱着的小东西递给了他。

“是个小女孩。”她说。

他低头看宝宝的头，弯弯的像虾米一样的小嘴。她躺在他的臂弯里那么合适：温暖的小东西。

他认识她。他觉得自己已经认识她了。他轻松地笑了。他刚刚还以为她真的有危险了呢。

“嗨，”他说，“你好啊，小家伙。”

可接着，他抬头看到主刀医生一脸严肃地站在走廊里，才意识到，他选错了祈祷的对象。

宝宝在医院的婴儿监护室里住了几日才能出院，因为早产，也因为生产时的意外。

两周后他们离开了医院，世上最小的小家庭。宝宝穿着慧宝成长牌白色天鹅绒宝宝服，温暖、柔软、娇弱。朱利叶斯买了条淡黄色的多孔绒毯，给她裹上。护士们一直跟着他们，关照、交代，她们每一次送新的家庭出院都是这样。

她的腕上还有一个塑料手环，写着“南丁格尔宝宝”。

他走出医院大门，踏进外面的世界时，只希望这是他人生最复杂的时刻。

宝宝抽了抽鼻子，往他胸前蹭。她离开监护室时刚刚吃过东西，但也许她又饿了。他是不是应该在上车前再给她喂瓶奶？那样会不会喂太多了？这些问题，还有许许多多其他问题，就是他的未来。

他把手指递给她嘬，她小小的嘴唇试探着叼住了他的指尖。她似乎安静了下来。

她还没有名字。比起奶，她现在更需要的，是一个名字。他有两个最爱的名字：艾米丽和阿米莉亚。他没法在这两个名字之间做抉择，于是他决定融合一下。

艾米莉亚。

艾米莉亚·丽贝卡。

艾米莉亚·丽贝卡·南丁格尔。

“你好啊，艾米莉亚。”他说，她听到他的声音，小脑袋扭了过来，眼睛惊讶地睁圆，寻找说话的人。

“是我，”他说，“爸爸。我是爸爸。我在这儿呢，小家伙。走，咱们回家吧。”

“妈妈哪儿去了？”出租车司机问他，“还没休养好吗？还不能出院？”

“实际上，就我一个人。”朱利叶斯说。他无法跟他讲完整的故事。他不想让司机难受，更不想让他可怜他。

“什么？她丢下你一个人管孩子？”

司机惊讶地看着他。朱利叶斯希望他能转头去看路。

“是啊。”从某种意义上说，这是事实。

“我的天哪，闻所未闻。接过不少男人跑路的新妈妈，还从没见过女人跑了的。”

“哦。”朱利叶斯说，“可能是不太寻常吧。不过我相信我能做到的。”

“你年纪也不大，是吧？”

“二十三。”

“我的天啊。”司机又重复了一遍。

朱利叶斯坐在后座，出租车环绕牛津外围，他不知道自己为何一点都不害怕。他真的没害怕，一点也没有。

丽贝卡离世后几天，他跟托马斯·奎因短暂地碰了一面。奎因一家要把她的遗体运回家，朱利叶斯没有跟他们争辩。她是他们的女儿，他也觉得把她葬在家乡更好。

他们的会面黯然、僵硬，两人都还没走出震惊。朱利叶斯很惊讶，托马斯竟没把女儿的死怪在他头上。他还有人性，明白此刻，愤怒、憎恶、指责都没有意义。

他给了朱利叶斯一张支票。

“你可能想扔在我脸上，但这是给孩子的。我之前做得不对，应该多给你们一些支持的。请收下，善用这笔钱。”

朱利叶斯把它塞进了口袋。反对和拒绝与责备一样毫无意义。

“我应该给你们汇报她的情况吗？生日的时候发张照片什么的？”

托马斯·奎因摇摇头："没有必要，那样只会让丽贝卡的母亲痛苦。我们需要继续前进。"

朱利叶斯没有反驳。他很意外，居然会有人愿意放下自己的骨肉，但这样对他也好，少一些干涉。

"你要是后悔了，随时联系。"

托马斯·奎因半点头、半摇头，示意他们恐怕不会联系，但还是感激这个提议。

朱利叶斯知道，他走开时，已完成了从男孩到男人的最后转变。

他回到家里时，下午已经过了一半。那好像是一天中最安静的时刻。他给自己泡了杯茶，然后冲了一瓶奶粉，放在一边等它凉凉。他放了一张妮娜·西蒙的唱片。

然后，他躺在床上，弯着腿，把艾米莉亚放在自己腿上，让她背靠着他的大腿。他小心地抱着她，露出微笑。他拿起相机，拍了张照片。

他的宝贝女儿，才两周大。

他放下相机。

伴着钢琴曲，他边跟着唱，边假装教艾米莉亚跳舞。

他想到，他还从没见过刚出生的宝宝，更别说抱孩子了。真有趣，他认识的第一个宝宝就是自己的孩子。

第三章

这件事很微妙，要做到纪念，表达敬意，却又不能夸张得像摆一座祠堂。她此时最不该太过多愁善感，可是，她想不到更好的纪念方式，只能在橱窗里摆满朱利叶斯最爱的书。不过她想，照她现在这个趋势，恐怕店里所有的书都要摆在这儿了。

A——艾米斯（父子两人）、B——贝娄、B——布尔加科夫、C——克里斯蒂、D——狄更斯、F——菲茨杰拉德、H——哈代、H——海明威——她肯定整理不到 W——沃德豪斯，就没地方摆了。

她禁住诱惑，没有用黑色幕布，而是用了庄严的紫红色。她也没挂他的照片，没发任何公告。这只是件她想做的事：纪念他的精神、他的记忆。

而且这样，她就能暂时忘记对他的想念。

过去一周书店很忙，比平时要忙，人们都来拜访。每次门铃响，她会抬头，以为会看到他，手里拿着外卖咖啡和当天的报纸。但她再也等不到他了。

她被一辆朝书店驶来的大车吸引住了，那车停在了店外的双黄线上。她扬了扬眉：这司机胆子可真大啊。匹斯布鲁克的交警是出了名地严格，没人敢不拿交通规则当回事。不过，她仔细一看，才意识到这个司机是不管任何规则的。那是一辆阿斯顿·马丁，车牌也是个人定制的。

伊安·曼迪普。他下了车，她有些反胃。他高个子，光头，肤色健康，穿着牛仔裤配皮夹克。她已经闻到他剃须泡沫的味道了。他停顿片刻，抬头看着书店，在阳光的照射下眯了眯眼。她可以想象，他已经在脑中计算每平方米的价钱了。

他没有把车停在书店的停车位上，也是很讽刺，因为他想要的就是那些停车位。夜莺书店坐落在跨越小溪的桥边，正对商业街。紧挨书店的是一家老手套工厂，在商业街之后，背对小溪。那栋建筑已经被废弃，老旧不堪，伊安·曼迪普几年前把它收入麾下。他想把它改造成豪华公寓。要是有了书店的停车位，他就能多建几户：没有这些停车位，他的施展空间就很有限了，委员会拒绝通过他的申请。在这座小镇里，即使不强调，停车也是个问题。

艾米莉亚知道伊安找过朱利叶斯，朱利叶斯则沉默着请他出去了。她并不惊讶于他的来访，只是觉得有些太快了，即使是伊安这样冷血的人。她知道他的底细：他在匹斯布鲁克高中比她高几届。那时他从没正眼看过她。他不务正业，是个投机者；他有些神秘，但艾米莉亚从没信过他那套，因为她能看透他对女性的态度——不是什么好态度。他有个花瓶妻子，但仍然有花边新闻。他有点让她反胃。

她从橱窗里爬出来，准备应对他。他走进书店，欢迎铃响了。

“有什么需要帮忙的？”她露出最夸张的微笑。

“艾米莉亚。”他伸出手来，她没的选择，跟他握了手，“我来表示哀悼，你父亲的事我很遗憾。”

“谢谢。”她冷冷地说。

“我知道这可能有些唐突，”他继续说，“但我希望趁热打铁。你可能已经知道，你父亲跟我谈过。我觉得来一趟，亲自跟你谈更合适一些。我喜欢开诚布公地谈生意，面对面谈，所以我希望没有冒犯你。”

他挤出一个笑，自以为很迷人。

“嗯。”艾米莉亚不置可否地答道，一点也不退让。

“我只想让你知道，我给你父亲的条件仍然对你开放。你要是在决定下一步，可以考虑。”

“不需要，”艾米莉亚说，“从现在起，我来经营书店。相信我——再多的钱也没法让我改主意。”

“这绝对是你能谈到的最好的条件，这栋楼在我这里比在其他人那儿要更值钱。”

艾米莉亚皱起眉头：“我不明白你哪点儿没听明白：我不打算卖掉它。”

伊安自鸣得意地耸耸肩，好像在说他知道，她最终会妥协的。

“我只是想让你知道，我的条件仍然成立。可能等事情安顿好了，你就会想通。你想继续经营，我觉得很好，但你要是发现情况比你预想的要糟……”他摊了摊手。

“那谢谢了。”艾米莉亚说，“不过可别太期待。”

她要骄傲地坚持立场。她很骄傲，父亲教会她，生命不可以用金钱丈量。空气似乎都沾染了曼迪普的铜臭味：他那昂贵的剃须泡沫味，腻人而浓密。

他好像丝毫没受她回答的困扰，只是掏出名片。

“你知道怎么联系我。随时打电话。”

她看着他走出书店，上了车。车开进商业街，她翻了个白眼。戴夫迈着大步跑到她身边。

“他又盯上书店了？”

“对。”她答道。

“你让他走人了吧？”

“是啊。”

戴夫严肃地点点头：“你爸觉得他是个浑蛋。”

戴夫染的黑发扎成马尾，苍白的皮肤上露出众多文身，一般人可能不觉得他是会在书店工作的那种类型。她对他的了解很少，只知道他仍然跟着母亲住，养着一只胡须蜥，叫比尔博。但他对文学的了解堪比百科全书，书店的顾客也非常喜欢他。艾米莉亚也有些喜欢他——因为他的忠诚和善良。

“我想让你明白，戴夫，我还没决定要怎么处理书店。现在一切都还太乱，但希望你不要担心。你对书店很重要，爸非常看重你……”

“他是个传奇。”戴夫说，“别担心，我明白，你现在处境很难办。”

他轻轻拍了拍她的肩。他的手上戴满了骷髅头戒指，很重。

艾米莉亚轻轻捶了他一下：“别这样，又要把我弄哭了。”

她走到书架前，选下一批书。她好希望一切都不要改变，就保持这样。但有那么多乱糟糟的账目、遗嘱认证，各种法律程序。她整理好了父亲留下的账目、银行账单，交给安德利亚时，她的心沉了下来。她后悔当初没跟他多谈谈，但看到一个人生命垂危，恐怕谁也不想去跟他谈收支平衡。问题在于，他们的收支并不平衡。

不可能一点积极面都没有吧，她想。她有书店，有忠心的员工，成百上千本书，还有可爱的客户。她肯定能想办法让店撑下去的。也许她该早点回来，而不是在外游荡，环游世界，寻找自我。她不需要寻找自我，她就在这里——夜莺书店。但是朱利叶斯坚持让她去。他差不多是把她踢出了巢，那时她跟牛津的一个男人短暂交往，结果成了场灾难，因为他的“前妻”原来并非“前妻”。艾米莉亚当然不是他婚姻破裂的元凶，还以为自己是在帮他疗伤，不过事实似乎是，她对他来说还不够。她以为自己因为这件事心碎了。朱利叶斯不允许她为此一蹶不振，在她生日时送给她环游世界的机票。

“是单程的吗？”她开玩笑问道。

他没错，她确实该去拓展拓展视野，他说得当然对，她很快就意识到，她根本没有心碎，离她那过去式的恋人远一些是好事。她还看到了许多美妙的东西，在上百个不同的地标看日出日落。她永远也忘不掉在香港的十八层公寓里，俯瞰着港湾，那种住在云里的感觉。

可是，虽然她经历了那么多场冒险，交了那么多朋友，她还是明白，她不是浪迹天涯的自由者。匹斯布鲁克仍然是她的家，永远都是。

每月一次，托马西娜·马修斯会挑一个周二的下午，去夜莺书店——那是她一周中唯一休息的下午——去选一本新的烹饪书。这是她犒劳自己的方式。她家里的书架已经摆满了，但她觉得拥有再多的烹饪书也不算多。读烹饪书是她放松、逃离世界的方式，她会在夜里蜷在床上，一页一页读菜谱，了解异域文化，或是享受著名厨师、饮食爱好者让人垂涎的文字。

从前，她的这些下午都是在与朱利叶斯·南丁格尔的聊天中度过的，因为朱利叶斯，她发现了不少本不会发现的作家。他也十分热爱食物，她偶尔会给他带些自己做的东西：一片野味肉冻配上她的醋栗酱，或是杏仁奶油饼。他赞赏她的手艺，还会给出中肯的反馈——他敢于批判，提建议，这点她喜欢。她尊重他的看法。没有朱利叶斯，她是不可能发现艾丽丝·沃特斯和克劳迪娅·罗登的——或者说，会晚些发现，她肯定还是会找到她们的。

“重点不在图片，”朱利叶斯相当严肃地告诉她，“而是文字。一个出色的烹饪作家，能完全不需要靠照片，就让你看到、闻到、尝到菜品。”

但朱利叶斯不在这儿了。她在学校教工室的《匹斯布鲁克广告页》上读到了他的讣告。她躲在报纸后，任由泪水顺着脸颊落下。她不想让别人看到她哭，他们本来就觉得她很懦弱。托马西娜特别害羞。她从未参与过教工室里的斗嘴，也不跟同事们晚上一起出去玩。她内向到可怕。她希望自己不内向，但这是她改变不了的事。她努力过了。

朱利叶斯是这世上为数不多的几个不让她紧张的人。她与他相处时，会觉得做自己就好。书店没了他，感觉不一样了。自从听到了消息，她还没去过书店，但此刻，她来了，站在店门口。她可以看到艾米莉亚，朱利叶斯的女儿，正在一个展示橱窗前做最后的调整。她鼓起勇气，走进去跟她说话。她想告诉艾米莉亚，朱利叶斯对她来说有多重要。

托马西娜比艾米莉亚低三个学年，如今她见到艾米莉亚，还有种低年级学生看到学姐的敬畏感。艾米莉亚在学校很受欢迎：她既聪明勤奋，又很酷，这可是很难做到的。托马西娜可一点也不酷，有时候她甚至觉得自己根本就是透明的。从来没人注意过她。她朋友很少，也从来不明白这是为什么。她绝对算不上烦人。但她既害羞，又有些超重，还不够聪明，体育也不好，这样就没人对她感兴趣，即使她确实善良、贴心、关怀人。

食物是托马西娜的调节方式，这是她唯一擅长的事。她上了烹饪学校，现在在她从前上过的学校教食品工艺。周末，她还有“二人世界”[1]要照料。她觉得“二人世界”该是全国最小的临时餐厅了：她在自己的小房子里摆了一张两人用餐的桌子，她亲自为预订的人烹饪庆祝晚餐。餐厅的成功对她来说是意外的惊喜。人们喜欢作为一对情侣被单独服务的感觉。她的烹饪也足够好。她

---

1 “二人世界”：原文为法语“A Deux”。

赚不到什么钱，因为她总选用最好的食材，但她开餐厅是因为她喜欢看人们离开这里，走进夜色时酒足饭饱、幸福得飘飘然的样子。

再说，若没有“二人世界”，她的周末就只能一个人度过了。这样她好歹有些事做，给她一点动力，周日早晨彻底打扫干净之后，还有一整天的时间可以忙自己的事，洗衣服、批改作业。

她习惯了自己一个人，已经接受了这样的状态，她觉得自己身上没有什么能吸引情人的东西。她长着一张圆脸，脸颊粉扑扑的，让她脸红特别容易；她的头发也是乱糟糟的，十分细碎：她曾去找过理发师，理发师不悦地看了看她的头发，鄙视一般地说：“这我也没什么能做的，就给你剪剪分叉吧。”出来之后，她也没变什么样，她还以为能弄一头漂亮闪亮的秀发呢。后来，她就自己剪剪分叉。

让她意想不到的是，她的学生很爱她，她的课是最受欢迎的，不分男生女生，因为她让他们看到了烹饪的乐趣，连最忠实的垃圾食品拥护者离开她的课堂时，都会带上自己做的美食。她谈论食物时，非常自信，目光如炬，她的热情会传染。但是一出厨房，不论是在家，还是在学校，她都不怎么会说话。

正因如此，她等到书店里没人了，才敢走到收银台去，向艾米莉亚表示慰问。

“托马西娜！”艾米莉亚说，听到艾米莉亚记得她的名字，托马西娜红了脸，“爸爸经常说起你。他住院的时候还说等好了要带我去你的饭店。”

托马西娜眼里溢出了泪水。“哦，”她说，“为他烹饪该是我的荣幸。不过我那儿算不上饭店，我只是在自己家给别人做饭。”

“他很喜欢你——我知道的。他说你是他最好的顾客之一。”

“你会把书店开下去吧？”托马西娜紧张地问，“来书店是我生活的动力之一。”

“希望如此吧。”艾米莉亚说。

“呃，我只是想告诉你——我有多怀念他。”

“来参加他的追念仪式吧。下周四，在圣尼克教堂。你要是想上台，只要跟我说一声你要做什么就行——朗诵、诗歌，什么都行。”

托马西娜咬咬唇。她很想很想答应，为朱利叶斯做点事。但一想到站在那么多不认识的人面前，她就害怕。也许艾米莉亚会忘记她提过这件事？托马西娜觉得，参考她的经历，她若是反对什么事，人们就会抓住这事不放；她若是给个模棱两可的答案，他们经常就忘掉了。

“很棒的想法。我考虑考虑，回头答复你可以吗？”

“当然了。”艾米莉亚露出微笑，托马西娜惊愕地发觉她好像她父亲。她跟他一样温暖，一样能让人觉得自己很特别。

她回到烹饪书架，花了半个多小时找书。她已经挑了两本，两本都拿在手里，正在考虑，身后一个声音却把她吓了一跳。

“安东尼·波登，当然选他啦，毫无疑问。”

她转过身，感觉自己的脸红透了。她见过说话的人，但想不起在哪儿见过他。他是去过“二人世界”吗？他长得高瘦，而她却低而圆润。她认不出他，觉得很震惊，因为她很确定自己是认识他的。

“这是我读过的最棒的烹饪书。”她不知名的谈话对象继续说。她想起来了，他在奶酪店工作。没了白帽子、条纹围裙，她才没认出他——他穿着牛仔裤和套衫，她想起这还是她第一次看清他的头发：卷卷的浅色头发，配上他的婴儿肥脸，有点像个小天使。她总去他工作的店买奶酪——她做的晚餐总有一道奶酪菜，配上自制的燕麦饼干和榅桲果酱、大黄酸辣酱——有几次在店里碰到他，他给她切小样品尝，孔泰奶酪、塔雷吉欧，或是古比奶酪，取决于她那晚烹饪的主题。

“抱歉，”他接着说，她看到他也脸红了，“我没想打扰你，不过那是我最爱的书之一。”

“那我就买这本了。”她微微一笑，把另一本书放了回去，“我一开始没认出你。”

他把鬈发拨开，用双手比画了一个帽子的形状。她大笑起来。不知为何，她没觉得尴尬，可她还是想不到该说什么。

“所以，你喜欢书？”她挤出这么一句。太逊了。

“是啊，”他答道，“不过一整本我还是吃不下。”

她皱皱眉，不明白他的意思。

“开玩笑啦。”他说，“不好笑。我是想说，你喜欢孩子吗？”

她面无表情地盯着他。

“我喜欢书，”他澄清道，“但几乎没时间读。你是不知道奶酪的世界有多忙。”

“对啊，”她说，“我不知道。不过我想那一定是个奇妙的世界。你一直生活在奶酪世界里？”

他看着她：“你在取笑我吗？”

“没有！”他这么想，可把她吓坏了，“一点也没有。”

“那就好。”他说，“不过确实有人嘲笑我。他们觉得在奶酪店工作很好笑。我一出门，就总有人拿奶酪开我玩笑。”

“奶酪玩笑？有这种梗吗？”

“哪种奶酪能伪装一匹小马？”

托马西娜耸耸肩：“不知道。”

“马斯卡邦干酪[1]。哪种奶酪是倒着做的？”

“呃——还是不知道。”

“艾丹奶酪[2]。”

托马西娜笑得停不下：“这玩笑太烂了。”

---

1 马斯卡邦干酪（Mascarpone）：英语发音类似“伪装一匹小马（mask a pony）”。

2 艾丹奶酪：英文为 Edam，与“做（made）”拼写刚好相反。

“可不是，但我必须赶在别人之前讲这些笑话，因为我受不了听别人说。”

她看着他：“肯定有卡门贝尔奶酪的玩笑吧。”

“有啊。”他认真地点点头，“但还是别讲了。实际上，”他看看周围的书架，“我是来给我妈买礼物的。她喜欢烹饪书，但我觉得店里的烹饪书我都给她买过了，所以我现在想不出新主意。”

“她喜欢小说吗？”

“我猜喜欢吧……”他皱起鼻子，认真思考，“她总是在读书。这点我还是确定的。”

托马西娜点点头。

“你可以送她本跟食物有关的小说啊，比如诺拉·依弗朗的《我心欲焚》，有点搞笑，有点忧伤，但里面有菜谱。或者《浓情巧克力》？还可以从巧克力店买点巧克力一起送。”托马西娜停不下来了，“要是送我，我肯定喜欢。”

他看着她，一脸钦佩。“她肯定喜欢。你太天才了。”他四周张望，“哪儿能找到？”

托马西娜把他领到虚构类文学区，找到了刚刚说的书。

“这两本值得留下。”她跟他说。

他似乎没听懂。

“你知道的，有些书可以借给别人，可能会丢，或者送给慈善商店，但有些书要收藏一辈子。《我心欲焚》我已经读了十七遍了。”她又羞红了脸，她一谈自己就脸红，“也许我该多出出门。”

多出门？拿《爱丽丝梦游仙境》里的一句话变个形，应该这么说，她根本不出门，哪里来的多？

他拍拍她的肩，她心里升起一种麻麻的感觉。

“啊，你真厉害。以后店里见咯？”

她冲他微笑，还想再说些什么，却不知道说什么好，于是她点点头，他则慢悠悠地走向收银台，这时她才发现她还不知道他的名字。

她看着他付账时跟艾米莉亚聊天。他温暖、友善、开朗。她意识到一件事，跟他谈话时，她没害羞，没结巴。她甚至感觉跟别人没什么不同，很舒服。没错，她还是脸红了，但她经常脸红。她就是这样。

除他以外，唯一一个不让托马西娜紧张的人，就是朱利叶斯。也许是她在书店里就不紧张？也许是这里的空气让她变得更符合自己的期待，让她能跟人好好交谈？

她去结账时壮起胆问了问艾米莉亚。

“你知不知道那个人叫什么？刚刚跟我说话的那个？他好像在奶酪店工作。”

“詹姆？”艾米莉亚说，“詹姆·高斯林。他人蛮好的，以前经常给我父亲带店里最后一点布里干酪。”

托马西娜低头看看柜台。她做不到，就是没法开口问他有没有女朋友。她知道有些女人比她磨得开面子，她们敢问这种话。但托马西娜不是那种女人。

艾米莉亚看着她。她的表情像是知道什么，但不是那种不好的暗示。

“据我所知，”她随口提到，“他还是单身。他以前有个女朋友，不过她去澳大利亚了。她走的时候，他过来跟我父亲谈过。不过我觉得他应该已经走出那件事了。”

托马西娜有些慌张，她不知道该说什么。她不想反驳，说她没必要了解他的情况，因为那样太鲁莽了。但听到艾米莉亚觉得她对詹姆有意思，她确实是吓到了。她只希望艾米莉亚下次见到他千万别提这事，即使是开玩笑。一想到这些，她就想吐。她赶紧扭转话锋，希望艾米莉亚会忘记詹姆的事。

“对了，我很愿意朗诵，”她听到自己说，“在追念仪式上。”

“太棒了。”艾米莉亚微微一笑，“告诉我你要念什么，我就能给你在追念会上排顺序了。”

托马西娜点点头，她能感觉到耳中泵血的节奏。她怎么会冒出那样一句话？她根本不敢在一教堂的人面前站起来讲话。可是现在已经晚了，艾米莉亚把她的名字写在了一份清单上。她没法退缩，不然就会显得对朱利叶斯不敬。

她有点想吐，急忙付了书钱，离开了。

第四章

“那株黄铜芙蓉必须得除掉了。它就是不见开，我难过死了。它已经在那儿好久了，但好像没什么开花的希望了。”

莎拉·巴塞尔顿说起挖她的月季，就像说她心爱的动物必须安乐死一样。她用手指温柔地抚着病花所在的土地，好像在安抚它，这样它就能好起来。

“我帮你把它弄出来吧。”迪伦说，“你不需要知道什么时候。等除掉了，也许你就不会注意了。”

莎拉露出感激的微笑：“哦，我肯定会注意到的，但还是很感谢你。我只是太多愁善感了。”

当然，莎拉实际上一点也不多愁善感。她十分值得尊敬，从头到脚，从她脚上的橡胶长筒靴，到她那双浅牛仔色的眼睛。

她也尊敬他。他们两人关系很好，虽说一个是出身贵族，一个是双手长满厚茧的苦工之子，年龄还差了三十岁。他们最喜欢坐在花园房的阴影之中，喝着冒热气的建筑工人茶，来点卡斯达酱。一早上他们就可以吃掉一袋，边吃边把花园打理好。

莎拉指定的下一年种植计划摊开在屋子中央的支架桌上，她用小小的黑斜体将花的拉丁文名称写满整张纸。迪伦现在跟她一样熟悉这些学名了——他一毕业就开始在匹斯布鲁克庄园工作。

作为一栋豪宅，匹斯布鲁克还算是小而精致的：一栋赏心悦目的帕拉第奥式对称建筑，金色的石块筑成，再配上穹顶，坐落在两百英亩的起伏庄园中。迪伦来的时候是个初级园丁，负责整理草坪，他很快就成了莎拉的得意门生。他也不知道她是看到了他身上的什么闪光点：那时他只是个害羞的十七岁男孩，不想遵照学校的建议去上大学，因为他家没有一个人上过大学。他们都是在室外工作的：他们的人生都由自然来塑造，由天气来掌控。迪伦在这样的环境中才舒服。他每天七点半准时上班，不论风吹日晒，阴晴雨雪。

有个老师试图说服他至少要去大学学园艺学，但他觉得坐在教室里跟亲自上手学比，完全是没有意义的。莎拉也比任何大学的导师都强。她督促他、检验他、教给他东西，还给他演示，然后再让他做给她看。她不吝啬表扬，批评建议也总是有建设意义。她敏捷而有活力，总是知道自己想要什么，所以迪伦也知道他自己的位置。这里适合他，连地上肥沃的红色黏土都适合他。

“你真是天生的好园丁。”她越来越多地这样夸赞他，话里透着赞赏。他有种直觉，知道什么花该配什么花，哪些品种会同时开花。算是奖励他这种与生俱来的能力，她允许他从自己的藏书里拿书带回家读：格特鲁德·杰基尔、薇塔·萨克维尔·韦斯特、“万能的布朗”、邦妮·威廉姆斯、克里斯托弗·洛伊德——他也不是只看图片。他如饥似渴地读他们的文字，他们的灵感、设想，他们遇到的问题、提出的解决方案。

有一天，莎拉意识到迪伦懂得比她多了。这些日子，迪伦总是会质疑她的种植计划，在给一片地换新花时，他会提出一些不同的意见，或是想出新的培育点子。他会建议种成曲线而非直线；放弃彩虹色的混合花圃，改种一种颜色；新开一块专为花香而非外形而植的花圃。他还从庄园里找到一些物件来做陪衬：老日晷、古董农具，还有他要花几小时修复的旧长椅。他把旧物改造做到了极致。

莎拉最怕他跳槽。匹斯布鲁克庄园近些年来越来越受欢迎，周边也冒出不少其他庄园，迪伦很有可能会被挖走。他们有三个正规玫瑰园、一个采摘花园、一个带围墙的菜园、一座迷宫，还有一小片湖泊、一座小岛、一处废弃的寺庙，游客都可以去游览。有段时间他们经常上杂志，大多文章都用迪伦干活时的照片当配图，因为迪伦长得好看是不争的事实。莎拉有时走过转角，看到他穿着短裤、靴子挖土，看到他强壮的肌肉也会心跳漏掉一拍。他要是上电视，肯定受欢迎。

她要尽力留住他。她现在已经无法想象没有迪伦的匹斯布鲁克了。不过她能给他付的薪水也是有限的，毕竟他们的生意也不大好做。即使他们再努力，还是很难达到收支平衡。

但今天，至少工作的压力让她暂时忘记了悲伤，她要隐藏的悲伤。她不得不给心穿上拘束衣，将心碎深深埋起。她觉得没有人知道她此刻的感受，也没人知道她经历了什么。

六个月，从头算起的话。疾病击垮了他，以可怕的速度将他吞噬，而她什么也做不了。他们已经尽力抽时间在一起了，但是——

她命令自己停下来。她不想记起这些事，再重温一遍。感谢上帝啊，她心想，幸好有这些花园，让她一天天地忙。她避不开它们，必须时时刻刻地挂在心上。花需要不间断地照料，一天也不能休息。若是没有这个动力撑着，她恐怕几周前就垮掉了。

“花园里的小屋呢？”迪伦问道，莎拉猛地抬头看他。

“花园小屋怎么了？”

“得处理一下啊。要么修整，要么就得拆了。弄好了就是个不错的景点，不过——”

“先不管它了。”莎拉的语调暗示“不要再提这个话题”，“修理它是个长期工程，我们现在没有预算。”

他看着她，而她也没有挪开目光，祈祷着他不再追问。他知道吗？他是知道，才提起小屋的吗？她必须小心，他很机敏，有着超越常人的洞察力，几乎是一种第六感。这是她喜欢他的原因之一。“敏感”并不是合适的形容词，也许该说直觉强大？他曾告诉她，他祖母有种“天赋”。这种事可能会遗传，你要是相信它存在的话。莎拉不确定自己相不相信，但无论如何，她都不想在这个节骨眼儿上露出马脚。

不过，他的话很对，花园小屋确实需要处理。它坐落在庄园外围，一片森林后的小山丘上。它是个用不规则黄色石块盖的八角形建筑，活脱脱像是童话里的屋子，被常春藤和蜘蛛网所包围。它已经被人遗忘多年。屋子里面，墙上的涂料已经开始剥落，地板腐烂了，玻璃门的合页也松了。屋里只有个旧沙发，一股潮湿发霉的味道。莎拉现在都能想起那味道，令人舒心的淡淡霉味混杂着他肌肤的气味。她从不介意那里糟糕的环境。对她来说，这里和巴黎的乔治五世四季酒店、伦敦的萨沃伊饭店都没有区别。

她不想让任何人进去。

“就先把去那儿的路封住吧。”她跟迪伦说。

她回想着自己走过那条路的许许多多情景，那条通向他们会面地点的狭窄森林小路。他把车停在僻静的入口处，一间破烂的棚子后面。那条路几乎没人走，只有极少数的农民会走，所以，稍微碰碰运气，车就不会被发现。不过有时候醉酒的司机从酒吧出来会从这条路回家，以防被查，只要有一人发现，事情就败露了……

她不该担心这些。现在这个问题几乎已经不算什么了，也没人能拿出任何证据。她努力忘掉这件事，专心想婚礼。作为新娘的母亲，婚礼才该是她的头等大事。但婚礼又不需要什么工作。这场婚礼的策划并没像别的婚礼那样手忙脚乱，毕竟他们家人在这方面很有经验：匹斯布鲁克庄园几年前就取得了婚礼策划许可证，这也是他们的收入来源之一，到了策划自己家人婚礼时，他们早已轻车熟路。爱丽丝也不是那种神经紧张又多事的新娘。实际上，爱丽丝自己觉得，只要她爱的人都在场，又有足够的香槟和蛋糕，那她的婚礼就是完美的。

“我不要乱忙活，也不要什么婚礼专用摆设，妈，你知道我讨厌那些东西。在家办婚礼，所有人都在场，就很完美了。能出什么错呢？咱们闭着眼睛都能办好。”

爱丽丝，莎拉的掌上明珠。爱丽丝把人生当作一次漫长的小马俱乐部夏令营，不过还要加上鸡尾酒。爱丽丝的热情让所有人簇拥在她身边，她的脸上永远挂着微笑。莎拉为有她这样的女儿而骄傲，为了保护她，愿意做任何事。爱丽丝倒也让人省心。她迷人，性格随和，活得多姿多彩，穿着她标志性的紧身 Polo 衫、牛仔裤和杜巴瑞靴子，披着一头金发，素面朝天，脸蛋总是因为忙来忙去而红扑扑的。

爱丽丝去建筑大学修房产管理时，确实让她忧心了几年（那时候她可是已经够忧心了！）——爱丽丝以后要继承匹斯布鲁克庄园，所以学房产管理顺理成章，但是她连着两年不及格。她从来不是高分学生，似乎无法完成大学的课程。当然，她是经常去参加派对，但其他学生也一样，可他们的成绩并没有那么糟。

所以爱丽丝就回了家，开始工作。她很快就在管理庄园方面展现了惊人的才能，好像她天生就是干这行的。镇里的人来到匹斯布鲁克庄园都觉得很自在，有宾至如归的感觉。她是匹斯布鲁克改造的主导人，把马厩院中央的马车房改成了精品店，卖那种你明明不需要，却特别特别想买的漂亮物件；还设计了一间茶话室，那里卖的拳头大的水果司康饼非常火爆。她还擅长策划活动。去年他们举行了一场室外音乐剧、一次复活节彩蛋活动，还有一回后备厢跳蚤市场活动。她还合计着来年组织儿童夏令营：格拉斯顿伯里遇上伊妮德·布莱顿。

当然，最令人激动的还是爱丽丝的婚礼，婚礼将在十月底举行。她没法在夏天办婚礼，因为那时他们得忙着帮别人策划婚礼。

“反正，”爱丽丝说，一如既往地乐观，“我本来就更喜欢冬天的婚礼。所有东西都蒙着一层霜，亮闪闪的，好多好多藤，还有蜡烛。”

她要嫁给休·帕蒂弗，一个英俊的对冲基金经理。他每次参加越野赛车，开着白色的机械增压运动型车飞驰而过，都会让女孩子们脸红心跳。

莎拉若是对休有什么不满，那也从来没说出口过。从表面来看，他近乎完美，非常有魅力。她想，她会担心只是因为她对爱丽丝的保护欲。她没有证据证明休不正经。他的行为挑不出错来，家庭活动也积极参加，还很贴心，要是说他玩得太疯，也算不得什么，因为爱丽丝的朋友都是那样。他收入不错，不是个吃白食的。再说了，他要是为了钱，巴塞尔顿一家也没什么钱。他们家是典型的资产上富有，金钱上贫穷，相反，他们更需要休。

莎拉把她对休的疑虑都藏在心里，她得学着放下这些想法。是时候把爱丽丝交出去了，她还会是匹斯布鲁克庄园生活的一部分——没了她，庄园是撑不下去的——但她是个独立的女性。莎拉不会通过爱丽丝要钱。有个能支持她的丈夫确实是好事，等她决定生孩子时能靠得住。莎拉对她女儿的能力很有信心，但她也知道，爱丽丝承受着多大的压力。谁也无法否认，钱总能让情况好些，尤其是做母亲时。

“那我在那儿设个大门好吗？”

迪伦的声音惊到了莎拉，让她回过神来，考虑眼前的事。

“好，这段时间还要把它锁住。我觉得那小屋不安全，可别害谁受伤了。”

迪伦点点头，但他在用好奇的眼神打量她。莎拉在一张种植计划图上乱画起来。她无法直视他。她想，他肯定知道了。她真希望能跟人谈谈，但她又知道保守秘密的重要性。连自己的秘密都保守不好，还怎么能替别人保守秘密呢？

“好的。”迪伦站起身来，“我也该走了。天黑得越来越早了，白天变短了。”

“是啊。”白天，黑夜，莎拉说不清哪个更糟糕。白天她可以不停地做事，但她也得伪装给所有人看，从拉尔夫到爱丽丝，甚至还有邮递员，假装什么事都没有，这让她疲惫不堪。夜里她能停止伪装，不需要再假装，还可以睡觉。但她睡不好，也无法控制她的梦境。他出现在她的梦里，她就会醒来，满脸是泪，努力忍住啜泣的冲动。她不能弄醒拉尔夫，不然她该怎么说呢？她该怎么解释她的伤心呢？她叹了口气，又拿起一盒卡斯达酱。她的大脑这些天从没歇过。一切的一切在她脑海中转来转去，不分白天黑夜，好像一台运转的洗衣机，装满思绪、恐惧、担忧，却没有答案。

她想他，天哪，她好想他啊。

她拿起刚刚用过的马克杯，把它们带回了厨房。厨房桌上放着一份《匹斯布鲁克广告页》，肯定是拉尔夫或是某个员工刚刚在读。莎拉允许所有员工进她的厨房，因为她觉得应该让他们都感觉像是这个家庭的一分子。厨房很大，还有一扇通往后院的后门，所以他们不需要通过房子里其他部分，就能进厨房，庄园办公室、茶话室、精品店，庄园的全职员工加起来就十多个。通常，下午五点他们就都下班了，这条规则也不会给她带来太多不便，她还觉得这是件好事。

她低头看看那张纸。左边那页上有他的照片，他那可爱的面庞、善良的微笑、标志性的花白头发。

悼念朱利叶斯·南丁格尔的追念仪式……

她坐了下来，重新读了一遍细节，晕乎乎的。她知道葬礼的事——这是个小镇，消息很灵通。他的葬礼很低调，但这个追念仪式却是对所有人开放的。任何人若是想朗诵或发表悼词，只要去书店找艾米莉亚就行了。

悼词？她不知从何开始，也不知该怎样结束。她怎么才能用言语表达他的好呢？她能感觉到，一拨可怕的悲伤又要袭来，毫不留情，让她没办法阻止。她抬头望着天花板，做了几次深呼吸，只要能从悲伤的魔爪下逃脱，任何方法都行。她坚强了太久，好累，斗争得好累，但她不能崩溃。随时都有可能有人进来。

她强迫自己振作起来，又看了一眼桌上的纸。她该去吗？她可以去吗？她去的话不会显得奇怪。匹斯布鲁克没人不认识朱利叶斯。跟所有小镇子的维恩图一样，他们的社交圈有所交集。而莎拉也作为“庄园女主人”参加过不少葬礼和追念仪式，虽然跟逝者并不是很熟。没人会觉得奇怪。

但她要是崩溃、大哭，别人可就要知道了，而她就是想大哭。

她希望他在这里，那样她就能问他的意见了，他总是知道该怎么做。她想象着他们两人躺在花园小屋的沙发上。她想象着戳戳他，像小猫似的调皮一下。在他身边，她总觉得像只小猫：软软的，顽皮而亲昵。

“我该去参加你的追念仪式吗？”

在她的想象中，他转身看着她，脸上挂着他那独有的淘气微笑：“那当然了，”他说，“谁不去，你都不能不去。”

第五章

杰克逊一直害怕跟伊安·曼迪普会面的这一刻。好吧，说会面有些太正式了，应该说“友好的谈话”，在他的厨房里，一点也不正式。伊安有个提议。

杰克逊怀疑又是什么他不愿意做的事。他又要食言了，因为他之前对自己发誓，要逃离伊安的控制，硬气起来。可他没的选。他没有什么资质，没人引荐，也没有他同学们那样能把他们从监狱里保释出来的富爸爸。

这就是这个地方的问题所在，杰克逊想着，在伊安的早餐台前坐下：要不就是富到流油，要不就是穷得叮当响。他也曾经有一腔野心和乐观，现在却甘于被伊安·曼迪普指使，混日子。不知什么时候，他的野心、激情全消退了。让他难为情的是，他清楚这是他自己的错。曼迪普当年的资源跟他一样——什么都没有。他却不像曼迪普一样聪明。

他环顾厨房：高高的白色橱柜，擦得闪亮；玻璃门的藏酒冰箱，里面摆着一排排典藏香槟，不知从哪里飘来音乐声，还有一支大大的三芯蜡烛散发着昂贵的香气，这蜡烛确实很贵——米娅想买，但杰克逊实在无法理解怎么会有人愿意花几百英镑去买一支蜡烛。

伊安能拥有这一切，包括门外停着的阿斯顿·马丁，靠的可不是善良。杰克逊的古董级铃木吉普就停在旁边，他目前只能买得起这个，他还要还贷款，给米娅付赡养费，这几乎要花掉他的全部工资。他的伙计们都说他太软了，让米娅随意欺负他。他们都从没结过婚。他们说，他根本不用给她一分钱。但钱是给菲恩的，杰克逊要对自己的儿子负责，这就意味着他也得照顾儿子的母亲。公平来讲，米娅也没有张口要什么，是他自己清楚他的责任。

所以他才仍然给伊安跑腿，而不是自己单干，他本来是想自己干的。但创业需要本钱，做搭屋檐、建温室之类零活儿的包工头也不例外。伊安就是那样起家的。现在他建豪华公寓，开发房地产，简直就是印钞机。伊安就是底层人也能爬到顶端的例证。

杰克逊是伊安的头号手下，负责盯着伊安的所有项目，汇报情况。他还给可开发的项目踩点：是杰克逊提醒伊安手套厂的事，给伊安寻得了机会，在公开竞价之前低价购入。

所以杰克逊知道，他能胜任伊安的工作。他可以看出一栋建筑的潜力。他有足够的相关知识、经验、精力，还认识能招来工人的承包商。他差的只有过人的直觉，而此刻，还缺单干所需要的钱。他已经错过了那班船。这事他多年前就该做了，还年轻，还没有任何负担的时候。现在他已经被困住，还不到三十岁，就把自己逼进了进退维谷的小角落。

他弓着腰，在伊安对面的皮革面铬制高脚凳上坐下。伊安也坐在高脚凳上，不停地转凳子，一脸扬扬得意的样子，还拿支铅笔敲打黑色花岗岩台面。他们面前摆着他的手套工厂改造方案：那栋楼以及周边环境的线稿。

“好了，”伊安说，他虽然赚了百万千万，说话却仍然带口音，“我想要那家书店。那栋楼形象好，我要把它改成我的办公室，上档次。现在就开始做，对我名望的帮助比任何广告都管用。”

伊安特别在意别人对他的看法，他渴望被人当成上流人士。他说得没错——书店那栋楼是匹斯布鲁克最好的楼之一，又靠近桥。杰克逊已经能在脑海中想象楼外挂的标志了——匹斯布鲁克房产开发，再配上公司的橡木叶 logo。

“我还重看了手套厂的图，做了小修改。要能弄到书店的停车位，我就又多了四户的停车位。没有的话，就只能建八户，那样利润就不怎么样。十二户的话，就能大赚一笔。你知道委员会的人什么样。停车位不够，他们不给批。匹斯布鲁克的停车位可谓是千金难求。”

他用铅笔点了点停车位的位置。

“朱利叶斯·南丁格尔根本不听劝。”伊安接着说，“那些烦人精，觉得钱不重要。我许了他一块大肥肉，他却不感兴趣。但现在他不在了，他女儿管事。她坚持说她也不感兴趣。不过老爸走了，她自己撑那地方肯定很难。我想她应该能被说服，只是她不想被我说服。所以……这就该你上场了，漂亮男孩。”

伊安咧嘴笑了。没错，杰克逊是个漂亮男孩，身材瘦削却有肌肉，棕色的眼睛跟知更鸟那般明亮，身上还有些浪子的气质。他的眼周和嘴边都爬满了笑纹，尽管过去几年没什么能让他笑起来的事。再加上他那稍长的头发和一副飞行员款墨镜，就是典型的坏男孩形象，透着几分淘气，但他还很暖，有魅力，又机智。他可以轻易迷住女孩——不过他可没那么邪恶。他只是不会拒绝——无法拒绝麻烦，也无法拒绝漂亮女孩。现在，漂亮女孩这条已经不适用了。他心不在此。最近他都开始怀疑自己还有没有心了。

杰克逊听了伊安的话，皱皱眉：“但我怎么跟她混熟啊？我这辈子都没读过一本书。”

“《达·芬奇密码》都没读过吗？我还以为所有人都看过那个呢。”伊安不怎么看书，但他还是在放假时看了那本厚重的书。

杰克逊摇摇头。他不是不会阅读，只是从来不看书。书就是吸引不了他。他讨厌书的气味，而且书让他想起学校。他痛恨上学——学校也讨厌他。他觉得学校束缚他，他还受人嘲笑，他离开时他们都挺高兴。

伊安耸耸肩。

“办法你来想。但你长得好看，想征服一个女孩，还是得用美男计，对吧？”

即使杰克逊露出了被恶心到的神情，伊安还是微笑着俯身向前。

“你帮我弄到那家书店，手套厂的项目就归你管。”

杰克逊挑挑眉。让他管理整个项目，这还是前所未有的，但伊安的条件却是“双刃剑”。伊安觉得他能胜任，让他受宠若惊。当然，他是有这个能力的。

只是杰克逊真正想要的，是自己干伊安的那种生意。要做到这点，他得有本钱，很多本钱。现在，杰克逊都没有买个猪圈的定金钱。

伊安很聪明，对杰克逊了如指掌。他在利用他，对吧？伊安给他的工资还不错。杰克逊搞砸了跟米娅的关系，也不是伊安的错；米娅花光他的钱，也不是伊安的错。他只能怪自己。他要是没那么傻……

伊安拉开抽屉，掏出一沓钱。他数了五百。

“这是经费。”

杰克逊收了钱，放进口袋，心想着这钱能买什么。

他希望假期能接菲恩来过。他想象着海滩上一座魔幻酒店，有四个泳池，有棕榈树，还有免费不限量的鸡尾酒。他渴望温暖的阳光照在皮肤上，渴望跟儿子一起欢笑。

或者，他可以攒着，买辆像样的面包车。他只需要一个项目，帮他起步。要是能做好，就会有口碑支撑。那样他就能揽下一个活儿，攒钱，随时盯着，寻找需要装修的房子……他能做到的，非常确定。

同时，他跟伊安的关系还得保持好。伊安是他的饭票，也并不想放他走人。他必须机灵点。

攻破艾米莉亚·南丁格尔用不了多久。只要杰克逊看上了一个女孩，她就成了瓮中之鳖。他得找回从前的魅力，从前喜欢他的女孩可是排队的。打起精神来，他告诉自己。

杰克逊伸出手，嬉皮地眨眨眼，跟伊安握了手，这一眨眼简直可以跟扒手道奇媲美。

“交给我了，伙计。这月底，夜莺书店就肯定是你的了。”

跟伊安见面之后，杰克逊开车去了松林天堂，他跟母亲奇拉住在那儿。他不会跟她讲伊安的勾当，她肯定不赞成。

他讨厌这个公园。这是个谎言，当初这里被宣传成什么五十五岁以上居民的天堂。“你的专属小天堂：平和、宁静，坐落在科兹沃尔德郊外。”可这地方实际上就是个垃圾堆。

停车场里扔着生锈的废料桶，周围还有没手续的车、带轮的垃圾桶，角落里还拴着头脏兮兮的斯塔福郡斗牛梗，这就是宣传册里所说的“安保”（“二十四小时安全保障，保你夜晚安心入睡”）。

他走过一间移动板房，这里的经理，加维，整天坐在里面，边吃泡面，边在笔记本上看毛片。加维的职责是检查进出的人员，但就算泰德·邦迪[1]跟约克郡屠夫手挽着手飘进来，加维也不会眨一下眼。他还应该为居民收包裹，帮他们维修，总之他本该是每个人都靠得住的阳光使者。可实际上，他就是个恶狠狠的木头人，提醒每个居民，他们只配得上这样的员工。

加维有肥胖症，呼吸像打鼾，身上的味道如同学校里没人愿意同桌的脏男孩。他让杰克逊反胃。奇拉说过她蛮喜欢他，可奇拉喜欢所有人。她对人们毫不挑拣。

杰克逊不知道自己怎么会跟母亲差别这么大，他谁都不喜欢。至少这一刻，他谁也不喜欢。

当然，菲恩要除外，还有小狼。

他继续沿着“自然走道”朝母亲的家走去。这是一条杂草横

1 泰德 · 邦迪（Theodore Robert “Ted” Bundy，1946—1989）：美国臭名昭著的变态杀人狂。

生的路，只有地上薄薄的一层树皮能给人们指路。这儿可没有什么自然可言，不过杰克逊不止一次看到耗子跑进旁边的灌木丛。他哪天该放小狼到这儿打猎，把这些害虫除一除。可那也没什么意义。住户们都把垃圾扔在外面，任其腐烂。耗子一转眼间就又会杀回来。

每户外面的一小片草坪周围有围栏，但都已经腐烂了，草也已经秃而枯黄了。小径两旁都有路灯，但几乎都坏掉了，路灯上挂的吊篮里也只有野草。

也许这里曾经确实如宣传册中所描绘的那般。也许草坪曾经十分茂密，修剪整齐，地面打扫得一尘不染。也许这儿的住户曾经为自己的家而自豪。

听母亲说她买了这里地产的那天，杰克逊绝望极了。她被骗了。他们把她带到样板房，端上一杯便宜的气泡酒，一个满脸粉刺的年轻人，穿着廉价的西装加白袜子，骗得她相信这地方是投资她积蓄的最好方式。奇拉本有一笔攒了蛮久的钱，她一向爱攒钱。杰克逊被她的天真震惊到了。她怎么就看不出，合同的墨迹一干，这公园里的产业就会跌到一文不值？她怎么看不到，这里的地产商根本没打算在卖出所有产业之后兑现承诺？这是个天才的骗局。但他想到母亲余生都要被迫住在这种地方，就恶心。没人想住在松林天堂。人们说去那儿的人都是等死的，说这地方离墓碑只有一步之遥。

而现在，他也跟她住在这里，一个他渐渐仇恨起来的地方。本来这只是暂时的。两年前，菲恩三岁，米娅刚把他赶出来时，他还以为过不了多久，她就会让他回去的。他现在知道了，当时的他一无是处，但那时他真的只是还没准备好做父亲。他一开始都没意识到，宝宝会时时刻刻都在他们的生活中。他一不小心就会忘掉自己该做的事，把照顾宝宝的任务全丢给米娅，他会加班晚归，路上在酒吧坐坐，多喝几杯啤酒。

不过他还是可以找到借口的，米娅变了。做了母亲之后，她变得过度焦虑，变得刻薄。她对菲恩的事都多虑，而杰克逊得不停地告诉她，少担心。这在两人之间引起了许多矛盾。他在家的时间越来越短，不想回家就吵架、被挑刺、大哭大喊（哭的通常是菲恩，有时是米娅）。他也试着改变，可不知怎的，他做什么都只能让她失望，所以离她远一些似乎是更容易的选择。

然后，她把他赶出去了，那晚他在凌晨一点醉醺醺地回到家，而她整整四个小时都在照顾呕吐的菲恩，把菲恩抱到他们的床上去之后，已经换了两次床单，她只想休息一下子。杰克逊反驳了——他怎么知道宝宝会胃不舒服？但他知道是自己理亏，自己活该。

他以为那只是暂时的，米娅就是想吓唬吓唬他，但她不想让他再回去。

“你不在好多了。”她说，“什么事都我自己干，反而还好一些，因为不用总跟你生气了。抱歉，杰克逊。”

走到不怎么结实的白色门前，他没敲门，就推门进去了。他母亲坐在拖车内的阴影里。小狼躺在她脚边，但杰克逊一进门，他就蹦了起来。至少还有他见了杰克逊高兴。他一意识到米娅不会让他回去，就领养了小狼。他去了流浪狗救助中心，看了他们那儿所有的狗：杰克·罗素梗、柯利犬、马士提夫獒犬。最里面有一只贝林登猎狗，体型大得很，不方便，还很邋遢。但杰克逊看到他，就想到了自己。实际上，他是只好狗，可有时候就是控制不住自己……他怎么能拒绝这样一只狗呢？

他妈妈也跟小狼一样，见了他很高兴。她的表情立马亮了起来，眼睛发着光。他还是不敢相信母亲变得这样脆弱。他不想承认，母亲越来越老了。他要给她做顿像样的饭。他绝对称不上大厨，但他用伊安给的钱买了些鸡肉块和蔬菜。

年轻时，她总是自豪地烹饪美食，不过大概在跟第三任丈夫分开，还没跟第四任在一起时，她就对食物失去了兴趣。

他不想看着曾经美丽的母亲坐在椅子上，一副小鸟般柔弱的样子；他不想看着她那曾经浓密柔顺的秀发乱糟糟地披在肩上。她把头发染回黑色，可现在染发的效果也消退了，露出三英寸长的灰白发根。

说到底，这是因为心情抑郁。很明显，容颜老去，丈夫又抛弃了你，这似乎合情合理。杰克逊想，是不是一开始就不曾美丽，反倒更容易些？他自己也经常靠容貌办事，不止容貌，还有他的魅力。

“咱们出去好吗？”他问道，其实心里知道答案。他希望她能给他个惊喜，答应，却又不希望她答应。他不想看到她踏进真实的世界，那样她的生存环境会显得更加压抑。

“不了，亲爱的。”她答道，答案如他所料，“你在这儿就够了。”

他叹了口气，用刚刚买来的食材和这里有限的条件尽力做些好吃的，往上面洒了一袋油油的肉汁。

他们一起在小桌子上吃饭。杰克逊没有胃口，但他还是得给母亲树个榜样。他逼她多吃点胡萝卜，把多的肉汁都给她。至少这样他能保证她摄入一点维生素、一些卡路里。

他还买了一份成品苹果派和一盒蛋奶沙司，但她说饱了。

“我一会儿再给你热。”

“你是个好孩子。”

她总这样说他。他记得她年轻时，还充满活力，在厨房里跳舞，怀里抱着他。

“你是个好孩子，最好的孩子。”他用小小的手指摸她的耳环，被那道闪光所吸引。他闻着她的气味，好像成熟的蜜桃。

她去哪儿了？他的母亲去哪儿了？是谁偷走了她？

他洗了碗，水池小到不能平放一个晚餐餐盘。他再次试图压住自己的抑郁。他洗干净了周围所有的杯子，把厨台也擦干净了。

他都可以听到米娅的声音，她说："你从没为我做过这些。"

可他做过，曾经。只是，在米娅眼里，一切都永远对不了，她是个控制狂。他呼吸的方式都是错的。

"妈，我去看菲恩了。"他弯腰吻了她一下，却没有贴得太近，"我一会儿就回来。"

"拜拜。我去小睡一会儿。"她微笑着靠在椅子上。他吹了个口哨叫小狼过来，小狼立刻跳了起来。他就像个卡通角色，眼睛是纯黑的，充满疑问，腿和尾巴有些太长了，乱糟糟的灰色皮毛就像被倒梳了毛的泰迪熊。他在杰克逊身边转着圈，一副迫不及待的样子。

杰克逊顺手拎上垃圾袋，往回走的路上把它扔到了废料桶旁边。房车里阴暗的感觉却尾随着他。

"喂！"加维从他的老巢里喊了一句，但杰克逊知道他没惹上麻烦。加维才懒得追他，也懒得去把垃圾袋捡起来。

他离开公园，开始奔跑，大口大口地吸气，想把过去两个小时吸进去的霉味都排出来。小狼在他身边欢乐地跑，两只耳朵飘在脑后。

我们肯定能过上更好的生活，他想。

他跟小狼一起走回匹斯布鲁克，然后走上通往牛津的大道。最终，他走到了米娅和菲恩住的那个死胡同。他也曾生活在这里。那是伊安最赚钱的项目之一，有商务四卧套间，也有经济型住房，作为协议的一部分，他有义务建一部分经济型住房。这些房子都只允许本地人买。这房子也是杰克逊还对伊安忠诚的原因之一，因为这套房是伊安低价给他的。伊安偶尔会大方一下子，不过自己也总能从中捞到好处。这件事似乎是完全没有私人目的的，杰克逊却一直觉得，他好像在等伊安开口要他还人情。他总觉得有一天，伊安非得叫他去抛个尸体什么的。

当然了，杰克逊的计划是，搞一个需要修整的项目。他和米娅共同做，这样他们就能挣到些钱，卖掉之后再买大些的地方。如此往复，直到能做大项目。可后来米娅怀孕了，他们得尽快找个自己住的房子，要适合孩子住。让孩子在建筑工地上长大可不行。

所以这算是他的妥协。不过杰克逊第一次购置房产，还是很自豪的。他记得他第一次领米娅跨过门槛的时候，米娅的表情。这个建着漂亮小房子的巷子故意做成马厩小道的样子，仿照镇上传统的纺织工厂的房子来造。这里的一切都是他提前挑好的：淡蓝色的夏克式厨房，客厅里的银色金属压花墙纸，楼下卫生间浅绿色的玻璃洗脸池。米娅惊得不知说什么好。

“这是咱们的？”她轻声问，“真的是咱们的？”

现在，已经没有“咱们”一说了。

他敲敲浅奶油色的门，想起他当初选这个颜色时十分自豪。米娅来开门，她的深色鬈发扎了起来，穿着浅粉色的汗衫和灰色瑜伽裤，吃着低脂酸奶。

“菲恩现在有空吗？”

她叹了口气：“你不听人讲话吗？他周二要上跆拳道课，在康乐中心。”

杰克逊点点头：“我会过去接他的。”

“没事的，我安排好了。教练会送他回来。”

“我可以告诉他不必麻烦——”

“不。他本来也要给我送蛋白粉，训练用。”

“训练？”

“三项全能。我本来该去游泳的，但是……”

他搬出去后，米娅就成了健身狂人。她着了魔。杰克逊觉得她减重过度了。她身上的曲线全没了，全是棱棱角角，脸也没了从前的柔和。

他盯着她看，细看之下，她太憔悴了。

“你还好吗？”

她一脸惊讶。他们的关系发展成现在这样之后，两人都没表达过对对方的关心。他们尽量避免私人问题。

“当然，”她答道，“只是——你知道的——每个月那几天。”

这种时候她总是很难受。从前，他会给她泡茶，灌热水瓶，帮她揉背，那是他变成浑球之前。他张口想表示同情，或是安慰，却不知道怎么说。对于这个变成了陌生人的女人，他说什么都会显得冒犯。

她又吃了一勺酸奶，仍然站在门阶上，一点没有请他进来的意思。

“你没去参加父母之夜活动。”

她的语气里夹杂着那种严厉的指责。他很高兴，自己刚刚没表示同情。

“什么？”他皱着眉说，“那是什么时候？你根本没告诉我。”

“上周四。不用我说你也该知道。”

“你不说我怎么知道？”

“留点心啊。”她瞪了他一眼，“你从来不知道他在干吗。”

“我知道。”

“真的吗？那你说说他这学期在学什么？”

杰克逊没法回答。

“维京人，杰克逊，是维京人。”

他叹了口气：“我是个窝囊废，米娅。这咱们都知道，你不用证明什么。”

“只是这会让菲恩丢脸。”

“我跟菲恩，我们俩玩得很好。他跟我在一起的时候，我们很快乐。”

“但光玩得好是不够的。”

他看着她。她什么时候变得这么愤世嫉俗了？又是为什么？

“你幸福吗？”他突然问道。

她好像被惊到了，好像被他逮到做了什么不该做的事。

“当然了。”

“真的？但幸福的人可不会故意害别人痛苦。”

她看向别处。杰克逊看不出她在想什么，他从来猜不透她的心思。自从有了菲恩，他就觉得真正的米娅藏到哪里去了。

她再次开口时，声音小到他差点没听见。

“没什么，我只是累了。”

他还跟她在一起时，她就总这么说。她总是觉得累。

“肯定是训练太多了，这也难怪。休息休息吧，米。”

他朝她迈了几步，想拥抱她一下，告诉她没事的，但她向后退了。

“我没事。”她冲他勉强地笑笑，“是训练在撑着我。”

“我不明白，米。你有房子，你有咱们可爱的菲恩，你摆脱了我。你还想要什么？”

她翻翻白眼：“你可以明天放学后接他。别迟到。”

她又往嘴里送了一勺酸奶，用脚把门带上。杰克逊在台阶上站了片刻，无法相信他每次见她，都能被她越贬越低。很明显，她看不起他；很明显，她觉得他是个不合格的父亲。可他不算不合格的父亲啊，他和菲恩在一起玩得很开心。他带菲恩去钓鱼，带他去溜冰场滑冰，教他小把戏，还给他买正经的食物，而不是她给他吃的那些垃圾：小扁豆、藜麦。菲恩也非常爱小狼。

他要怎样做才能证明自己？

他转身，沿着车道走回大路上，小狼跟在他旁边，时不时抬头看他一眼。太阳开始落下，他回想着这一天。他走着走着，突然想出一个点子。他可以帮伊安办妥这件事，证明他是个好父亲。若是一切按计划进行，也许他能收拾好这个烂摊子。

第六章

“账务是一团糟，小艾。”安德利亚告诉她，“你来我办公室一趟吧。不过不要慌。我们能解决的，我就是来帮你的。”

艾米莉亚感到自己的心凉了一截。她很感激安德利亚。她的朋友真是不能再好了，虽然她们两人是如此地不同。安德利亚每天都要打电话问她怎么样，还给她带来用心的礼物：上周她带来了一支玫瑰香的摩洛哥熏香蜡烛，昂贵而有效。

“在床上躺下，把香味吸进去。”安德利亚给她指导，“马上就能舒服许多。”

很奇怪，她确实舒服了不少。香气十分舒缓，将她包围起来，让她舒心。

艾米莉亚从书店出发，向安德利亚的办公室走去，办公室所在的那条街全是时髦的现代建筑，用玻璃和回收砖建成。她被带进一个房间，房间里摆着斯堪的纳维亚风格的时尚家具、一台苹果电脑，还有一台超现代的咖啡机。到处都看不到一片纸。

安德利亚匆匆走进房间，身穿一条深蓝色紧身连衣裙，戴着高档眼镜，免得漏看了什么。艾米莉亚突然觉得她该穿得更正式些。她穿的是牛仔裤加帆布鞋，还有她最爱的灰色旧高领套衫——一点也不商务。

然后安德利亚拥抱了她，艾米莉亚感受到了她的力量。不过，她们还是开门见山：安德利亚没有拐弯抹角。她坐在桌前，在一个餐桌般大小的电脑屏幕上点开了“夜莺书店”的文件夹。

“我花了不少时间才梳理好所有账务，”她说，“我不想假装。书店似乎已经陷入经济问题很久了。我很抱歉。我知道你现在最不想听这种话了，但我还是觉得你越早清楚越好，这样你就能决定你要怎么做了。”

她递给艾米莉亚一沓整齐的纸。

“这是过去两年的资产负债表，应该说是负债多于资产。”她悲哀地笑了笑，“除非你父亲在用现金结账，我们却不知道。”

“爸在钱的问题上拎不清，但他还是诚实的。”

“我知道的。那是个玩笑。听着——他过去几年都没怎么给自己发工资——他只顾担心员工的工资了。他要是照常给自己发工资，那负债可能会更严重。”

虽然艾米莉亚不太懂数字，但她明白这都不是好消息。

“还好书店那栋楼是他的，不然问题就更严重了。他不可能付得起房租或是房贷。”

“他为什么没跟我说过呢？”

安德利亚叹了口气。“也许他不觉得这是问题。有些人不在乎利润。我想他只是把书店当作了一种生活方式吧，只要书店还在，他就快乐。真是遗憾，只要稍微有一些专业的帮助，他可能不需要做太多改变就能赚更多钱。”她又点开了几页数据，每一页上的数据都让人心凉，“他犯了不少典型错误，好多小窍门都没用上。”

艾米莉亚叹了口气。“你知道他的。爸从来都是按自己的方式来。”她低头看着地板，“他老是给我打钱。我根本不知道他负担不起。我要是知道，绝对不会……”

她不能在安德利亚的办公室里哭，但眼泪还是流了下来。

“抱歉。”她抬头，却惊讶地发现安德利亚也在哭。好吧，只是眼眶有些湿润。

“哦，我也很抱歉。”安德利亚说，“太不职业了，但我很喜欢你爸。我小时候还假装他是我爸。他那么可靠，跟我爸太不一样了。”安德利亚的父亲是个怪人，很久才出现一次，通常都是花光了钱，来求她妈要钱。

她拉开一个抽屉，取出一盒面巾纸：“这些是为破产案子准备的。那种案子的委托人，即使是大男人也会哭。”

“那……”艾米莉亚擦干了眼泪，感觉不那么脆弱时，说道，“你是说书店得关门吗？”

安德利亚也缓过来了。

“不，目前还不需要。这其实看你，看你想怎么做。但要扭转局面，开始盈利，确实得下番功夫。”

艾米莉亚点点头。

“你们的店面很值钱。这栋楼买的时候就写在你的名下，这是件好事，不然还得交资本得利税。而且你一满十八岁，他就把公司的法人改成了你，这也是好事，遗嘱认证的时候少些麻烦。简单来说，你想做什么都可以。”安德利亚停顿了片刻，“你可以尽快卖掉楼，能赚不少钱。那样也少许多麻烦。”

“已经有人给我出价了，伊安·曼迪普。”艾米莉亚没跟安德利亚提过伊安·曼迪普去找她的事，因为她隐隐觉得安德利亚会认为卖给他是个好主意。

安德利亚看起来有些尴尬。“啊，”她清了清嗓子，“我得承认，这里有些利益冲突。我也帮伊安做账。我觉得应该先告诉你再继续谈。”

艾米莉亚都忘了，在匹斯布鲁克，每件事之间都是有联系的。突然间，她觉得不舒服，多了一份猜忌。

“那他告诉你他给我出价的事了吗？”

“没有，但我一点也不觉得意外。我知道他买了手套厂，我本来要建议你去问问他愿意出多少，不过他先我一步。”她深吸一口气，“我还以为他会再等等呢。这有点太不近人情了，即使是伊安这样的人，这也有些过分。”

艾米莉亚耸耸肩：“我觉得他只是想确保我知道他愿意买。他也不知道我是不是在考虑卖掉。他跟爸谈了几次，爸不感兴趣。”

“这是你爸让人喜欢的一点，他不在乎钱。不像伊安，满眼都是钱。”安德利亚大笑起来，接着又露出羞愧的表情，“抱歉。我不该这样谈其他客户的，是我考虑不周。不用担心，我不会影响你的决定。我只是想帮你退一步，放下感情和情绪，客观考虑你的选择。”

艾米莉亚翻看着安德利亚给她的资产负债表，心凉了一截。她觉得她没有足够的知识做理智的选择。她明白这些数字不是好兆头，但却不知道怎样解决问题。

“那——你觉得我能让书店正常运转吗？”

“呃，必须把它做得与众不同。你得做出不少投资。问题在于，可用的资金太少了。当然，你可以贷款。你的可抵押资产还是很多的。”

艾米莉亚边咬着大拇指盖，边思考。

“我不明白书店的状况怎么这么糟。他有很多顾客啊，店里总是挤满了人。”

“对。但那是因为那儿特别适合进去聊聊天，随便逛逛，走走。但顾客不一定买东西，买的话也买不了多少。我就很清楚，他经常给人优惠，因为他给我优惠。我不止一次跟他说没这个必要。”安德利亚靠在椅子上，叹着气，“夜莺书店是个好去处。他总能让人感到温暖，在那儿逗留个几小时。但作为一桩生意，他做得十分糟糕。他给人煮咖啡，聊几个小时天，他们却什么都不买就走了。这些人出了店，沿着街走两步，却花二十英镑买了羊排或奶酪。他很容易被人占便宜。”

“我知道。”艾米莉亚叹着气说。她可爱的父亲，是最善良、最好相处的人。

安德利亚用做了法式美甲的指甲敲了敲玻璃桌面。

“不过我最讨厌看见有潜力的商店搞砸了。我很乐意给你建议，但只听是没有用的，你必须主动。”

“我也很愿意接纳你的意见。”艾米莉亚说，“我希望你跟我坦诚。你觉得它还有救吗？”

安德利亚向后一靠。“好吧，”她说，“这么说吧。我熟悉匹斯布鲁克，了解这里的习惯。我觉得，目前去书店的只有本地人和老顾客。这些人是跟朱利叶斯熟络的，他们仍然靠得住。这是肯定的。你需要做的，是扩大消费者群体，让它变得能吸引游客，周末的短游游客，还有住在匹斯布鲁克周边的人。要让消费群体多样化，寻找多种盈利渠道。总之就是要想办法赚钱！”

艾米莉亚已经开始慌了，她强迫自己接着听。安德利亚很聪明。

“首先，周日得营业。很多住在伦敦的人周末都会来匹斯布鲁克休假，或者开车来吃顿周日午餐。他们要做的就是花钱，所以你得想办法把他们吸引来。书店位置稍微有点偏，在街尾，不是镇里的人，不知道这里，也没什么广告，他们就可能不知道它在那儿。得让书店变得更显眼一些，做些营销和广告；建一个像样的网站，做个数据库——给顾客发邮件；承办些活动、发布会还有——”

艾米莉亚捂住了耳朵，她一下子接受不了这么多。

“但这些都要花钱啊。”她喊道，“我没有钱！”

“我有个主意。最显而易见的解决办法就是把楼上的公寓租出去，这样就有稳定的收入了——聪明点，至少能租一千英镑。假期时匹斯布鲁克的住房需求很高。我有个客户是中介。我能介绍你们认识——让他们给你估个价。不过你得花点钱，人们要的是奢华。”

“那我就得另找地方住了。”

“啊，对。”

这些可能性在艾米莉亚的脑海里盘旋着。

“我的脑子都转不动了。”

“我会尽力帮你的。”安德利亚说，“我最希望夜莺书店能有健康稳定的收益了。不过咱们得实际些，你要做一个完整的商业企划案。”

“我都不知道怎么下手！我从来都没做过一张资产负债表！”

“这我可以帮到啊。我最爱资产负债表了。”安德利亚笑着，“但这会很艰难的。你得问自己，你愿不愿意在可见的未来里，每天都生活在书里，呼吸着书的味道，睡觉、吃饭都不离开书。”

“我就是这样长大的啊。”

“没错，但你现在不能随便拿起一本小说就蜷在角落里读。”安德利亚笑道。

“每次我去，你爸都是埋头钻在书的世界里，思绪完全不在现实中。那样是不行的。你是在开商店，这就意味着要有商人的样子。”

艾米莉亚点点头。“我明白。”她说，“但我需要先弄好追念仪式的事。我感觉这事不完，我就还没有准备好前进。”

“当然了，”安德利亚说，“不用着急。至少这几个月书店还不会垮掉。你要是有任何问题，给我打电话就行了。我想帮你做出正确的决定。不过我说的是对你来说正确的选择，不要感情用事，也不要出于责任感选择。”

两人拥抱道别。艾米莉亚离开了安德利亚的办公室，再次感叹人们的善良，也因为安德利亚的关心和智慧而感到安心。她觉得不论自己做怎样的决定，都有人支持她。

回到家，艾米莉亚在熟悉的厨房里坐下。

架子上摆着一排排玻璃罐，上面贴着标签，朱利叶斯认真地用花体字写下罐子里东西的名称：印度香米、红扁豆、红糖、短管通心面。下面是小号的罐子，放着他的香料：明黄色的、砖红色的、深橘色的。朱利叶斯很爱烹饪，会做大份的咖喱、汤或炖菜，然后分成小份冷冻起来，晚上想吃什么就拿出来热一下。食物旁边是他收藏的烹饪书：伊丽莎白·大卫、罗斯·艾略特、马杜尔·贾弗里，每本都翻旧了，染了污迹。还有木头案板、锅、刀、长柄勺。

她可以想象到他穿着蓝白围裙的样子，站在炉边，一只手举着一杯红酒，边加作料边聊天。

她从没感受过如此空荡的房间。

她在面前的桌上摆了一个 A4 大小的写字板，拿起一支笔，开始写下：

给员工排班

周日营业（多排几个人？）

网站——戴夫（她很肯定，戴夫能帮这个忙）

装修

重新开业。派对？公关？

这些看起来都太宽泛、太笼统。问题在于，夜莺书店已经保持这样太久了，她无法想象它改变丝毫之后的样子。她完全理解安德利亚的担忧，书店也不可能继续这样下去。但她真的有足够的资金做改造吗？

怎样才是最好的选择，她完全没有概念。她努力放空思绪，专心思考，思考自己到底想要什么，但她做不到。因为她想要的，是让一切回到从前，她想要父亲回来，她想来的时候随时来，跟他喝杯咖啡，吃顿饭，聊聊天。

她叹叹气。现在才下午两点半，可她觉得她要是现在去睡觉，能一觉睡到明天。

不过她不能。朱利叶斯的朋友马洛要来教她拉朱利叶斯的大提琴。她希望能在他的追念仪式上拉卡米尔·圣桑的《天鹅》，但她好久没拉了，她自己的大提琴也在出国时卖了。

朱利叶斯是匹斯布鲁克四重奏小组的创始成员之一，其他的成员还有风风火火的菲丽希缇·曼纳斯，几年前她因为关节炎恶化，无法再演奏复杂的曲子，退出了乐队；马洛，他本来是第二小提琴手，现在取代菲丽希缇成了第一小提琴手，选曲子、编曲他都做得很好，能做到让普通听众和挑剌的乐评人（匹斯布鲁克还真有好几个）都满意。

四重奏乐队隶属于匹斯布鲁克庄园，每年夏天会在花园里开多次演奏会，还要在六个精心挑选的婚礼上演奏，还有教堂的圣诞颂歌仪式。这样乐队的事不用占用他们太多时间，给他们留下空间去做别的事。乐队很受尊敬和喜爱，虽然挣不到多少钱，成员们却都真心热爱他们演奏的音乐。

马洛更是将这份热爱提升到了新高度。他是个真正的艺术狂，靠给广告作曲赚了些钱，还是个技艺高超的小提琴演奏家。他是那种低调，却又让你觉得一切皆有可能的人。他从不停歇超过一分钟，总有时间照顾到所有人。

虽然马洛跟艾米莉亚年纪相仿——她觉得他应该是三十多岁——他却跟朱利叶斯关系极好，他们能一起坐在餐桌边几个小时，一瓶一瓶喝新世界牌卡本内葡萄酒，边喝边讨论四重奏的曲目。他们一起喝着龙舌兰，吃着玉米卷，看完了《绝命毒师》的每一集，更合作为匹斯布鲁克之臂写了一份新年前夜小测验，问题有些难度，但还比较友好。

艾米莉亚对他一直有好感，偶尔会想他们之间是否能发展点什么，不过，不知怎的，她认识他的这些年里，两人中总有一人在跟别人交往。他有一连串迷人的女友，通常是音乐家，他对待她们却总是温和却又漫不经心，他更在乎他最新的项目。

艾米莉亚打电话问马洛可不可以指导她练习她想在追念仪式上拉的曲目，他毫不犹豫地答应了下来。

“太好了，”他在电话里说，“你父亲肯定会很欣慰的。失去他，对四重奏小组来说也是无法弥补的损失。我们请菲丽希缇暂时回来了，但这样能演奏的曲目就少了。佩特拉还是中提琴，当然了。戴尔芬顶替朱利叶斯，不过大提琴不是她的主要乐器，所以她还是比不上他的。千万别告诉她我说过这话啊，不然她非得阉了我给自己做耳环不可。”

戴尔芬是附近一家预科学校的法语老师，艾米莉亚很确定，马洛和戴尔芬是一对儿。朱利叶斯暗示过，有些不同意的意思，这让艾米莉亚很惊讶。她父亲一般很少评价别人的事，但他觉得戴尔芬很吓人。

“她跟人站得太近，我从来猜不到她在想什么。”

“她很漂亮。”艾米莉亚指出来。她跟戴尔芬短暂地见过几次面，一眼就看出两人不会处得太好。戴尔芬像个海报中的时髦女郎，总是化着完美的妆容，又有几分神秘，还有一点悍妇的霸气，艾米莉亚知道自己永远也做不到她那样。

朱利叶斯摇摇头：“她很吓人。她都不吃饭。我想不通马洛看上她哪点了。”

艾米莉亚明白马洛为何喜欢她，戴尔芬太符合男性的幻想了。

“她要求很多。”朱利叶斯说，“也许马洛最后会受不住吧。”

艾米莉亚笑了：“别这么说她，这样只能让他更喜欢她。”

马洛按照约定来了。他给了艾米莉亚一个大大的拥抱。他很温暖，穿着羊绒大衣，十分结实，他的鬈发塞进了毛绒帽里。

“最近怎么样？”他问道。

艾米莉亚耸耸肩：“你知道的，一会儿悲伤，一会儿绝望。”

“你一定很难过吧。”

“是啊。”

“我好想他啊。我总是突然想着过来跟老朱利叶斯喝杯酒，然后记起来……我真是无法想象你有多难受。”

马洛脱下外套，扔到沙发上。外套里面他穿的是黑色紧身牛仔裤和灰色机织毛衣，脚上是一双酒红色切尔西靴。他脱掉帽子，黑色的鬈发露出来，乱糟糟的。

他看着朱利叶斯的大提琴，立在房间的角落里。

“可以吗？”他问道，因为他知道它的重大意义。

“当然——去吧。”

他穿过房间，把提琴从架子上拿下来。

他修长的手指抚过琴弦，熟练地聆听音准，调整着弦轴，直到调到满意。艾米莉亚心里咯噔一下，她想知道朱利叶斯最后一次拉琴是什么时候，他拉了什么曲子？他从前每天都要拉。那是他放松的方式。他从没觉得拉琴是累人的事。

她看着马洛调音，被深深吸引住了，她总是很喜欢看真正的音乐家把玩乐器：带着自信，无比娴熟。她的演奏水准已经遇到了“瓶颈”，无法进步，这是因为她有些害怕是乐器在主导她，而非她在主导乐器。

他拿起朱利叶斯的琴弓，拿一小块松香擦拭，直到纤细的弓毛变得平滑如丝绸。然后他坐下来，让弓划过每一根弦，音符在寂静的客厅里响亮而纯粹。他开始拉一段小调，短而锐利的断奏音，艾米莉亚听出了这段调子，脸上露出了微笑。《犯罪高手》[1]，没人会想到大提琴能拉这样的调子。

接着，他过渡到一段舒缓的音乐，她听不出来是什么。他以一段华丽的调子结尾，站起身，指指座位，让她去坐："咱们看看你现在怎么样。"

"我好多年没拉过了，本想在你来之前练练——"

"啊，最可怕的那个词，'本想'。我不想再听见你这么说了。"

艾米莉亚红了脸。他这么一说，她才意识到刚刚说的话确实很逊。伟大的音乐家之所以伟大，就是因为他们勤于练习，不是单单靠才华。

她拉了几个音阶热身。她还记得这么清楚，把自己也给惊到了。她的手指在琴弦上上下舞动，好像这是本能一般，伸展、弯曲，准确地捕捉音符，然后很快转到琶音，重新唤起肌肉记忆。

"看到没？这就对了嘛。"马洛很满意的样子，"演奏的技巧一般是很难忘掉的，就像骑自行车一样。你现在只需要花时间

1 《犯罪高手》(*Smooth Criminal*)：迈克尔·杰克逊的代表作之一。

练习。”

她从钢琴上的乐谱堆中拿出《天鹅》的乐谱，开始拉。许多年前她考级时拉过。她不记得是哪一级了——她觉得应该是六级。那时候她拉得特别准，得了一个优秀。但过了这么多年之后，她的演奏却变得糟糕，拉得断断续续，但还是坚定地坚持到了最后。

“太糟糕了，”她说，“我做不到。我换个别的什么吧，读首诗。”

“不，”马洛说，“以这个向你父亲致敬再合适不过了。没错，你刚刚拉得很烂。但你能做到的，我相信你。我能帮你，只要从现在起到追念仪式那天，每天练习两个小时，到时候肯定能上演最完美的致敬表演。”

他开始把小段音乐挑出来，揪出难度高的，让她把这段练好，然后再连起来大段演奏，用铅笔在乐谱上做记号。一个半小时磨人的分析、练习之后，他让她再连着拉一遍。

这一次，听起来像那首曲子了。不够完美，还差得远，但至少能听出调了。她高兴地笑了，他也跟着笑起来。

“漂亮。”他说。

“我累死了。”她答道。

“你太努力了。今天到此为止吧。一天的练习是有量的。”

“走之前来一杯吗？”她问道，希望他能答应，“没人帮忙的话，我得花好多年才能喝完他收藏的酒。”

他犹豫了片刻：“那好啊，就一杯。我不能太晚。”

她忍不住想，他不能太晚的原因是不是戴尔芬，但她不能问。

她打开厨房里的音响。巴黎爵士乐在房间里萦绕起来：冷而平滑的萨克斯和钢琴声，节奏富有感染力。她突然忘记了呼吸。这一定是朱利叶斯听的最后一首曲子。

马洛自己去了厨房里，从架子上取下一瓶红酒，然后打开抽屉拿出朱利叶斯珍爱的双金属片开瓶器，这种开瓶器深受法国葡萄酒侍者的喜爱。他没费力气就打开了酒，给两人分别倒了一杯。

他看看她，她没能藏住眼泪。

“抱歉。”她笑道，“不知道什么时候就突然严重起来了，总是因为音乐。”

“可不是嘛，”马洛说着递给她酒杯，“不过哭出来没什么不好的。”

艾米莉亚最终缓了过来。她想放松，想逃离这份悲痛。她喝着酒，回家之后第一次真正松了松弦。厨房再次有了生气，有音乐，有人陪。马洛给她讲了前年冬天他跟朱利叶斯临时办的扑克学校有多糟糕，她笑了。

“我们俩太逊了。”他跟她说，“还好我们玩的是最多五镑，不然你现在可能就流落街头了。”

艾米莉亚没告诉他，她还真有些担心会流落街头。

他离开前喝了不止一杯，而是两杯。他一走，公寓似乎一下子暗了不少。他走之前摸了摸她的头发，这是亲昵的举动，她微笑着，转身关门。人们都很善良。至少，她父亲身边的人都是。

那晚艾米莉亚入睡前，她的脑海里盘旋着意外、表格、拨奏曲、银行贷款、营业时间、音乐的高潮，还有朱利叶斯追念仪式的出场顺序——好像匹斯布鲁克的所有人都想上台表演些什么。不过即使心里这么多事，她还是觉得能有这么多好人——朱恩、梅尔、戴夫、安德利亚，还有马洛——支持她，她是幸运的。不论她怎样抉择，都不会有事的。

第七章

朱利叶斯追念仪式举行的那天早晨，出发前，书店的员工在店里集合。艾米莉亚觉得好自豪。朱恩还是坚持每天都来帮忙，她今天穿着深粉色的羊毛裙，披着配套的披肩。哥特风的戴夫平时就总是穿黑色，今天他穿了一件漂亮的双排扣常礼服，马尾上也系了一根黑色绸带。梅尔换了三次衣服，最终决定穿一条紫色史蒂薇·妮克丝风格的丝绸裙，配一件V领上衣，露出她傲人的乳沟。艾米莉亚穿了传统的黑色，一条蕾丝袖的高领连衣裙，丰满的裙摆垂到她的脚踝附近，裙子还没有长到影响演奏。她的深红色头发扎成一个假髻。

“我们简直是从狄更斯笔下走出的人物，”朱恩微笑着说，“他肯定会为此骄傲的。”

他们决定出于敬意，书店暂时歇业，但仪式结束后戴夫和梅尔会立即赶回去开门。艾米莉亚没有准备结束后的餐饮。她觉得过去几周似乎已经请匹斯布鲁克的所有人喝过茶了，她也没有精力再组织任何活动。追念仪式应该能让大家都打起精神来，她希望这就是结束吧。这样她就可以开始向前看了，安排未来，做些实在的决定。

“我只想在出发之前跟大家说，我有多感激。你们所有人都太好了，每一个人。没有你们的支持，我走不到这一步。我肯定会崩溃的。”

朱恩搂住她：“胡说，你多坚强啊，而且你知道我们都有多爱你父亲的。”

“那就来吧，”艾米莉亚说，“咱们去送他最后一程，给他一场配得上他的送别仪式。”

她想要勇敢起来，可心底里，她感觉自己好渺小，她只希望父亲在这里，告诉她，一切都会好的，但是他永远都没法在她身边了。她只能靠自己让一切变好。她也开始意识到，这不是为了她一个人，而是为了所有人。朱利叶斯留下了许多许多：许多友谊、许多忠诚。

她以夸张的动作关上了书店门，带着她的朋友们，一起走上了街。马洛已经把提琴带到了教堂，先调好音，以便她一会儿演奏。四重奏小组也会演奏，曲子是埃尔加的作品——朱利叶斯的最爱之一。马洛特意为四重奏小组重编了《夜之歌》[1]。

圣尼克教堂坐落在商业街的另一端，教堂前是一片古老的墓地。这是秋日明朗的一天，天空蓝得清澈，清新的空气掩盖住落叶的气味。艾米莉亚到了教堂门前，跨了进去。她被惊呆了。仪式还有半小时才开始，可观众席已经坐得满满的了。

“哦，”她说着伸手捂住了嘴，“来了这么多人啊。”

朱恩轻柔地碰了碰她的肩。

“当然了，孩子，”她说，“当然了。”

莎拉喜欢清晨的厨房。庄园里有个办公室，但她喜欢在厨房里开早会：一起解决游客遇到的各种问题，讨论近期要承办的仪式，员工有什么想法就讲出来一起探讨。炉子上永远都放着一个茶壶，厨房里也总放着一盘茶话室拿来的布朗尼、燕麦饼或是黄油椰枣糕。这是一年里最冷清的淡季。通常，过了一个忙碌的夏天，秋天一到，就能赶在忙圣诞节之前休息休息。

莎拉这一周来都在为人工洞穴景点面试扮演圣诞老人的人选。她没想到会这么难找。之前的圣诞老人扮演者决定退休了，再找一个脾气好又快活，还留大胡子的人却很难。（她不想用假胡子，匹斯布鲁克庄园是靠真实性吸引人的。）不过，这件事也

---

1 《夜之歌》：埃尔加的曲子 *Chanson de Nuit*。

能转移她的注意力，让她不再总想着即将到来的追念仪式。

可现在，这一天还是来了。仪式定于十二点钟开始。没有人会问莎拉她在做什么，她要去哪儿——这几年她总是悄悄溜出去——但今天，她有些心慌，觉得自己像是暴露在外，显得脆弱，好像今天终于会因为她的情绪，给人发现她之前做的禁忌之事了。

当然，最安全的选择就是不去，去别的什么地方，自己独自悼念。但她想去，想去陪着他。他一定是希望她去的，她很肯定。她真希望自己有个忠实可靠的朋友，能陪她去，可她从没对任何人透露过她的秘密。只有这样，才能确保秘密不传出去。

她只需要熬过这一天，过了今天，她就不需要再隐瞒了。

这份风险反而给她添了几分刺激。也许她该利用这个转移注意力，这样能帮她减轻悲痛，她的悲痛如同一个小小的黑色包袱，只有身边没人时，她才会打开。

她还知道，不回避才不容易被发现。她从没假装过她不认识朱利叶斯。有时她跟拉尔夫一起，在匹斯布鲁克的什么社交场合碰到他，或是在超市、在街上碰巧遇到，她都会跟他说话。所以她去参加追念仪式，一点也不会显得奇怪。

拉尔夫在读报纸，两个在庄园办公室工作的女孩在互相看对方的短信。

“好了——我要去镇里，参加朱利叶斯·南丁格尔的追念仪式。”莎拉尽量随意地说。从没有这样简单的话语，让她的心凉得如此彻底。

拉尔夫没注意到她的异样。他甚至没抬起头，只是接着读报。

“好啊，一会儿见。”

有时候，她会怀疑他是不是知道，或是有所怀疑，不过看他刚刚的反应，他毫不知情。他永远也不会知道的。

莎拉绝不是有意要出轨。她跟所有出轨者一样，给自己的不忠找到了理由。唯一让她欣慰的，是朱利叶斯并没有配偶，所以她伤害的只有自己的婚姻，没有恋人的。只有一个人为出轨的事为难她，那就是她自己，因为根本没有其他人知道这件事。有时她自己为此钻牛角尖，“坏莎拉”对“好莎拉”讲，她没离开拉尔夫，都是他的幸运。他应该感激，他的行为唯一的后果就是莎拉的出轨。

那是十五年前了，可她如今仍然清晰地记得当时的震惊。

现在回想起来，莎拉觉得拉尔夫当初能完完全全地把自己的债务跟她坦白，也算是他们婚姻坚固程度的印证。换个不够有骨气的男人，这个家可能就要濒临崩溃了。拉尔夫没有让事情发展到那种程度，只差那么一点点。莎拉不说是感激，也算是庆幸。要是严重到必须卖掉匹斯布鲁克庄园的话，她是永远都无法原谅他的，永远。

匹斯布鲁克庄园很少传到女性手里，可是莎拉的父母在她三十岁的时候把庄园交给了她，自己则去锡利群岛隐居了，她以满腔热情接手了这份责任。拉尔夫当时在市里做金融分析师，他挣钱很多，足够打理宅子，让一家人过富足的生活。但他觉得工作压力太大了，于是提前退休。他说他已经算好了，跟她保证他们的存款足够让他们穿得起 Hunter[1] 的靴子，需要时也换得起房顶的瓦。他在肯辛顿的单身公寓也在出租，还有他在股市的收入。

“咱们永远也不可能富到能买直升机。”他这样对她说，他知道莎拉也并没有想富到买直升机。他的决定也意味着他们能过更放松的生活，他不再需要工作日都待在伦敦，这样也能多陪陪爱丽丝——他们两人都非常爱爱丽丝——这也算是理所应当。他们各自做自己的事，都认为这是最好的安排，他们能一同在厨房里喝咖啡，以夫妻俩的身份去看爱丽丝参演的基督诞生剧，还能一起去白马酒吧吃午餐，只因为可以做到。拉尔夫从前工作时，他们基本不打照面，那可不是婚姻该有的样子。

害了拉尔夫的，是赛马，他忍不住。从前工作时，他时时刻

1 Hunter Boots：发源于苏格兰，由美国人亨利·李·诺里斯（Henry Lee Norris）创立品牌，靴型则是延袭威灵顿公爵所创并加以发扬光大，因此又称威灵顿靴（Wellington Boots），简称 Welly Boots 或 Wellies。

刻在用钱冒险，他想念那种肾上腺素飙升的感觉。莎拉知道他时不时会因此焦躁，小赌一把，但她不介意。男人有个爱好是很重要的，他的爱好仅仅是让他每天早饭时都盯着《赛马邮报》，跟几个伙计去看比赛，所以她没意见——要是有不错的比赛，或是她熟悉的马参赛，她也愿意去切尔滕纳姆或是纽伯里看看。

直到有一天，她走进厨房，看到拉尔夫坐在餐桌前。他面前摆着一瓶拉弗格威士忌和一串钥匙。莎拉意识到这是锁枪柜子的钥匙，心里咯噔一下。

“拿走。”拉尔夫的声音因为饮酒而略显沙哑。

“怎么了？”她把钥匙拿起来，心怦怦跳着，“你醉了。”拉尔夫不是那种在上午十一点钟喝得烂醉的人，晚上十一点倒更可能一些。

他揉揉脸，抬起头来，双眼布满了血丝。

“抱歉。”

“你得说清楚，”莎拉干脆地问道，“到底怎么回事？”

“我该在赢钱的时候收手的，之前有赢的时候。但我忍不住，就是忍不住。我应该比任何人都了解，最后赢的只有庄家。”

莎拉在他对面坐下。

“你输钱了？”

他点点头。

“好吧，至少你告诉我了。咱们一起解决，对吧？”

“我觉得你没理解。”

拉尔夫抓起酒瓶，想再倒一杯，但莎拉阻止了他。

“这样没有用。说吧，告诉我。”

“我输了很多。”他说。

“有多少？”莎拉有些害怕了。

“我所有的钱，全部都输了。”

莎拉咽了口唾沫。他所有的钱？她不知道那是多少钱。拉尔夫并不是故意瞒着她钱的事，只是他的财产总量每天都在变化。莎拉有自己的银行账户，也有家里的钱；他们有一个共同账户，用来付各种账单和打理房子的费用，只是两人从来不干涉对方的经济问题。

“我不懂。”

“你可以看看，我的账户在电脑上开着呢。”他眼里的空洞让莎拉害怕极了。

“我打破了自己的规则，不是吗？我被情绪冲昏了头脑。”

“多少钱？”

他激活了面前笔记本电脑的屏幕。她觉得她要吐了。

“咱们怎么办？”

他只是耸了耸肩。

她试着思考。她的大脑无法一下子处理这么多信息：急剧下跌的存款额，还有她怎么能没注意到他的行为。她只顾着关心爱丽丝和庄园，根本没想到会这样。

“本来没关系的，”他的声音有些沙哑，“我本来要收手的。”

“拉尔夫，你应该是最清楚……”

“所以我才以为我做得没错。”

莎拉在快速地思考，她得出了最符合逻辑的结论。

“你得把公寓卖了。”

那所公寓是他们的备用计划。

他看着她。他的眼神说明了一切。

“我的天哪！”

她还是支持着他。她还爱他，她不想毁掉他们的小家庭，毁掉他们所共同拥有的感情。她对他的支持毫不动摇：她的行动很实际，切中要害。她逼他正视自己的赌瘾，把他的信用卡全停掉，没收了他的笔记本电脑，让他交出自己的银行账号密码——这些都是经过他同意的，她并不是在剥夺他的权利。他们需要制订一个计划，以防他再次受到诱惑，如果对他严加看管才能做到这点，那就这么做。

那时她决定，匹斯布鲁克庄园可以为他们所用，要向公众开放。这是他们最可靠的稳定收入来源。他们需要做很多工作，但莎拉一点也不害怕这点。毕竟，匹斯布鲁克庄园早已成了她生活的全部，所以用它来赚钱生存，也合情合理。

但是她不再信任拉尔夫了，她不知道该如何找回这份信任。他把一切置于险地，就因为他自己犯傻，她觉得匹斯布鲁克庄园之所以能幸免，只是因为对他来说不太容易得手。想到这儿，她浑身发冷。她对他的尊重也一起消失了。他太弱了。不论他如何找借口，如何解释，他都不再是她眼中的那个人了。她一点也没有为此事责怪自己。她是个好妻子，并不缺乏安全感，所以她没有挑拣自己身上的不完美之处，没有想是她哪里做得不够。她没有做错什么。做得不够的是他，不是她。

这整件事她都没跟太多人讲。她讨厌八卦和对他人私事的猜忌。她不想让拉尔夫成为众矢之的，主要是为了爱丽丝着想。莎拉是个重视隐私的人。这种事一个人埋在心底是很难扛的。有时，她会希望有个朋友能分享，可她又不信任任何人。只要告诉了别人，一杯酒下肚，你的秘密就可能被公之于众了。她在晚餐聚会上听过的绝密隐私并不少，这点她懂得。于是她死守秘密。

事发后的第一个圣诞节过得很糟。他们不得不勒紧裤腰带，没有像往常一样举办平安夜派对，莎拉还编造了一个借口，说要动一项复杂烦人的静脉手术，免得有人误以为是只有自己没被邀请，通常，他们家的平安夜派对是整个镇的传统。她觉得这样的伪装让人压抑，精疲力竭，把圣诞节的所有喜悦都染上了不快的阴影，都怪那愚蠢的、糟糕的、可笑的债务。她不理解，拉尔夫怎么会有这种需要，因为他们从来不缺什么。而拉尔夫跟她解释赌博的原因没有任何逻辑时，她难过极了，却还是尽力忍住怒火。

可她没有足够的钱采购圣诞礼物，因为他们把所有的钱都投进了匹斯布鲁克庄园的建设资金，这时她还是怒了。她有这么多地产，却没有钱。她下定决心给爱丽丝一切她想要的东西，不让她感觉到一点家里危机的压力，她买下了爱丽丝愿望清单上的所有东西——她平时不会买这么多的——其他人的礼物就都买书。

毕竟，书是她在最近糟糕境况中唯一的解脱。夜里，她就能抱着鲁丝·伦德尔、南希·米德福德的作品，所有的压力都瞬间消解，这几个小时的时间里，她可以穿越到另一个地方。阅读给她安慰。

她走进了夜莺书店。之前，她都是在匹斯布鲁克图书馆借阅，但她想给每个家人都选本书。

她进店时，朱利叶斯·南丁格尔站在柜台后，戴着标志性的半月形眼镜，正在翻阅一份书单。她冲他微笑。

“需要帮助吗？”

“我来买圣诞节礼物，就随便看看。”

“需要的话就喊我。”

她看到一张桌上摆着一摞迪克·弗朗西斯的小说，时光若是倒流回几年前，她会给拉尔夫买一本的，但今年她不会了。

她在书架间浏览，觉得最近一段时间的可怕都渐渐消逝了。

她沉浸在书架之间，为朋友和家人选购礼物：送父亲一本厚重的历史人物传记，送母亲一本配图绝妙的烹饪书，送爱丽丝一套《纳尼亚传奇》，送给妹妹最新的逃避现实类小说，送给妹夫去楼下上厕所时可以看的趣味书。选书对她来说是对灵魂的安抚。

她选了一大摞书，去了柜台。她把储蓄卡递过去，祈祷着里面的钱够付账。她觉得爱丽丝的礼物好像有些多了。她想补偿她，但做得有些过了。付款的时候，莎拉假装在看一架企鹅经典系列，她紧张到心扑扑地跳。

“抱歉，”朱利叶斯说，“卡被拒了。圣诞节期间常有的事。”他还好心地添了一句。

莎拉感到自己的脸颊火辣辣地红起来。她不知道该怎么办。她惊恐地意识到，自己要哭出来了。谢天谢地，书店里现在只有她一个顾客。她这才想起来，经历了这么多可怕的事，她到现在为止还没哭过。拉尔夫哭过，那种自我怜悯、泣不成声的大哭，让她想要尖叫，因为这整件事都是因为他的愚蠢，是他自己犯傻，害他们落得如此境地。不过莎拉不是爱喊叫的人，她是那种努力控制住自己的表情，把事情扛过去的人，她不会一蹶不振，干伤心。

只是，这一刻她突然觉得自己又变成了六岁的小孩，在厨房里打破了她的小猪零钱罐，整个世界都要垮掉了。她吞下了眼泪。

“非常抱歉。”她结结巴巴地说。

“书你就拿走吧，以后再付钱。”朱利叶斯笑着说，“用黑帮的话说，我知道你家在哪儿。”

“不，这怎么行呢？”莎拉答道，这一次她忍不住眼泪了。

朱利叶斯太有绅士风度了。他给她泡了一杯浓茶，请她坐下。他那么贴心，又非常客观，她不由自主地跟他讲起了最近发生的所有事。

“看来你真是经历了不少糟糕的事啊。”他同情地说。

莎拉双手遮住脸：“拜托，千万别告诉任何人。我不该说这些的。”

“我一个字都不会说的。”他郑重地保证道，“说实话，我有时候感觉自己像个牧师。人们爱给我讲些千奇百怪的事，我都能写一本书了。只是我光忙着卖书，没时间写。”

最后，他把她逗笑了好多次，世界似乎都变美好了。

“听着，”他说，“书你拿上，有条件了再给我付钱。这对我来说根本不算什么。”

他坚持让她拿走书，最后她觉得同意比拒绝来得要简单些。这也让她有了理由，几天后她四处搜集了些钱，可以去店里还他。那次她待了近一小时，就是聊天，书店的优势就是，你可以在店里待几个小时，讨论书。没人会觉得这有什么可疑。

莎拉选的书让她那年的圣诞节快乐了不少。就连她给迪伦——她雇来帮忙打理花园的伙计——选的也是一样，效果比预想的要好。她送他的是一本《秘密花园》。这本书她自己也重读过很多遍，每次都能在这个故事中读出希望。

她用白纸把书包起来，系上绿色绸带送给他。

“你可能觉得这礼物有些奇怪，不太合适。”她说，“但是这本书对我来说非常重要。我希望你能明白，我对你在庄园的工作十分赞赏。你让我觉得自己能做到我想要做的事。”

他很礼貌地打开书。他不停地感谢她，还安慰她，跟她保证，并不觉得这礼物无聊。这是他那年收到的唯一一份有包装的礼物。他的父母送他的是护目镜和一瓶野格力娇酒[1]。

“说实话，我没想到你会送我礼物。”他说。

她以为他大概会把书带回家，塞到哪里去，再也不看它一眼。但还有几天就到新年的时候，他跟她说，他很喜欢那本书，这让她惊讶得很。

他也许只是礼貌吧，不过她下一次去夜莺书店时，把这事讲给朱利叶斯，他也很高兴。

“你一定每天都经历这种事吧。”莎拉说，“总有人来告诉你，某本书对他们来说多么重要。”

---

1 野格力娇酒：一款源自德国下萨克森沃尔芬比特尔的药草开胃酒。

“是啊，”朱利叶斯说，“所以我才开书店。每个人都能找到合适的书，即使他们自己都意识不到。这本书能伸出手来，抓住你的灵魂。”

他看着她，她感到心灵深处什么东西被揪了一下子，她想——这就是我的灵魂。

她转头看向别处，脸红扑扑的，再次回过头来时，他仍然在看她。

她现在还记得那一刻的每一个细节，她从衣帽间的挂钩上取下她的深蓝色外套，把一条丝绸围巾绕在脖子上。这是他送给她的最后一条。他们每年圣诞节给对方的礼物都是围巾。因为没人会追问新围巾的来源，换成珠宝就不一样了，而围巾又是很私密的礼物。莎拉无比珍视丝绸蹭在她肌肤上的感觉，如同她情人的指尖曾经温柔的抚摩。

她扣好外套上的扣子，快速走到了自己的车旁。

托马西娜这次倒是很庆幸，她带的班这么吵闹。管理课堂秩序让她暂时忘记了压力。他们今天格外地闹腾：显然，做白汁的精细操作过程还不够吸引他们的注意力。他们喜欢做能带回家分享的食物，比如比萨、松饼或香肠卷。白汁很难掌握——不做焦很难，调匀，除掉所有疙瘩更难。这道菜需要多练习，还需要耐心，这两项对她的十一年级学生来说都太难了。

她最优秀的学生，劳伦，递过来自己的汤锅，给她看均匀闪亮的汤汁，托马西娜露出了微笑。

“完美。”她说。

劳伦的作品让她尤其舒心，因为劳伦曾是学校里最难办的问题学生，不止一次因为破坏行为收到退学警告。劳伦的欢脱实在太出格了。她根本无法保持安安静静，精神集中。托马西娜参加过许多次冗长的教工会议，专门讨论劳伦的问题，她听到所有老师对劳伦的抱怨。

“她以后要么进监狱，要么就肯定会上《星期日泰晤士报》的富豪榜。”校长叹着气说。

不知为何，劳伦在托马西娜的课上从来都表现得很好。她是唯一一个能影响到劳伦的老师。这很奇怪，托马西娜通常都觉得没人注意她。

两个月前，她做了件大胆的事，征求过校长同意之后，她去问劳伦愿不愿意每周六到“二人世界”兼职。

“好主意，”校长同意道，“反正她周六也就是去小偷小摸，或是去哪儿喝苹果酒。”

她并不是在给人贴标签，妄加猜测。这两件事劳伦从前都做过，还被逮到了。劳伦同意之后，托马西娜都被校长的开心惊到了。

“你想让我干吗？”

“帮我做准备工作，布置餐桌，确保杯子、盘子、厨具都干干净净。我要是需要什么东西，你就去商店买。我烹饪的时候，你就在桌旁帮客人。”

“就是做你的小跟班呗。”劳伦笑着说。

“你想这么说也行。”托马西娜说。她知道这是个大胆的举动，但她在劳伦身上看到一些其他老师忽略的东西。她看到过她烹饪时集中精神的样子，完完全全沉浸其中。劳伦对文字的理论不感兴趣，但只要是她稍有兴趣的实践活动，她都会全身投入，她希望让托马西娜满意——这又是其他老师没有体验过的。托马西娜想留住这份热忱，培养它，给劳伦一份校外的工作，这是这计划的一步，因为她在校外不需要向其他学生证明什么。

托马西娜正要出教室门，却被劳伦拦住了。

“老师，我这周末去你那儿吗？”

“嗯，来吧。有人预订了一顿纪念日晚餐。”她看着劳伦说，“不过你记得规矩的：指甲剪短，不要喷香水，头发扎起来。”

劳伦上学的时候都戴着亮闪闪的假指甲，蓬松的金发向后梳，满身呛人的香水味。她翻翻白眼。“好的，好的。”她看看自己的指甲——银色背景色，黑色闪电形状的花纹，“你知道这花了多久做的吗？”

“这个没有商量的余地。”托马西娜穿上了外套。她的胃在翻滚。她为什么要答应呢？她甚至开始希望有自然灾害发生了——

一场飓风？现在这个季节还不会下暴风雪。也许她的车会坏掉？那她不去的话就不是她的错了。

“你没事吧，老师？”劳伦正看着她。

“我有件事要做，正为那件事紧张呢。”

“什么事？”

“我答应别人在一个朋友的追念仪式上朗诵。”

托马西娜甚至没法想这个话题。若是想的话，她就不敢去做了。她把那本书装在了包里——普鲁斯特的《追忆似水年华》。这个决定对她来说很好做，她要读关于食物最著名的段落。她在家里练习了一遍又一遍。但是在家里练习根本就没有用，因为只有她自己。

劳伦盯着她，一脸困惑。

“你怕什么呢？老师，你肯定很厉害的。把他们全都吓趴下。”她做了个鬼脸，反应过来自己刚刚的用词，“呃，你知道我的意思。”

托马西娜不禁笑了起来。学生对她的信心让她也开心了一些。

“谢谢，劳伦。”她说。

“没什么的，”劳伦说，“你总是告诉我我能做到，有些事我自己都不知道自己能做到。你要是做砸了，也没人会在意，这不是你的话吗？可你得尝试啊。”

托马西娜被劳伦的逻辑感动了。她还没意识到她说的鼓励的话，劳伦都听进去了。这给了她她需要的勇气。

莎拉刚好赶在仪式开始前进了教堂门。她溜进门，被里面的人数惊呆了，睁圆了眼睛。她扫视一眼观众席，找空位，希望没人转身注意到她。她提醒自己，她来没有什么奇怪的，可她还是总觉得有人在盯着她看。一个柱子旁有个位子。那儿看不太清楚前面，但柱子还能挡一挡她。她坐下来，牧师走上前去，开始致欢迎辞。

哦，朱利叶斯，她想着，双手紧紧握住了双手，把它们搭在腿上。

托马西娜第一个上台朗诵。她看到顺序表时，吓了一跳，因为她这才意识到，没时间逃跑了。不过这样她也能早点解脱。她跟其他要上台的人一起坐在前排。她的心怦怦直跳，手掌都出汗了。她想逃跑，可又不想出丑。她必须上去。

突然间，上台的前奏——《为原则而战》[1]——结束了，她该上台了。她走上旋梯，感觉自己站得好高，仿佛在云端。她把书放在演讲台上，翻到她要读的那一页。她用红笔在要读的句子下

1 《为原则而战》：摇滚乐团 Triumph 的歌曲 *Fight the Good Fight*。

面画了线，这些单词都在她眼前飘了起来。她无法直视观众。一想到整个教堂里的人都在看着她，都在等她开始，她就紧张得浑身火辣。她在打战。开始吧，她告诉自己，很快就过去了，快到你都反应不过来。

她开始读，但声音小到几乎听不见。她停顿了一下，清清嗓子，把脑海中告诉她快逃跑，逃出教堂，逃出去的那些小恶魔赶走。她的声音大了起来。她接着读下去，声音越来越清晰洪亮：

“她点了一份那种厚实丰满的小蛋糕，‘袖珍美人玛德琳’，它们的形状像是用贝壳做模具弄出来的。没过多久，经历了一整天对明天担忧的折磨，我无精打采，机械地往嘴边送了一勺茶，之前我用小块蛋糕蘸过这茶。那混了蛋糕屑的温热液体一碰到我的味蕾，我便浑身一哆嗦，彻底呆住了，脑海里只想着美味在我身上产生的美妙效果。一种无与伦比的愉悦感侵袭了我的各种感官，它与世隔绝，超脱，不知从何而来。这一瞬间，生活的变迁与我无关，生命中的灾难变得平淡，生命的短暂也如此虚幻——这种全新的感觉在我身上的作用与爱同样，给我注入一种可贵的精华，又或者，这一精华已经成了我的全部。我所有的卑微感、不安感、平庸感都消失了。这种全能的愉悦，到底从何而来？我能感到它是与茶和蛋糕的味道有关的，但它又远远超越了这些滋味，不可能与它们是同样的性质。

“它是何时来的？它意味着什么？我该怎样抓住它，解读它呢？”

朗诵到最后三句话，她已经找到了节奏。她抬起头来，看着观众说出最后一段。观众全神贯注地听着，为了朱利叶斯，她克服了似乎无法克服的困难，这给她带来一股喜悦。她微笑着讲完，合上书，冷静、坚定、自信，她感觉很自信。

莎拉很庆幸，艾米莉亚用朱利叶斯的琴演奏时，教堂里每个人都落泪了。

她站在台前，开始演奏之前说了几句话。

“我父亲教给我最重要的一课，是对书的热爱，但他也教给我一份对音乐的热忱。我五岁的时候，他第一次让我拉了他的大提琴。一个周日的下午，他教给我《小星星》，从那以后，我就迷上了音乐。我考了级，但从来没有他拉得那么好。我们经常一起演奏，这是他最爱的曲目之一，卡米尔·圣桑的《天鹅》。”

她轻轻点头，然后坐了下来，拿起琴弓开始演奏。曲子伤感到痛，其中的忧郁在教堂里萦绕，温柔地回荡。莎拉跪在面前的祈祷椅上，用双臂挡住头，忍住啜泣。她深深呼吸，让自己平静下来，直到最后一个音符消失。教堂里一片寂静，只有人群里偶然发出的啜泣声、清嗓子的声音，还有擦眼泪的声音，然后有人带头鼓起了掌，接着整个教堂里所有人都开始鼓掌。莎拉打起精神，坐起来，也开始鼓掌。她知道朱利叶斯肯定会非常自豪的，她知道他有多爱他的女儿，她好希望她能告诉艾米莉亚，他提起女儿时，眼里闪耀的光。

艾米莉亚结束演奏时开心极了。过去两周里，她每晚都要练习，直到每一个音符都拉到最准，可她还是害怕，怕自己演奏到一半突然僵住，怕她的手指会不听使唤。好在她的担忧没有变成现实。她坐下来听四重奏小组演奏埃尔加的《夜之歌》。在马洛的编导下，他们神奇地做到了把这首曲子演奏得欢快，而非悲伤。艾米莉亚以为自己的心承受不了更多情绪，可结束的音符飘出时，她仍然在呼吸。她仍然活着。

托马西娜走进教堂前院，穿过歪斜、躺倒的墓碑。她得回学校上今天最后一堂课。一只手搭在了她的手臂上。她转身，看到詹姆对着她微笑的脸。

“你的朗诵真的很好。”他说，“我希望我也有勇气上台。不过我想不出什么带奶酪的段落可以读，我们俩也只有这一个共同话题。”他露出忧伤的表情，只不过很容易看出他是在开玩笑。

托马西娜笑了。

“谢谢。我挺紧张的。”

“看不出来啊。”

“真的吗？”托马西娜很惊讶。她还以为她的紧张很明显呢。

“一点也看不出。对了，我妈特别喜欢那两本书。谢谢你……”

“我很高兴。”

他们就那样站了片刻，秋日的落叶在他们脚边沙沙扫过。

“我得走了，”托马西娜说，“还有一节课。”

“哦，我也得回店里了，”他举起一只手，“再见。”

他朝着镇中心的方向大步走去，托马西娜看着他离去的身影，觉得自己该再说点什么——可她该说什么呢？

仪式结束后，艾米莉亚在小礼拜室里整理大提琴。有点事做，让她很高兴。一切都太完美了，她不停地想，父亲会有多么喜爱大家的表演。她提醒自己，一定要给每个人都寄一封感谢信。

“你的演奏很美。”

她惊了一下子，转过身去。

马洛微笑着说：“怎么样？跟你说了吧，熟能生巧嘛。”

“还算不上巧吧。”

“少说也是个良好。”

她假装噘嘴：“可我之前拉这个得过优秀呢，而且好像还是考六级时。”

“好吧。我有一事相求。”

他看起来有些难为情。艾米莉亚觉得自己脸颊上爬上了粉红。他是想约她吗？不可能吧，她父亲的追念仪式才刚刚结束啊。但是她心里还是有点小小希望。一起去喝点东西她还是愿意的，她喜欢马洛，她父亲也很看好他。他是个有意思，又幽默的人……

“我在想，你愿不愿意加入四重奏小组，顶替朱利叶斯原来的位置？”

“什么？”艾米莉亚完全没料到这是他要请求的事。

“可怜的菲丽希缇现在能拉的曲子太少了，我也不想给她太大压力。你要是加入，戴尔芬就能回第二提琴的位置了，那样她也会开心的。”他露出苦笑，“然后我的日子也就好过些，这我是可以肯定的。”

戴尔芬，当然了。她今天也来了，穿着一条黑色直筒连衣裙，十分优雅。她怎么会以为马洛是对她感兴趣呢？

艾米莉亚摇摇头：“我的水平根本不够。看看光这一首曲子我就练了多久。”

“我要觉得你不够好，肯定就不会找你。这事关我的名声，我不会拿它冒险的。”

“我不知道这些事都要怎么处理，也不知道我还会在这儿待多久，更不知道要把书店怎么处理呢。”她匆忙地一个接一个说出理由。

“就跟我们到年底吧。这时候没什么活动，只有几场圣诞颂歌音乐会，还有爱丽丝·巴塞尔顿的婚礼。”他目光一刻也没离开她，他的棕色眼睛透过镜片在恳求，“我可以给你指导，帮你跟上其他人的节奏。”

艾米莉亚开始心软了。她当然是想加入的，但她也有些害怕。

“我不想让你失望。”

“我们最近只演奏圣诞颂歌，还有一般的婚礼曲目。不会有普罗柯菲耶夫那种难度，精度也不会太高。”

她看着他。她哪里能拒绝得了那让人融化的微笑呢？加入四重奏小组也能转移她的注意力，让她不必时时挂念书店的压力，还有她需要做的所有决定。即使她明天就关掉夜莺书店，也还是需要花好几个月来打理一切。更重要的是，朱利叶斯要是知道她顶替了他的位置，肯定会满意，肯定会为她骄傲的。她记得他最初教她拉音符时多么有耐心，给她示范怎样拿琴弓。他们从前拉过二重奏，艾米莉亚还记得那种随着音乐去往另一个世界的感觉，那种跟另一个人完全同步的感觉。她很想念那种感觉。加入四重奏的话，她就能再次感受到。

“答应我，我的水平要是不够，你会告诉我。”

“保证。”马洛说，“你肯定行的。这算答应了？”

艾米莉亚想了片刻，然后点了点头。

“那就是答应了。”

马洛看起来很开心：“你爸肯定会为你骄傲的。你知道的，对吧？”

他拥抱了艾米莉亚，她感到一股暖流。

她告诉自己，她感到惬意，是因为她在做的事是父亲希望她做的。

莎拉驱车回到匹斯布鲁克庄园，眼睛干涩，空虚乏力，因为努力抑制自己的情感而变得麻木。她太努力地控制自己的情绪，现在甚至有些害怕她永远地丧失了感觉的能力。她把车开进车道时，突然感到一阵绝望。天哪，这个傍晚要面对什么呢？周五晚的鱼肉馅饼，还要强装欢笑。这样度过余生，她能忍受吗？

第八章

那天傍晚，迪伦去了白马酒吧。他周五经常去那儿。他和几个朋友在这儿小喝一杯蜂蜜小屋麦芽酒，配一包洋葱奶酪味薯片，聊他们过去一周的经历，然后各自回家冲个澡，吃晚餐。有些朋友有妻子或是女朋友，其余的可能还会在晚餐后回来，再喝几杯啤酒，或许还会玩玩飞镖游戏或台球什么的。

白马酒吧是标准的乡村酒吧，坐落在匹斯布鲁克镇外的河边，通往梅伯里的路上。它建得粗糙简单，却很有魅力。酒吧里有家小饭店，木制桌椅摇摇晃晃的，卖的是丰盛的田园餐：腌肉加腌制小洋葱，自制苏格兰蛋加厚实有嚼劲的面包，一罐罐的浅色黄油撒着海盐。酒吧铺着石头地板，角落里有一个巨大的壁炉，还有当地艺术家夸张的油画，画牡鹿、野兔、野鸡。当地人和来这儿过周末的游客都喜欢光顾这里，不论是穿着牛仔裤，还是打扮得珠光宝气都可以：在这里，都没关系。

迪伦打记事起，就经常来这儿。小时候，他父亲会在周日带着他和他的兄弟们来这儿，母亲则在家做午餐，现在这个酒吧已经成了他生活的一部分。他每次来都能碰到认识的人。即使你谁也不认识，来这儿之后，也能很快就交到朋友，因为这里的气氛轻松愉快，每个人都能融入其中。跟人搭话非常容易。

那天傍晚，爱丽丝跟休和他们的一群朋友来了。迪伦觉得有些紧张。

迪伦对休·帕蒂弗怀着浓烈的恨意。他能看出，休实在没有耐心礼貌待他。他知道，休要是说了算，估计会禁止他跟巴塞尔顿家的人说话，见了他们就鞠躬，让他在庄园里扫地，整天都要行古代对贵族行的礼。但是巴塞尔顿一家人不是那样的，爱丽丝每次见到迪伦都会拥抱他，跟他聊个不停，用一种在外人眼里像是调情的方式跟他开玩笑，但迪伦知道，爱丽丝就是这样的人。

休总是用嫌弃的眼神盯着他，见了他也只能做到点头，露出假假的微笑，然后一有机会就把爱丽丝拉走。迪伦强忍着冲动，才能不冲休的背影竖两根手指表示鄙视。

有一次，莎拉问他对休有什么看法。他想说出他的真实想法，但他绝不会对莎拉说骂人的话。

休当然想娶爱丽丝了。她有社会地位，这正是休缺的东西，况且她将来还会继承整个郡最漂亮的庄园。她肯定是个好妻子、好母亲。迪伦想象着一群壮实的金发小孩穿着长筒靴在匹斯布鲁克庄园里跑来跑去，周围还有小狗和小马驹。

迪伦不禁问自己，爱丽丝到底是看上休的哪一点了？基因良好？休长得蛮好看，是那种打马球的小贵族长相：浓密的头发，一年四季都晒得肤色健康。还是因为钱？他确实有钱，但迪伦觉得爱丽丝没那么肤浅。也许休床上功夫很好？也许是这三点都有？

想到他，迪伦的牙齿都要打战。他告诉自己，他在忌妒了。他永远都不会有那种吸引力。他是个普普通通的工人，挣着微薄的工资，没有权力，没有影响力。

他和爱丽丝在匹斯布鲁克庄园独处时，可谓是一见如故，可在她的朋友周围，他就显得无所适从了。他们都是从小被宠坏的，永远吵吵闹闹，喝很多酒，开车超速。

"他们都很可爱呢。"爱丽丝会反驳道。

"我相信，"迪伦说，"但是他们凑成一大群，就很烦人了。"

爱丽丝看起来有些受伤。迪伦知道他必须小心说话。当你把一个人的朋友贬得太低，总会让人以为你也在说这个人。

所以他试着在酒吧小酌一杯，躲着她，可还是被她看见了。她从椅子上跳起来，过来给他一个大大的拥抱。"嗨！迪伦。我们都有点醉了，我们刚看了赛马回来的。"她一脸明亮的笑容，指着一边坐在窗边大桌子周围的一群人，“过来跟我们坐一起啊。”

迪伦拒绝了，但他尽量说得礼貌些：“我约了个人，谈雪貂的事。”

这是真话。他在家养了一对雪貂，雌的刚下了一窝小崽。他想尽快把它们处理掉，他的一个朋友有兴趣。

爱丽丝还不愿放弃：“来吧，来认识认识大家嘛。他们肯定都想要雪貂的。你有多少只来着？”

迪伦叹了口气。爱丽丝就是不明白，天哪。他对她的朋友们不感兴趣，他们对他也不感兴趣。他们之间没有任何共同点，只是都认识爱丽丝。这些人也绝不会想要雪貂的。

爱丽丝是一道明亮的阳光，她爱所有人，看不出人身上的任何缺点，对每个人都一样。对她来说，生活就是一场漫长的派对。她浑身都是活力和友善，正因如此，她才在工作上那样出色。她明白客户想要什么，全力以赴地帮他们实现预期效果。但她也很精明，她知道怎样能以最低价买到所有东西，怎样以合理的价格满足客户的要求。

迪伦也是这样真正跟她熟起来的。她不想再为鲜花付出天文数字了。每场婚礼结束后，她都要看看花店的作品，叹口气。于是她来找迪伦，请他种一个采摘花园。

“从现在起，我要自己弄鲜花。”她声明，“所有花都直接在匹斯布鲁克庄园种，这是咱们的卖点。他们要是不喜欢这点，就去别处吧。”

就这样，她和迪伦花了好久，研究花店的网站，翻阅花种目录。他给她讲他们可以种的花：丁香、水仙、牡丹、大丽花，当然还有玫瑰、须苞石竹、麝香豌豆花、羽衣草……她让几个在这儿工作的女孩上了花艺课，再赶上结婚季时，他们已经可以做捧花、领口花、桌面摆花——所有这些种类了。

“我想要那种刚从园里摘来的样子，”爱丽丝说，“不是那种僵硬得要死的花。我要所有花都新鲜浓绿，像羽毛一样轻盈柔软，有托马斯·哈代作品那种感觉。”

最终，迪伦建议他们采用大棚温室，这样能最大限度延长花期，爱丽丝说他真是个天才。

之后他们关系变得很近，有时候会一起在白马酒吧喝一杯，爱丽丝像个花蝴蝶一样，在酒吧里跳着舞跟所有人聊天。接着，她在一个朋友在伦敦开的派对上认识了休，迪伦就开始跟她保持距离。他看得出，是时候疏远了，因为休这种人是绝对不喜欢迪伦这样的人跟自己女朋友关系好的。他试图做得委婉些，让爱丽丝看不出他在有意避开她，因为他知道，她只要看出来，就会坚持做什么都带上他，迪伦实在无法面对那份羞辱，还有权力的斗争。

这还是他第一次在公众场合被爱丽丝逮住，他没有充分的借口。他开始感觉到对尴尬社交情况的恐慌冒头了。

“你必须得见见他们。”爱丽丝催促道，“他们都会来婚礼的。快来。”

她拉着他的手臂。迪伦看到，酒吧的另一边，布莱恩·梅尔克舍姆进了门，他通常周五都会来一杯。他松了一口气，这时候，休正好走了过来，像是宣告领土一般搂住了爱丽丝。他的意思再明显不过了。

“实在不行。”迪伦说，“布莱恩来了，就是他要我的雪貂。”

爱丽丝脸色沉了下来。

休坏笑着，笑声难听。

“这店里跟 *Archers* 里的[1]似的。”

迪伦抓住布莱恩的手臂，把他领到吧台边：“别回头看，假装咱们在讨论事情。”

“怎么了？”

“爱丽丝想让我跟她的朋友坐一起。”

“她跟那个浑蛋一起的？”

“没错。”

白马酒吧里的人都不怎么喜欢休，他们都觉得他配不上爱丽丝。

---

1 *The Archers*：英国一部讲述乡村生活的广播剧。

“我看见他那辆白色的撩妹专用车停在停车场。”布莱恩说，“给他来点水泥，就什么都摆平了。”

他从口袋里掏出一张五美元的钞票付酒钱。这就是迪伦爱这家酒吧里的人的原因，他们不会被糊弄到。

夜幕渐至，老板喊时间要到了。迪伦留下来在里面的游戏屋里打了场台球，但还是决定要走了，周五的夜晚，这里都会锁上门，狂欢一夜。必须得有心情才能参与这种活动，而他这个周末需要头脑清醒。

他回到酒吧里，看到爱丽丝和她的朋友们正要离开。他们大部分人都走得踉踉跄跄，互相搀扶着，摇摇晃晃。他看了看休，休拿着车钥匙，满脸通红，眼神迷离。他这样根本不能开车。迪伦看了看桌上散落的香槟瓶子，他们还喝了烈酒。有人弄了个“野格火车”——把小杯的野格力娇酒摆在装了红牛的杯子上面。杯子像多米诺骨牌一样一个推倒一个，人们都围着欢呼。

但是迪伦了解休这种人，他才不在乎限速这样的小事。迪伦这一晚才喝了两小盅。他可不想丢掉自己的驾照。更何况，酒驾违法不是没有道理的。

他走到爱丽丝身边，她刚刚从洗手间出来。他能看出，她喝多了，已经头脑不清醒了。

“你不能上休的车，他不该开车。”

爱丽丝挥挥手：“没事的，几条小路而已。”

“拜托了，我送你。”

休走过来，站在爱丽丝身后。他摇晃着钥匙：“怎么了，雪貂男孩？”

迪伦没有动摇：“你不能开车。”

休的目光直接而尖锐。

“不关你的事。”

“行了，伙计。”迪伦担心地说，“我送你们一程。”

休戳了戳他的胸膛：“少管闲事，我能开。”

迪伦握起拳头，向前走去。爱丽丝的一个朋友看到了这边的事，开始喊叫：“打起来！打起来！”

爱丽丝有些担心：“真的，阿迪——他没事的。”

迪伦皱皱眉。让爱丽丝进休的车，与他的直觉背道而驰。

“一边去，梅勒斯。”休说，“来吧，爱丽丝。”

迪伦看到她动摇了一秒钟。休拉着她走，她回了一次头，然后耸耸肩，好像在说：“我能怎么办呢？”

迪伦盯着他们离去的身影。他紧咬牙关，心在胸膛里嗵嗵地跳。他应该拉住休，阻止他，抢下他的钥匙。他要是跟迪伦打起来，迪伦肯定会还手，事情只会变得更糟。迪伦整日在室外工作，休则坐在办公桌前，去室外都是午饭时喝口小酒。他能打得过爱丽丝的未婚夫，但莎拉肯定会被吓坏的。

他掏出了自己的钥匙。他要跟着他们，确保爱丽丝安然无恙。这是他的责任。要是爱丽丝出了事，他该怎样直视莎拉的眼睛？他进了停车场。夜晚的空气微凉，树枝上开始挂霜了。

休的车就在停车场的出口处，已经发动了。迪伦进了自己的老福特嘉年华。他开到奥迪车后面，耐心地等待。他不会鸣喇叭的。他知道休想让他那么做，休在激他。几秒钟的时间仿佛好几分钟。迪伦在方向盘上敲着手指，尽力压住脾气。他想知道爱丽丝此刻在想什么，她知不知道休耍的小把戏？她也许根本不了解。迪伦很肯定，她不知道自己未婚夫的真面目。

最终，奥迪车还是冲出了停车场，上了路，以吓人的速度加速。他可以想象驾驶位上的休，疯狂地大笑着。他的小车绝对追不上那辆大马力的好车。迪伦抿紧了嘴唇，也开上了路，跟在休的后面。

到匹斯布鲁克庄园的小路时已经漆黑一片了，树影落在路的两边。迪伦降了一个挡，轻踩刹车，在转弯处小心行驶。然后他开到了离匹斯布鲁克庄园入口半英里的位置，眼前的景象是他最可怕的噩梦。路边一棵巨大的橡木树被休的车撞到了。

驾驶座一边的车门是打开的。迪伦看到休站在路上，双手抱头，被撞到的只有副驾驶座。

周围寂静得可怕。

迪伦掏出手机。谢天谢地，这里有信号。他把车停在路的出口，打开双闪灯，报了警，又打开自己的车门，跳到路上，这一系列动作都一气呵成。

休朝他跑过来，满脸恐慌。

“你带手机了吗？我找不到我的手机了。”

迪伦边把他推开，边讲电话：“请派辆救护车来，还有警察。”

他大步从休身边走过去，休抓住了他的手臂：“不要叫警察——”

迪伦又把他推开：“韧橡树弯道出了车祸，车直直撞在树上了。我目前不能确定伤亡人数，但至少有一个人受伤！”

迪伦挂了电话，朝车边跑去，跳进了驾驶座。

爱丽丝趴在安全气囊上，失去了意识。她坐着的那一边完全撞毁了。她的脸上、手上、头发里满是玻璃碴儿和鲜血。他可以看到，她的腿被压住了。怎么才能把她弄出来？迪伦完全没有头绪，他可能会造成更严重的伤害。他意识到自己在哭，他本可以阻止她的。休探脑袋进来。

“天啊，她还好吗？”

“废话！她当然不好了！到处都是血。”

“哦，老天，天哪，天哪，天哪。”

“爱丽丝！能听到我说话吗？”迪伦试探着碰碰她的肩，“你会没事的，救护车马上就来了，爱丽丝？”没有回应，迪伦感到一阵恶心。他抓起她的手腕，找脉搏，还有脉搏，至少他知道她还活着了，他看出她还在呼吸。

他该怎么做呢？迪伦绞尽脑汁回想急救知识，但他什么也想不到。她的腿被压住了，不能拉她出来。他也不想移动她，免得造成进一步损伤。他只能安慰她。他在颤抖，因为震惊，因为恐惧，因为愤怒。

“都他妈的是你的错，”休说，“都是因为你跟着我们。我看到你在我后面开出了停车场，你在骚扰我们。”

“别胡说八道。”

“我要去做证，你一定会因为危险驾驶被逮捕的。”

“他们肯定当你是开玩笑，我的车开不过六十。”迪伦用拇指指了指他停在路口的老牛车，“况且还有轮胎印可以做证据。”

休看了看月光中的小路，迪伦说得对。路面上，他刚刚失控的地方，有一对黑色的印迹。他们能算出他的车速。

“天哪，我会被吊销驾照的。我会丢掉工作，那我就没法养她了。”他抓着迪伦的肩膀，“你知道他们一家人是看上我什么了，对吧？我的钱！他们觉得我的钱能拯救匹斯布鲁克庄园。他们需要我。”

迪伦盯着他，真是个疯子。可他这一想，倒是想得通了。休很有钱。爱丽丝嫁给他的话，能缓解庄园的经济压力。他是个易得的钱柜。

他们这种家庭不就是这样吗？跟包办婚姻没什么不同。想到这儿，他有些恶心。爱丽丝是不得不假装爱休吗？为了拯救匹斯布鲁克庄园？

“她要是没挺过去，”迪伦对休说，“我就杀了你。”

“她不会死的。”休说，可他的脸色在月光的照耀下是苍白的。转弯处出现了灯光，随之而来的还有警笛声。

他身边的爱丽丝动了，还发出一声呻吟。她伸出手来，迪伦握住了她的手。

“没关系的，”迪伦说着紧紧握了握她的手，“没关系的，爱丽丝。救护车来了，你会没事的。”

没过多久，现场就挤满了人，有人喊着指令，应急措施的部署就这样成形了。

迪伦和休被拉到一边，离开事故现场。

“我没看清弯道。”休跟一个警察讲，“我不太习惯开这辆车，路上又有些冰。我只是送爱丽丝回家，她家在匹斯布鲁克庄园。我们再过三个月就要结婚了……”

他想把自己描绘得高尚一些。

“来跟我在车里坐一会儿吧，先生。”那个警察跟休说。

“没问题。”休答道，可他却用恶狠狠的眼神瞪了迪伦一眼。

迪伦不知该做何感想，看着休跟警察走了。他不想让爱丽丝惹上麻烦，可这家伙太傻了。他罪有应得。迪伦希望他们把他关起来，然后把牢房的钥匙扔了。

救护车上的救护人员似乎花了好久才把爱丽丝弄出车。这几分钟像几小时一样煎熬。最终，他们轻轻地把她抬到了担架上。他们把她抬上救护车时，她看起来那么小，那么僵直。

“谁跟她一起上来？有人上来吗？”一个救护人员喊道。

“有，我去。”他不想爱丽丝自己一个人去医院。他爬进了救护车。

“你是她丈夫吗？还是男朋友？”

“不是——我是他们家的雇员。她不会有事吧？”

没人回答。有人在给她量血压，有人在擦拭她身上的血。

突然，休开始狠狠敲门。有人打开门让他进来了。

“她还好吗？我跟她一起去。”

“车里位置只够加一个人。”

休看了看迪伦：“出去。”

迪伦震惊了，休似乎没惹上事。这怎么可能呢？迪伦看到他跟他朋友们那副样子了，全都喝得烂醉。他做了什么？他是贿赂了那个警察吗？还是他真的没有喝多？迪伦无法理解。

“你们自己的问题自己解决好行吗？”其中一个医护人员说，“我们得出发了。”

休直视他的眼睛。他的眼神传送着信息，这份仇他记下了。

迪伦不在乎，休碰不了他的。他只关心爱丽丝。

迪伦一句话都没再说，直接下了救护车。

另一个警察从他身边走过。

“赶快派人去四斯布鲁克庄园，”迪伦听到他冲对讲机说，“让他们去医院找咱们。”

迪伦想到莎拉会听到这消息，就想吐。她会绝望死的。他无法想象还有什么比半夜里听到别人说你的孩子出车祸了更糟糕。他希望他能在那儿陪着她，安慰她、安抚她，但那不合礼仪。他不该越界。即使迪伦每天都跟她在一起很久，此刻该在她身边的却是拉尔夫。他甚至觉得自己没有资格去医院。这是他们的家事，他只是个员工。他应该回避，直到他们需要他。

救护车的门关上了，司机鸣起了救护车的警笛。迪伦在想，休会握着爱丽丝的手，告诉她一切都会好起来吗？他想答案大概是否定的吧，休只在乎自己的问题。他会怎么跟巴塞尔顿一家解释车祸的事呢？他抬头看着一片漆黑的天空。他不相信天上还有星星，快乐地眨着眼。爱丽丝躺在那里，那么弱小，一动不动。它们怎么可能仍然在那儿？

救护车开走了，迪伦站在那儿，看着休的车被抬上拖车。液压器的声音伴随着铁链的声音，机械师们互相喊着指令。留下的一个警察在收事故标示。

突然间，所有人都走了，死一般的寂静再次降临。好像车祸根本没发生过，只剩下老橡树上的那个伤疤。迪伦盯着它，思考休当时到底开得有多快。他想得头晕，又觉得好无助。他能做什么呢？他猜他可以祈祷，不过他从来都不是会祈祷的人。在他看来，一切顺其自然就好，人偶尔会插手，可是该发生的总会发生的。没有什么神奇的力量可以改变大局。

他回到停在入口处的自己车上，慢慢开回家，总在阴影里看到鬼魅，灯光从花岗岩色变成了枪灰色。他要是给医院打电话，他们也不会告诉他信息的：他不是家属。爱丽丝是不是已经成了冰冷的尸体，闭着双眼躺在白单子下面呢？她是不是躺在手术桌上，等待医生来施展魔力呢？她是不是坐在床上，面色苍白、惊吓过度，却大笑着，边喝茶，边跟护士聊天呢？他怎么才能知道呢？

匹斯布鲁克庄园里，莎拉·巴塞尔顿听到门铃声穿透整栋房子，她连忙坐了起来，心想："哦，老天哪，不要，拜托了。朱利叶斯的事才过去没多久，不要再有人出事了，我无法承受。"

第九章

莎拉直直坐着，双手夹在膝盖之间，盯着医院等候室淡绿色墙上那幅难看的画，画的是秋日的树林。她想，等着吧，等消息，等诊断，等预后。突然间，生命中的其他事都不再重要，不再紧急，吃饭、睡觉、喝水——都没有必要。他们从凌晨两点开始就在这儿等了。爱丽丝在做脑电波图，或是在手术室，她记不清到哪一项了，也记不清是先做的哪一项了。所有信息都搅在一起，爱丽丝是现在的重点病人，没人能透露任何信息。他们只能等确定情况，才能传达信息。莎拉不停地告诉自己，医护人员已经在尽力了，可她还是痛苦无比。

拉尔夫一手拿着一杯茶进来了，把其中的一杯递给她。他去找了那个一头漂白金发、眼睛笑眯眯的苏格兰护士，问她能不能透露些情况。

拉尔夫从前装过傻，装过没用，这次却表现得很像样。那个无能的他消失了，取而代之的是一个有正义感和责任感的男人。可能是因为他受过的军事训练吧。他只在皇家蓝军骑兵团服役过几年，但他作为军人的一面大概还一直潜伏在他身上吧。也许这就是过去这些年里他缺的东西？一次严重的危机。

莎拉低头盯着她的茶。

“来吧，”他说，“多喝点，亲爱的。我们需要打起精神。”他从口袋里掏出一把消化饼干，“算不上早餐，但能帮你顶一会儿。军队要填饱了肚子才能行军嘛。”

莎拉拿起杯子，取了一块饼干。试探地尝了一小口之后，她发现茶太烫了，于是将饼干在里面蘸了蘸。

“会诊医师再过几分钟就到了。”拉尔夫接着说，他们目光相遇。他们都期待而又害怕这一刻，会诊医师的诊断。拉尔夫将一只手搭在她肩上，“我们能挺过去的，亲爱的。爱丽丝是个斗士，她有股精气神儿……”

他越说越小声，最后说不出话了。莎拉伸手捏了捏他的手臂，他也需要安慰。他低头看着她，有些惊讶，有些感激，她愧疚地想到，他们如今都很少有肢体接触。这不是什么明确的决定，只是他们之间的接触渐渐地变少了。莎拉不知道，他是否注意到了，他是否介意。她觉得有些遗憾，略感歉疚。

门打开了，两人都站了起来，莎拉挽住了拉尔夫的手臂。她一碰过他，就觉得想待在他身边。他们就那样站在那儿，握着各自的茶杯，盯着穿紫红色大褂的年轻医生看。

他微笑着问："巴塞尔顿先生和太太？"

他们点点头，担心得说不出话来。他们看不出他的微笑意味着什么。他只是在打招呼吗？还是说这微笑与他将说的话有关？要是他要转达坏消息，那他还会笑吗？

"好吧，恐怕她的情况有些严重。"他龇着牙，"但好消息是，我们做了脑部扫描，没有发现严重的损伤。很显然，她得继续留院观察。我们也不能做任何保证。事故之后出现意料之外的出血，也是有可能的。但目前来讲，情况乐观。"

"噢，谢天谢地。"莎拉靠在拉尔夫身上，突如其来的释然让她浑身瘫软。

"不过也有不好的消息。她的腿情况不太好，多处骨折，我们还得做手术，上钉子。这个情况有些复杂。她得过很久才能走路了，还得做许多康复训练、物理诊疗。"

"我们要最好的医师。"莎拉说，"必要的话我们可以多花钱。"谁知道去哪儿弄钱呢？但他们会弄到的，卖幅画什么的，就算是卖她的灵魂，她也愿意。

"现在还不用担心这个，目前她已经得到最好的照料了。不过还有些事。"他清了清嗓子，莎拉看着他。不知怎的，她已经预感到这是最坏的消息了，"她的面部受伤严重。左脸上有一道严重的伤痕，可能需要做些整容手术。”

“哦，天哪。”莎拉说，“她十月份就要结婚了！”

“我们会尽力的。”他停顿了一下，“我知道，这些消息有点难消化，我们也不知道这些手术会以怎样的顺序进行。但从某些角度来讲，她还蛮幸运……”

“幸运？”莎拉一脸惊骇。美丽的爱丽丝，她可是莎拉认识的人里，最不虚荣的一个。

“咱们应该告诉休。”拉尔夫说。休出去透气了，他说他车祸后感觉有些难受。他可能是去抽烟了。

莎拉听到休的名字，僵直了一些：“都是他的错。”

“亲爱的，这是个意外。路上的冰……”

“可不是。”莎拉听起来可不信服。

“这肯定是可怕的经历啊。想想他的感受吧。”

“他平时就开车太快。我知道的。”

开着她的 POLO 时，莎拉不止一次地在路上遇到休，从前往匹斯布鲁克庄园的小路上冲出来，她总得急刹车，才能避开他。

“男孩本性嘛。”

“你怎么能这么说？”

“行了，咱们应该庆祝，她没有脑部损伤……”

“她做完 X 光回来，你们就能看她了。”医生说。

“她肯定一点事都没有，我肯定。”拉尔夫说。

“我女儿，坚强得很，”他挤出一个微笑来，“跟她妈妈一样。”

休回来时，仍然坐在等候室椅子上的莎拉抬起头，她闻到了烟味和箭牌口香糖的味道。他露出不确定的微笑。他有点怕莎拉，这也不是没有缘故的。

“护士刚刚告诉我了，她会没事……”

莎拉打断了他。

“你开车太快了。”她语调平平地说。

“莎拉！”拉尔夫站了起来。

休低头盯着地板看，然后叹了口气。

“我知道的。”他小声说，“我永远都不会原谅自己。但我们在酒吧的时候出了点小事。我想尽快把爱丽丝送回家。”

“什么意思？什么小事？”

白马酒吧偶尔会有打斗事件，不是经常发生，但多喝几杯啤酒之后，也是没办法避免的。

“是你们家那个管园艺的家伙，他有点……挑事。”

“迪伦？”莎拉不敢相信。

“是啊，”休说，“我应该把他拉出去的，但我不想生事。”

“什么叫挑事？他不是那样的人啊。”

“几杯酒下肚，任何人性情都会变的。”休露出痛苦的表情，

“我觉得他好像对爱丽丝有点意思。这事挺尴尬的。他开着车跟踪我们。我踩了脚油门，想甩开他，只是本能而已。”

莎拉摇摇头：“我不信，迪伦绝对不会害爱丽丝陷入危险。”

“反正我可以向你保证，真相就是这样。”

“跟踪你们干吗？你说他是想干什么呢？”

莎拉盯着休，眼神凌厉。他耸耸肩。

“不知道。打我一顿？我觉得他是喝多了。也许我该举报他，不让他开车的。现在回想起来，那样做才算负责……”

“我觉得你是在瞎扯。”

拉尔夫走上前去：“亲爱的，我想时间到了。”

休看起来很沮丧：“抱歉，我只是想保护爱丽丝。没错，我确实踩油门了……”

“所以就是你的错。”

“莎拉——这儿不是审讯室。”

“我只想搞清楚发生了什么。我不信迪伦跟这事有关系，他根本不是那样的人。”

拉尔夫和休交换了一个复杂的眼神。

“哦，莎拉。”拉尔夫说，“你总能看到每个人最好的一面。”

“可不是所有人，”她看了一眼休，“不是每个人都能让我看到好的一面。”

休试着微笑：“听着，我们都有点难过，这是肯定的。可好消息是，爱丽丝会没事的。”

“没事？”莎拉说，“她一辈子都得带着疤痕过！”

“莎拉，”拉尔夫的语气很强硬，“这么说没好处。”

门打开了，他们三人都望向护士。她微笑着。

“你们要是想来看爱丽丝，现在可以了，但只能去五分钟……”

“我一个人，”莎拉说，“我想一个人见她。三个人一起进她承受不了的。”

休和拉尔夫都没有反驳。

爱丽丝躺在重症监护病房中间的一张床上，好弱小，身上满是绷带、导线，还有瘀青覆盖的皮肤。莎拉几乎快要认不出她了，连她的声音都哑得听不出了。

莎拉不想多说什么。她不想大吵大闹。她是最不爱大吵大闹的人。刚刚在等候室里发生冲突时，也是她多年来第一次提高嗓门。她是冷静的代言人，从小就平静、谦和。

她拉着爱丽丝的小手——没插针头的那只——温柔地抚摩。

“可怜的孩子。”她低声说。

“有多严重？”爱丽丝问道，“我四肢都动不了。我都没法动脑子。”

“你那可怜的腿遭了殃，”莎拉说，“还得做手术钉起来。”

她咽了口唾沫，没法看爱丽丝的脸。她也没法告诉她脸上的伤，起码现在还不行。

“我们得取消了，对吗？取消婚礼？”爱丽丝的声音在颤抖。

莎拉盯着地板。她头脑里有个声音在回答，是的。这样所有的问题就都解决了。取消婚礼。她本来就不看好婚礼，不看好休。但她不想直接给出肯定答案，害爱丽丝伤心，因为那样就是在说她的情况很严重。情况可能真的很严重，但爱丽丝已经经历了太多。她需要安慰。

“我们现在还不需要担心那个，还有很长时间呢。”

她突然间觉得精疲力竭，被情绪淹没。她不想在爱丽丝面前哭。

“到底发生了什么，亲爱的？”

“我不知道，我不记得，有很多人，在酒吧里……”

“迪伦也在吗？”

“迪伦？”爱丽丝使劲地回想，“也许吧。”

“他和休吵架了吗？”

“好像没有。”

“可是休似乎觉得有呢。”

爱丽丝摇摇头：“我记得野格火车……”

莎拉不想逼她，她不想让爱丽丝更难受。

“你想见你爸吗？”

“好的，谢谢。我很抱歉，妈妈。”

“抱歉？你抱歉什么啊？”

她看得出爱丽丝在跟思绪，跟记忆挣扎。

“我不知道。”爱丽丝答道，她的眼里溢满了泪水。

莎拉和拉尔夫从医院回到匹斯布鲁克庄园时，已经是八点钟了。最后是护士坚持让他们回去，不停地向他们保证，爱丽丝会很舒服的，他们再待下去只会惹麻烦。

休去一个朋友家睡了。他感觉自己现在还是离莎拉的怒气远一些好，他的感觉没有错。

莎拉瘫坐在厨房桌旁的椅子上。昨天早晨似乎是上辈子的事了，她那时候就坐在这儿，准备去参加朱利叶斯的追念仪式。人啊，从来都不知道将来会发生什么。

“我去做些早餐好吗？”拉尔夫问道。她摇摇头。她现在没心情想吃的，“你得吃东西啊。”

“现在没必要。我的饿劲儿都过去了。”

“茶呢？”他拿出一个茶壶，放在炉子上，“医院的茶肯定是工厂的擦地水做的。”

他怎么还能这么欢快呢？

她盯着对面墙边的梳妆台，能看到爱丽丝的 Noddy[1] 人偶鸡蛋杯。这是她小时候用的杯子：杯子上还带着蓝色软帽，帽子上有个铃铛，好给鸡蛋保暖。她想到自己为爱丽丝做过的那么多煮鸡蛋。

她能感觉到，那股悲伤正要袭来。它是一股渐渐汇聚的势力，马上就要袭击她了。这一次，她没有强迫自己坚强地忍住。这一次，她能感到自己被它所裹挟。她这一天里体验了所有的情绪，惊讶、恐惧、生气、愤怒、担心、宽慰，然后又是担心、疑虑、恐惧、焦虑……一个人能承受的情感是有限的。

在医院里，她又想起了过去。她想起了在乡村医院跟朱利叶斯道别的那天，那是他去世的两周前。她去看他，给他带去了最新的伊恩·兰金小说，她打算读给他听，因为他经常眼花，没法集中精神。

她没料到他会告诉她，他不希望她再来看他了。

"我今天感觉没事，但我知道这只是一时的好转。明天我可能就又晕了，或者直接去了。我希望咱们能在两人都清醒的时候道别。我不想你在我没有知觉的时候来看我，不想你看着我死。我想在还是自己的时候跟你说再见，虽然不是最好的我。"他自谦地微笑着。他很瘦，面色灰白，头发稀疏，"但仍然是我。"

---

1 Noddy：是美国卡通片里的人物形象。

“你不能给我提这样的要求。”她被吓坏了，低声说道。她抚着他的脸颊。她爱着他那羸弱的身体里每一块骨头。

“拜托了，”他说，“我不想争论这个。这是最合适的决定。”

他们说话时十指交缠。她太了解他，所以知道他是认真考虑过的，知道他说得对。艾米莉亚正往家赶，回来陪父亲。莎拉不能再被人看到来看他了。

她拉着他的双手，在上面印下一个吻。她接着吻了他的额头，又用脸颊贴了贴他的脸颊，直到她无法再承受了，才跟他分开。她望着他的眼睛，有多少次，她看着这双眼睛，在里面看到了自己。

现在，她看不到自己了。他把她拒之门外。她该走了，他则在为此做着准备。

“你是我一生的至爱。”她对他说。

“我会给你留个位置的。不论我去的是哪儿，”他回道，“我都会等着你。”

他露出微笑，然后闭上了双眼。他在示意她该走了。她看出来，他无法承受更多。她若爱他，就得离开他。

她驱车回家，盯着前方的路。她什么都感觉不到。她已经关掉了情绪的按钮。这是挺过去的唯一办法。她受不了这诀别，完全受不了。她想躺在他的床上，永永远远抱着他。如果可能的话，跟他一起离开这个世界，与他相拥，一睡不醒。

她回到家就去了花园小屋。她躺在沙发上，抱着一个靠枕，蜷成小小的一团。那儿放着一本她在读的《安娜·卡列尼娜》。这是朱利叶斯给她的最后一本书。她试着读，但字太小了。她闭上眼睛，祈求睡梦降临。她受不了清醒。几小时后，迪伦找到了她，把她摇醒了。她抬头看着他，瞪圆了眼睛，有那么一刻完全是蒙的。

“你还好吗？”他问道，她缓缓点头。她一定得还好啊。她没有选择。

可是此刻，在这个厨房里，她终于拥抱了汹涌的悲痛。她低下头，狠狠啜泣。大声的啜泣几乎要让她窒息。她能听到自己的哭声，在厨房里回荡：那是一种最原始的哀恸，难听、刺耳。她与哭声融合，几乎成了自己的眼泪。她脑海中一个小小的声音告诉她，她失控了，她需要振作起来。

但是她等这个机会等了好久，一个能抒发她悲痛的机会，一个为她逝去的爱人、她最好的朋友哭泣的机会。她不知道借爱丽丝的意外哭泣，是否算得上邪恶。她不知道爱丽丝的意外是不是对她的惩罚。想到这些，她愈加失控了。她忘记了任何逻辑。这场大哭似乎无止无尽。

直到她感觉到拉尔夫抓住了她的双臂。他抓着她的胳膊摇了摇她。

“莎拉，”他的声音坚定却带着善意，“莎拉，你必须停下来。

这样一点好处都没有，不管是对你，还是爱丽丝。”

她猛地停了下来。他看着她的眼神里写满了关切。

“听我说，我从没给你讲过，你在我眼里有多厉害。从没讲过我有多感激你没有抛弃我。我做了那些事之后，你就算直接走掉，我也没有什么好说的。可你帮我们度过了那段难过的时光，你就是这样的斗士。这一次也同样，你肯定能帮我们挺过去。你是勇敢又美丽的莎拉。”

他说不下去了，有些尴尬。拉尔夫不是经常夸人的人。他都不知道这些话是哪儿来的。不过他说的是真心话，毋庸置疑。

莎拉闭上眼睛，深吸一口气。她的呼吸颤抖着，但她的啜泣终于停了下来。

“对不起。”她说，当然了，他根本不知道她为什么这么说。

“快过来。”他说着把她揽进怀里。虽然他并不是她想要的人，她却感觉很安全，她知道他会照顾爱丽丝，他们会挺过去的，她也可以生活在没有朱利叶斯的世界……

她不会再哭了。

第十章

碧·布鲁克曼很爱周六的匹斯布鲁克。小镇似乎充满了生机：跟工作日比起来，节奏变快了，更繁忙，更有动感了。市场里摆起了各种有趣的小摊位：有的卖用当地产的水果酿成的色彩鲜艳的酒，有的桌上高高堆着手工面包、手工蜂蜡蜡烛，亮粉色、翡翠绿、钴蓝色。她永远都在寻找新的东西。很长时间里，这是——或者说曾经是——她的工作，她一直没改掉这种习惯。

她周六比平时穿得更隆重些——虽然像在伦敦时那样精心打扮并没有什么意义。周一到周五，她都穿她的随意流行风妈妈制服——斯堪的纳维亚风格的不对称套衫、黑色紧身牛仔裤、黑色运动鞋。不过她今天穿上了一条漂亮裙子，红色绒面皮靴，配一条亚历山大·麦昆围巾。她的头发扎成一个乱糟糟的发髻，她还精心地把双唇涂成了性感的深粉色。她知道人们会扭头看她。她还是有些虚荣的，想念自己还是个单身女孩时所吸引的目光。可她还是爱做妈妈的。她爱死莫德了，这时候，莫德正在给探脑袋看她婴儿车内部的人炫耀她新的软皮鞋。

碧逛完了市场，去她最爱的咖啡厅——蛋糕糖霜——买了一块蓝莓味芙利安蛋糕，又去肉铺买了一份法式切割的羊肉。她决定再去夜莺书店买些书读。她列了份单子，列出了她要读的所有平装书，在书店里浏览的乐趣和对视野的开拓，是无可比拟的。她推着婴儿车，享受着让匹斯布鲁克的建筑变成蜜糖般金色的秋日阳光。她期待着他们在郊外度过的第一个冬天。在伦敦，寒风一开始吹，城市就会变得单调而凌厉，垃圾在大街小巷里乱飞。可在这里，空气里弥漫着烧木材的味道，附近总有个小酒吧可以歇脚，还可以把从肉铺买来的肉做成暖身的砂锅菜。这周她心情最好的几天里，她用风吹落的果子做了西洋李子果酱，还有苹果酸甜酱，还贴上了她自己设计的极简风格的标签，十分时髦。

她真是个乡下老鼠。

走进夜莺书店，就仿佛穿越时空，回到了过去。她爱这里的飘窗，进门时“叮”的铃响，还有书店里的味道——一种十分男性化的味道，像是木头的味道混合着多年沉淀的羊皮纸、卷烟、檀香木、抛光剂气味。

她很久没有来了，因为这个夏天她没有太多闲时间看书。秋冬是最适合阅读的。她记得在当地报纸上读到店主去世了。尽管如此，书店还是很繁忙的。有人接手了生意。新店主做了些调整：橱窗里摆放的书更规整了，还少了些灰尘，不过之前落的灰本也是书店的魅力点之一。

她的目光立即飘向书店门口摆的展台。那是一本厚重的咖啡桌装饰书，摄影偶像莱利的摄影作品，大气、美丽，定价是一百三十镑，贵得让人心疼。她拿起供翻阅的那本——其他的都有塑封——粗略地浏览着里面的作品。

一个助理从她身边走过，冲她微笑。

“很漂亮，对吧？”

碧叹了口气：“太美了。我很爱他的作品。”

“谁不爱呢？他可是个天才。你该犒劳犒劳自己。”说完她红了脸，“抱歉——我不是在强行推销。呃，也算是吧。这可是限量版呢。”

碧摇了摇头。“我买不起的。”她微笑起来，“这个价格能买好多罐有机宝宝食物呢。”她伸手抓住了身边的婴儿车手柄。莫德抬头看着她们，似乎对她们的交谈很感兴趣。

“她好可爱。”那个助理说。

“她要把我的钱都花光了。”

“哦，我的天！我太爱她的鞋子了，小小的软皮鞋。”

碧不会告诉她这双鞋花了多少钱。太尴尬了。

“我跟莫德要一起选一本书。读书不怕年纪小嘛。”

“当然了，要给孩子培养阅读的习惯。我们新进了一批很棒的书。我正在布置新的童书区呢。”

碧好奇了。

“你是店主吗？”

“之前是我父亲的。”

“我听说他离世了。请节哀。”

“谢谢。”

“你继续经营书店真好。我特别喜欢这里。”

“太好了，需要帮助的话随时找我，我叫艾米莉亚。”

“我叫碧。”她们冲对方微微一笑，艾米莉亚便走开了。

碧低头看着那一摞莱利的摄影书。

一闪念的当儿，她拿起了那摞书最上面的一本。然后她推着莫德去了童书区，接下来的十分钟里，她们一起浏览了许多纸板童书，直到找到了合适的。

“《我对你的爱有地球到月球距离的两倍长》，”碧说，“没错，亲爱的莫德。我就这么爱你。”

她推着莫德到了收银台边。

莫德抬头盯着艾米莉亚，手里抓着那本图画书。

“啊——这本书很好。她会喜欢的。”

“前提是她没在读书前吃了它。”碧微笑道，“这段时间，她见什么都往嘴里塞。”

“就这一本吗？”

“嗯，今天先买这一本。谢谢。”

之后，艾米莉亚看着碧离开。她正是艾米莉亚需要的那种顾客，年轻、有活力，还有可支配收入。她能做点什么，吸引更多碧这样的顾客呢？礼品卡和包装纸吗？碧这样的女人一定经常买礼品卡和包装纸吧？因为她们有很多朋友。她在笔记本上写下来，然后又去帮助另一个顾客了。

碧快步走到商业街上，她的心嗵嗵直跳。她一口气走到教堂，然后快速拐进了教堂的院子。她接着大步走，走到一把长椅边坐下。她双手捧住头坐了片刻，然后抬起头来。她伸手拉开婴儿车的帘子。婴儿车里，被层层布料埋起来的，是一本莱利的摄影书，仍然包着塑封。她把书拿起来，放在腿上，盯着它看。

她到底是怎么了？她怎么成了这样的人？她在做些什么？

这样做当时似乎是符合逻辑的。她想要这本书，又买不起。她只花了两秒钟的时间，就从书堆上拿起了一本，放进了婴儿车里。

一颗泪珠滑下她的脸颊。她确实想要这本书。她想坐在家里，慢慢翻阅其中的摄影作品，欣赏、分析它们，惊叹于摄影的技巧、才华、艺术感。她若是真的想要，倒也不是买不起。她用夫妻合用的信用卡买的话，比尔不会介意的。

但比起这本书，她更想要的是那种刺激感。她想要那种活着的感觉。她爱这种事给她带来的肾上腺素快感。这是几个月来她经历过的最刺激的事了。

碧靠在椅背上，抬头望天。几只燕子在上空盘旋，凉风刮掉了路边树上最后几片残存的叶子。坐在教堂边，她想起了三年前自己的婚礼。她记得她那从美国专程运来的复古迪奥礼服裙，淡蓝色的平纹丝绸，上身很紧，扣子是包起来的，裙摆则是宽宽的伞裙。她是一场完美婚礼中的完美新娘。

她和比尔自以为十分聪明。他们卖掉了时髦的公寓，开始了郊外生活。他们一致同意，不希望孩子在伦敦长大。匹斯布鲁克就是他们的答案，这里有很棒的通勤交通、可爱的商店、漂亮的房子。他们买下偏僻街道上那座姜饼色小楼时，十分开心，房子还有带围墙的小花园。这里太理想了，开始家庭生活的最理想地点。比尔开始了郊外到城市的通勤生活，继续做他那份薪水极高的技术工作，而碧则负责修缮房子，打理花园。接着他们就有了莫德。他们的朋友总是夸赞他们，艳羡他们，说他们太聪明、太勇敢了，这些朋友都会开车从城里来这儿，住在他们家的客房里，白色的地板、粉色的墙壁、丝绸窗帘，高高的床上摆着一层又一层羽毛般轻薄的床品。

可现在，碧觉得她要疯了。她好想念工作。她辞职时可以说精疲力竭。她当初是一份女性杂志的艺术总监，撑起她生活的就是黑咖啡和截稿日，每一册杂志都是最后一秒赶出来的，她还要应付疯狂的编辑，总是每两分钟改一次主意，还要求她会读心术。她离开时，累得简直不想再抬起一根手指头。

现在，她却无聊到要疯掉了。她很爱莫德，当然了，但当她把有机胡萝卜和土鸡胸煮了汤，把汤分成一份一份的，又用薰衣草香的洗衣粉手洗了莫德的小开司米开衫，然后带她去匹斯布鲁克镇郊河边开满花朵的草甸散步——然后呢？只能赶在比尔七点钟从火车站骑自行车回来前，做好蒙古鱼咖喱。

她过着自己曾在杂志里描绘过许多次的生活。她想到自己做的那些田园牧歌生活的杂志页：女孩们穿着茶礼服和长雨靴，正在晾衣服。藤条篮子、野餐布、带泥土的蔬菜、自制红果酱。她有好多果酱，好多好多果酱。

表面上看，她过着自己梦想中的生活。可内心里，她却无聊、空虚，觉得没有意义。她当初怎么会以为做全职妈妈对她来说会足够呢？她抚摩着莫德胖乎乎的小手，她因为自己想法的丑陋而揪心。她太不懂感激了。这个可爱的孩子还不够吗？

莫德睡着了，一只手抓着她那角上印着一只兔子的毛巾被。她女儿要是知道自己有个有偷窃癖的母亲，该怎么想？碧知道，她一向冲动，但在此之前，她从没把冲动用在坏事上。

比尔要是知道她做了什么，会怎么想？他的压力已经够大了，要工作，还要每天跑来跑去。他晚上回家时，她几乎跟他搭不上话。他一回家就吃饭，然后就直接上床睡觉，第二天早晨六点再次起来。周末也好不到哪儿去。过去两个月里，他都不允许客人来。他几乎不做什么事情，只是睡觉，看看电视，中午打开第一瓶啤酒，一直慢慢喝，直到晚上九点再次睡觉。她若是吐露怨言，他就冲她发脾气。

“你在过你的梦想生活，记得吗？”

没错，是她策划了他们生活方式的巨大变化，是她挑选的房子，卖掉了以前的房子，计划了搬家。她还自愿离职，用那笔裁员补偿金生活。她计划好了他们的经济支出，在收入减少之后还能继续生活。她想出办法，在工资减少一半的情况下，仍然积攒储蓄，还不降低生活标准。她每周能省下二百英镑，要做的就是不去外面吃饭，不叫外卖，换一辆更经济的车，不雇保洁。省钱成了她的爱好，她引以为傲的特长。

她现在想，她愿意付出一切，回到那拥挤的火车上，一手拿着一杯拿铁，另一手抓着她的 iPhone，为早晨的会议想点子。她愿意付出一切，做一个难度可怕的文案陈述，或是拥有一个将近的截稿日，一次危机。这些日子，危机一般就是牛奶或是尿不湿没了。而这些她都没有经历过，因为她有那么多时间，还是世上效率最高的管家。

但她真的无聊到去小偷小摸了吗？

她沿着蜿蜒的街道往回走，回到家时，莫德已经睡着了。她把婴儿车推进了客厅，然后在浅灰色天鹅绒沙发上坐下来，它跟对面那个沙发是完全配套的。中间放的是一张古董镜面咖啡桌，上面什么也没有，连沾染指纹都是少有的事。她大部分时候都在擦桌面，她无法想象莫德长大后，开始在家具之间戏耍，那该怎么办。

她把莱利的摄影书放在桌子中央。这本书放在外面做装饰太完美了。她很喜欢封面上的黑白照片。她好想拆掉塑封，看看书的内页，如饥似渴地欣赏里面的图片，想象自己是其中的一个模特儿。

她还没来得及拆掉塑封，就听到比尔进了前门。他去了园艺中心，买木杆和线，他计划在花园里用埃斯帕尔法墙植果树。墙植，似乎是很严肃的事。她不清楚那到底是什么意思……

她跳了起来，抓住那本书。她刚好赶在比尔进门前，把书塞进沙发的垫子下面。

“嗨！”她冲他微笑着，生怕自己看起来像个有偷窃癖的疯子，“今天怎么样？我跟莫德的早晨过得很好呢。”

“很好。”

“我们买了本书。对吧，亲爱的？”但是莫德还在熟睡，书放在她腿上。

“好。”

“那你呢？”

“我买了把电锯。”

“多少钱啊？”

“价钱很重要吗？”

“不重要，当然不重要。”

“很好，因为咱们确实需要电锯。我可以把后门边那棵老梨树砍掉，它挡住厨房的阳光了。”

“太好了。我们可以弄一堆漂亮的柴火，一定要劈得均匀，这样我们就能把它们摆在壁炉边上了。”她举起双手，比画了大概八英寸长，“差不多这么长就完美了。”

她说话的时候，都感觉到自己像个控制狂。

比尔看着她，问道：“你能不能不要把所有事都搞成设计陈述？”

碧张开嘴想回答，却想不出合适的答案。她很困惑，比尔也并不是闹脾气。他到底是怎么了？

她必须得把书送回去，不然她无法面对自己。她得跟书店的那个女孩坦白。这是她能想到的唯一方法，她要让自己回归正常。

第十一章

忙了一周之后，艾米莉亚非常期待周日跟四重奏小组的第一次排练，虽然她还有点紧张。她花了好多个小时练习，才把一首曲子拉得像样。她知道她还有好几十首曲子得加紧练习才能赶上进度，她的即兴读谱演奏能力很差：这一直是她的弱点。当然了，她肯定会熟悉其中的一些曲子的，但总会遇到不少新曲子，她害怕让其他乐手失望。

马洛这周几度来访，给她带来乐谱。她惊讶地发现自己很高兴见他——他在的时候能让人安心。不过他每次来都不久留，他总是急着去别的地方。

“这一段慢慢来，尽可能多练。我们排练时再把所有问题理清楚，所以不要慌张。时间多得很。”

艾米莉亚告诉自己要放心，每天傍晚能看多少乐谱，就看多少。她很高兴，自己磕磕绊绊练习时，没人能听得到，可是周日来了，她还是不确定当初同意加入到底是不是正确选择。她的自信跟马洛对她的信心比起来，可差远了。

他们在圣尼克教堂后的旧教堂礼堂排练。她背着朱利叶斯的大提琴沿街走，这是一件完全与书店不相干，还能转移她注意力的事，她不知是该感到欣慰，还是该抓紧时间赶着做书店营业的时候她没时间做的事。戴夫第一个站出来，愿意在周日照料书店：她让他全权负责，但如果生意太忙，要打电话给她。

他们最近真的挺忙。秋天的到来似乎唤醒了人们阅读的心，小镇里也多了许多来郊外过周末的短途游客。匹斯布鲁克有着科兹沃尔德的魅力，舒适的小酒店、悦目的商铺，天冷的日子里十分好看，它已经成了短途旅行的热门目的地，艾米莉亚和她的团队在努力提升书店的名气。戴夫建了一个脸书主页、一个推特账号；她跟几个销售人员联系，准备增加周边产品；朱恩开办了一个读书俱乐部，每月一次集会，由当地的酒商赞助：能以十英镑的低价买到当月所讨论书籍的平装本。讨论时还可以免费喝两杯特别挑选的葡萄酒。

当然了，最大的问题还是资金流动。安德利亚还在梳理书店的欠债到底有多少，他们在等遗嘱认证，但同时，账单还得付，员工的工资还得发。要把夜莺书店打造成全世界最好的书店，点子倒是不缺，可艾米莉亚需要钱。他们得先做许多无聊的事，才能开始做令人振奋的事：电脑系统亟须升级；安保系统几乎不存在，撑着屋顶的只有一间侧房和祈祷。秋风越来越劲，艾米莉亚总觉得某天早上醒来，会发现屋顶没了，阁楼里的东西全都暴露在外。

教堂礼堂里，四把椅子在四个乐器台前摆成一个半圆。他们讨论了许久座位该怎么安排，最终马洛决定，艾米莉亚和他分别在两端最好，因为那样他们两人就能互相看到。

艾米莉亚一见到戴尔芬，紧张程度更是加了倍。艾米莉亚从前就认识中提琴的乐手，佩特拉，但她从没跟戴尔芬正式见过面，只听朱利叶斯说起过她。她穿着涂塑布的窄腿裤，厚底皮鞋，和一件带皱边的白上衣。她全身上下都写着巴黎，发型是不等式波波头，还涂着红唇。艾米莉亚觉得自己的牛仔裤、帽衫配辫子太土气了。

“你们俩认识吗？”马洛问道，他随意的语气不透露丝毫感情。

“你好，”艾米莉亚说，她感到腹部有股灼烧的感觉，“感谢你在追念仪式上的演奏。我非常感激。”

“我们都很想念你父亲，”戴尔芬说，“他的演奏非常美。”

艾米莉亚立即感受到了压力，怕她会不如父亲好，她知道自己是不如他的。

她听到戴尔芬的演奏时，愈发慌张了。戴尔芬拿起小提琴，拉了一段维瓦尔第的《秋》，与窗外渐染橘色的叶子，还有那天微暖的阳光完美映衬。

这段小曲如同音乐中的素描。琴弓轻触琴弦，在上面舞蹈，只着重强调她想要强调的音符，旋律淳朴，完美，简洁得美妙无比。戴尔芬是个顶级的乐手。

她是在炫耀吗？还是说她要警告艾米莉亚呢？给她一条信息，告诉她，你永远都比不上我，一辈子，不论你多努力练习。

她用一段华丽的调子结了尾。佩特拉高兴地给她鼓掌。艾米莉亚知道，自己若是不跟着鼓掌，会显得小气。她微笑到脸都疼了。戴尔芬自嘲地微微摇头，又耸耸肩，仿佛在说“这没什么”。艾米莉亚却知道，她肯定明白自己有多厉害。

她走到马洛身旁，一只手臂搂住他的脖子，用大拇指抚摩他的颈后。马洛正忙着调他的琴弓，没有任何反应，但这是他们之间经常做的动作，艾米莉亚这下不用猜了：他们俩当然是一对儿了。她能想象到他们两人的性关系：法式性爱。戴尔芬在上面，头向后仰，半闭着眼睛，口红依然完好。戴尔芬是朱丽叶·比诺什、贝阿特丽丝·达勒、奥黛丽·塔图的合体，而且还是个音乐天才。

所以那个问题的答案，是的，他们是情侣。她为什么会觉得失望呢？

她扣上了大提琴盒子上的锁，站了起来。

她没想到自己会这么不安。

她拿起大提琴，拉出尾销时，马洛走了过来。

“希望你不是太紧张吧。”

“没有！呃，好吧，是的。”

“你肯定没问题。排练前半段主要是婚礼音乐，然后再开始圣诞颂歌部分。”

“我应该熟悉大部分曲目吧。”艾米莉亚突然间没那么害怕了。毕竟她在学校的交响乐团演奏了很多年。

她坐了下来，开始调大提琴，在A弦上试琴弓。拉出来的音符并不和谐，还很刺耳，音准很差。这声音与她的心情刚好映照。她快速调整了琴轸，直到音准了。

接着他们就开始练习了。最开始的曲目是《席巴女王之进场》，这是爱丽丝·巴塞尔顿选的婚礼进场曲。这是一首欢快的快节奏曲子，艾米莉亚很喜欢，但它的节奏很快，难度也高。

她拉得很糗。她的手指僵硬，不听话。她无法集中注意力，跟不上其他人的步调，她乱了节奏。她忘记了他们演奏的是哪个调号，还拉错了几个音。因为只有四个人演奏，她没法融入背景音里，于是整首曲子听起来糟糕透了。

最终，马洛停了下来。

“再来一遍二十四小节好吗？”他问道。他没有在说话时看她，也没有别的暗示，这反而让她感觉更糟了。

艾米莉亚羞得脸都红了，深呼吸之后，再次仔细看乐谱。佩特拉给她投来鼓励的微笑，她觉得自己至少有一个战友了。马洛扬起眉毛，再次示意开始。她全神贯注，可这确实太难了。她找不到感觉。她的演奏就像机器人，按照编程，跟着乐谱上的黑色符号走，却没有在心里、在灵魂中感受到音乐。

她一直很清楚，戴尔芬在留意着她犯的每一个错误。她想扔掉大提琴，告诉戴尔芬一边去。她还从没有过这样强烈的受威胁之感，这感觉糟糕极了。

终于，谢天谢地，他们终于演奏到了结尾。

“非常棒，谢谢大家。”马洛只说了这一句话。

艾米莉亚低着头。她觉得自己让所有人失望了。她眼里溢满了泪水，辣辣的，但她不会让泪水落下的。戴尔芬还在角落里得意呢。道歉、让人注意她都是没有用的。他们都明白。她只能下次拉好一些。

“咱们试试巴哈贝尔吧。”马洛说，于是他们翻了乐章，找到那一首，放在架子上。艾米莉亚松了口气。她熟悉这首曲子，蒙着眼睛也能拉，她终于能反转之前的失败，向戴尔芬证明自己了。

之后，马洛冲她点头微笑，说她为自己翻案了，可以说是十分险地翻案了吧。

“你想来小豆蔻荚吗？”他问道，“我们每个周日下午排练完都去那儿。”

艾米莉亚不知道她是否该去。她还得礼貌对待戴尔芬，担心自己不太像样的演奏会不会被人取笑。

“我得处理些文件，”她撒谎了，“挺多的。我要是明天发不过去的话，会计会杀了我的。”

有人表示了反对，但艾米莉亚还捕捉到戴尔芬眼里一闪而过的得意神情。突然间，她觉得自己明明努力了，为什么还要因为别人的看法而难过呢？

“不过，为什么不呢？”她说，“反正我也得吃饭啊。”

她拿起大提琴，背在背上，露出明亮的笑容。

“太棒了。”马洛说。

小豆蔻荚所在的楼是匹斯布鲁克最古老的建筑之一，地板摇摇晃晃，天花板很低，但这里给人一种时髦、现代的感觉，墙粉刷成鲜艳的深粉色，梁则用石灰水刷过。这里闻起来也有些异域风情：暖暖的香料味，艾米莉亚惊呼一声，快要流口水了，她才意识到自己最近几乎只吃“蛋糕糖霜”咖啡厅的三明治和松饼。她太累了，没法给自己做饭。他们点了几瓶印度啤酒，用印度薄饼蘸着小豆蔻荚的手工杧果酸甜酱吃，边吃边点餐。

“总是你父亲给我们点餐的。”马洛说，“他让我们多挑战些食物。他经常点辣菜，自己却吃不了辣。”

“他很爱印度餐的。”艾米莉亚边说边仔细看菜单。

“我觉得咱们应该碰个杯。”马洛举起酒杯，“欢迎你加入匹斯布鲁克四重奏小组。我知道朱利叶斯一定会为你自豪的。”

即使她的演奏很糟糕，艾米莉亚心里想，可她嘴上没有说，因为那样会显得太不知感恩。

“希望我能像他一样好吧。”她说着也举起了杯。

“我这个开头可不怎么样。”

“每天两小时练习，记住了。”马洛调皮地投给她一个严肃眼神，“我会监督你的。”

“马洛严得可怕。”戴尔芬嘟囔道，这句话里充满了暗讽。

艾米莉亚在心里默默翻了个白眼——她明白——但她还是露出大大的微笑，举起杯跟其他几个人碰杯。

第十二章

周一早晨，确保比尔安全出门去上班后，碧赶在自己改变心意之前，把莫德放进婴儿车里，走去了镇里，一路沿着商业街走，直到走到桥边的夜莺书店。书店的招牌在秋风里微微摇摆。她透过凸出的飘窗看到艾米莉亚在跟一个顾客说话。

门上挂着一个牌子，用漂亮的花体字写着“周一到周六，每天早晨十点左右开门，关门时间：傍晚最后一个顾客离开时”。碧微笑着用胯部推开门，把婴儿车拖了进去，等店里其他顾客离去。书店最好的地方，就在于，你就算一直待在里面，也不会有人觉得奇怪。毕竟书店就是这样的。于是她在烹饪区和艺术区翻看着，一直观察着其他顾客，等到最后一个人走了，她的机会就来了。

她在自己退怯之前，走上前去，把书放到了收银台上。

“我得把这个还回来。”

艾米莉亚抬起头，认出了她。

“哦！你那天买了《我对你的爱有地球到月球距离的两倍长》。”她皱皱眉，“我不记得你买了莱利的书啊。”

碧低头看着地板。

“我没买，”她犹豫了，“我顺走的。”

艾米莉亚看看书，又看看碧，然后再看看书。

“顺走的？”

碧点点头。她深深吸了口气。

“我不知道为什么，我那一刻特别奇怪。我不知道我是怎么了。我也不是真的付不起钱。要是真的想要，我是买得起的。”她看着艾米莉亚，心绪紊乱，“我真的非常非常抱歉。我必须得告诉你，不然我怕以后还会发生这种事。”

“我不知道说什么好。”艾米莉亚尴尬地笑了笑，“我只能说，我估计都发现不了。你可能还真能逃过去呢。”

“但是我不想逃过去。我必须得送回来。我得吓吓自己。我甚至觉得自己是不是疯了。这事做得太蠢了。”她露出微笑，悲哀中带着恐惧，“你要是想报警，那就报吧。我活该。”

“当然不会了。你把书送回来了，这可不是惯犯会做的事。”

“这是一个需要采取措施的人会做的事。你不觉得吗？”

“我不知道。”

“感谢你这么理解。”碧觉得自己快哭了，“我只是觉得自己不像自己了。天啊，太抱歉了。我要哭了。不，我不能哭。”

她扑哧一声，一半是笑，一半是啜泣，然后调整了过来。

“你还好吗？”艾米莉亚被惊呆了，但也很关心。

碧抓住婴儿车的手柄。她快说不出话了。

“我以为我还好。也许我不好，最近比较难过。做母亲……这件事，做全职主妇这件事，还有什么搬到郊外来实现梦想，”她越说越停不住了，“这些……这些什么事都不做的日子。当然，除了打胡萝卜泥和换尿布。”她低头看着婴儿车里的莫德。莫德仰着脑袋冲她微笑，“不是说我不爱莫德，我爱死她了。”

“我无法想象你的感受，”艾米莉亚说，“也许有一天我会体验到吧。”

“很美好。只是……”碧吸了一大口气，“我不该这么说。”

“无聊？”艾米莉亚问道。

“对！当然了，做母亲是世界上最重要的工作什么什么的都对，我该感激，我有朋友——不止一个——尝试了好久都没成功。可是……”她盯着艾米莉亚，难以置信一般摇摇头，“我的天哪！我不是来跟你发牢骚的，对不起。我都不知道我是怎么了。实际上镇子里的人我一个也不认识。你看起来……还挺善良的。我觉得你可能会懂。”

艾米莉亚不知道该说什么：“我想，该说谢谢你吧。”她把双手放在书上，“我把这个放回桌上，我们以后绝口不提此事。”

“谁会从书店里偷东西啊？这事真是干得糟糕。”

艾米莉亚伸出手指警告她：“我们说了绝口不提的，不记得了吗？”

碧挺直腰板，点点头：“谢谢你，谢谢你这么宽容理解。你过得如何？”

“说实话，我也有点慌。”

“为什么？我还以为这是世界上压力最小的工作呢。”碧环顾四周，打量着书店，“我就愿意每天都待在这儿。”

“是啊，但是书店在不停地亏钱。”

“然后还有人偷书。火上浇油啊。”

她们两人都笑了。

“那你以前是做什么的，孩子出生前？”艾米莉亚问道。

“艺术总监。听说过《炉火》杂志吗？”

“哦，哇哦。我特别喜欢《炉火》。我就想要那样的生活。”

“所以那杂志才卖那么好嘛。”

艾米莉亚看着碧，仿佛看到了《炉火》杂志的某位封面女郎，美丽、时髦，戴着最新款的配饰，有一个完美的宝宝。她肯定很聪明。《炉火》是销量最好的女性杂志之一，指导时尚现代女性在墙上挂什么、餐桌上吃什么、养什么植物，引领室内装潢、食物、园艺的潮流。不过，她显然是遇到了问题。

碧耸耸肩："反正呢，我把书送回来了，我保证以后再也不会到你店里来打扰了。"

"别傻了。"艾米莉亚很喜欢碧，还有她的自嘲式坦诚，"实际上，你可以帮我的忙。"

"帮你？"

艾米莉亚咧嘴笑了："是啊，这就算是对你的惩罚了。你得给我提点建议。"

"什么建议？"

"我需要给书店重新定位，吸引更广的顾客群体，但我根本不知道怎样做才对。哦，最大的问题是——我没钱去办这事。也许你能想几个点子？"

碧单手叉腰。她也笑了。

"然后你就不会打我一顿了？"

"可以这么说吧。"

碧若有所思地四处看了看："我很喜欢这里。这家店的气氛很不错，温暖、舒适，但是有些……"

她挤挤眼睛。

"像狄更斯时代的？老气横秋？"艾米莉亚问。

"老气横秋说不上。我喜欢有古香的感觉，但是你要把它利用起来。把这种气质留下来，但要更开放一些，色调调明亮一些。也许可以加一些小装饰——你懂的，打扮起来？还有那个夹层，”她指着楼上，“只放无聊的旧历史书和地图太浪费了。有人上那儿去吗？”

艾米莉亚抬起头来：“偶尔吧。我爸以前会去。他把绝版书都锁在玻璃柜里。不过你说得对，太浪费空间了。”

“莫德每周去两次托儿所。我过来量量尺寸如何？再拍拍照。然后给你总结些点子，”她皱皱眉头，“你的预算是多少？”

艾米莉亚做了个鬼脸：“呃……我没有预算。不过我想这是得投资一笔。我能先用信用卡。”

碧捂住耳朵：“不要让我听到信用卡几个字。别担心——我习惯了化腐朽为神奇。最棒的是，你的这栋楼非常有味道，就好比女人有副好骨骼，错不到哪儿去的。”她微笑着说，“我知道很多妙招，还有不少人脉。我能低价买到很多东西，比如灯具。”她抬头看看天花板。红色天鹅绒的灯罩落了灰，她很肯定她看到了蜘蛛网，“还有涂料。”她看看地板，是老旧的红色地毯，有些地方都快破了，“还有地毯。”

艾米莉亚佩服地看着。碧似乎在她眼前突然变了个人，突然间有了活力。

碧猛地停了下来。

“抱歉，我不是有意那么无礼的。”

“没有无礼啊！听一听客观的看法很好啊。我在这里住了太久，根本都注意不到这地方有些老旧倦怠。”

“我们不能把这里的精髓丢掉，这是至关重要的。这氛围正是这里的特别之处。不过看看啊——比如那个壁炉，你可以把它变成优势。这壁炉用起来多好啊，旁边放一把软软的扶手椅，人们就能在那儿读书了。”

艾米莉亚盯着壁炉，它已经被砖砌起来了。

“你要是不想继续计划，突然觉得自己怎么会找这么个疯女孩帮忙，开口就好了。我不会感觉被冒犯的，也不会惊讶。”

“没有。我也不知道为什么，但我觉得这计划可行。”

“飘窗里的展示。”碧叹了口气，看着门两边的飘窗，“这些窗子就是等待着被讲述的故事啊！你能想象吗？情人节摆上爱情故事，万圣节摆上鬼故事，而圣诞节……”

碧激动地拍起了手。

艾米莉亚觉得碧可能是有点疯癫，不过她不在意。碧的热心给过去几个星期沉闷的空气注入了清新，重新给她带来了活力。自从跟安德利亚谈过后，她总觉得负担很重，不知该先处理什么事。听到别人这样充满活力的讲话，她也很激动。父亲离世后，她还是第一次感到了希望的曙光。

那天下午晚些时候，她给朱恩讲了碧的事。

“我感觉事情有些头绪了。我想到书店可以改造成什么样儿了。我知道不能想太多，因为我没钱，也不能挥一挥魔棒，把所有东西都变出来，但至少我不会那么迷茫了。”

“我觉得，你一开始改造，一切就自然而然有了结果。”朱恩同意，“顺便，你觉得这个怎么样？”

艾米莉亚看了看朱恩递给她的媒体发布会信息。

收银台下面积攒了好几个月的媒体发布会信息。很多经纪人都想让自己代理的书被放在好位置。朱利叶斯从不读这些消息，因为他想自己决定哪些书应该放在好位置。他的直觉很厉害，他总是知道哪些书能卖得好，而且他讨厌在销售上要花招，或是随大溜。

可艾米莉亚知道，她要想大幅提高夜莺书店的收入，就得多开拓途径。她需要做宣传，她跟这些作家、出版社一样，需要提高知名度。所以，为什么不把它们利用起来呢？

一堆纸中，有一双蓝眼睛在盯着她看，迈克·吉利斯皮，即使是一张他七十岁时照的照片，眼睛依旧是那么蓝。他的表情让你感到自己仿佛是他宇宙的中心。艾米莉亚很好奇，被真正的他注视着，是怎样的感觉。

他将在圣诞节前进行巡回图书签售会，宣传他的“实话实说”型自传，据说这本书会揭露许多秘密、丑闻，还有幕后的不和。他会演讲，回答些问题，然后签书。艾米莉亚想，其实他什么都不做也行，他只要在这儿呼吸就是好事。

迈克·吉利斯皮正是推动她宣传计划的绝佳人选。谁也抵御不了他的魅力，不论男女老少，都无法对他免疫。她想象着书店里人头攒动的画面，队伍排到店外去。他是个传奇，一代偶像。他就像史蒂夫·麦奎因、詹姆斯·迪恩、理查德·伯顿合为一体，英俊、肆无忌惮，又有着无限的魅力。

“朱恩——这个点子太天才了。”

“我还认识他呢。”朱恩说，她的眼里闪过一道亮光。

“不可能吧！”

“可不是。我给他的一部电影当过龙套，可不是光彩的工作。”

“龙套？我都不知道你演过戏。”

“没有演很久，我不是很在行。”

“可你认识了迈克·吉利斯皮？肯定是他的全盛时期吧。”

朱恩点点头：“是啊……”

“他人怎么样？”

“好得不像人类，让人无法忘记，或者说有魔力吧。”

“你觉得你能托托关系吗？”

朱恩笑了：“不，当然不可能了，他肯定不记得我了。我就演了一个酒吧调酒师。我要真是个调酒师，他可能还会多看我几眼。”

迈克·吉利斯皮对酒的热爱可是出了名的。

“不入虎穴，焉得虎子嘛。”艾米莉亚说，“这样所有人都会来书店了。我们可能还会上个报纸什么的。”

她记下了他经纪人的电话。他的行程可能已经订满了。全国的书店肯定都想抓住这个机会。

她的运气不错。匹斯布鲁克刚好可以插进已有的行程之中。

“这也是给他个歇息的时间。我们让他之后那天休息，科兹沃尔德山不是最好不过了吗？”经纪人说。

艾米莉亚挂掉电话时，情不自禁地笑起来。

“夜莺书店被加进他的巡演日程了。迈克·吉利斯皮要来这儿，要来匹斯布鲁克了。”

“天哪！”朱恩看起来有些惊吓。

“我觉得咱们应该让托马西娜负责食物，”艾米莉亚接着说，“要爱尔兰主题的。她那天给了我名片，说需要宴会服务可以找她。你觉得怎么样？”

朱恩却在走神。

“别胡思乱想了，好吗？”艾米莉亚打趣道，“应该上什么饮品呢？”

“我要是你，就不会让他碰到酒。”朱恩阴沉地说。

“但是他年纪也大了，应该老实了吧。”艾米莉亚说，“他要是还惹事，他们应该就不会让他出来巡演了吧。”

“小心点哦，可别乱说人老。”朱恩开玩笑说，“他比我大不了多少。”

"可我们都知道你看起来年轻啊。"艾米莉亚拥抱了朱恩。她太感激朱恩的建议和帮助了。她几乎觉得朱恩对她像母亲一样，这是艾米莉亚从没感受过，可能也从没需要过的。可现在父亲不在了，有朱恩在身边让她安心，她想，也许她对她的感激还不够。

她很清楚，这么短的时间里，小镇的居民在她心里变得有多重要。没有他们的帮助，她几周前就会放弃了。

"迈克·吉利斯皮。"她叹息着将目光转回到媒体发布消息上。

下午四点半时，书店里只有一个顾客。天色已经暗下来了，他还在乱转，好像很犹豫。这也不是少见的事。艾米莉亚觉得，店里的顾客如果不是很习惯逛书店，就是在书店里很不自在。他带着一条狗，一条长毛猎狗，跟它的主人一样，尴尬、不适应。

狗是个很好的搭讪理由。

"嗨！"她走过去，姿态友好，但不夸张，一只手里拿着书，这样看起来就好像她是去放这本书，而不是专门跟他搭话，"看看啊，真是个帅小伙儿，不是吗？"

"谢谢了。"男子开玩笑说，艾米莉亚大笑着弯下腰，摸狗狗的耳朵。

"他叫什么名字？"

“小狼。”

“嘿！小狼。”她看着狗主人，“你是在找某本书呢，还是随便看看？”

他笑着耸了耸肩。她能看出，这不是他熟悉的领域。不习惯逛书店的人总有这种尴尬的气氛，好像在向谁道歉似的。

“只是有点……”她还在想该说什么，他断断续续地说，“难为情。”

“哦，”她尽量用安慰的语气说，“肯定不是的。我能帮上忙的一定帮。”

她看着他不安地转换站姿。她想，他长得挺帅。他穿着水洗牛仔裤，白 T 恤外面套了一件软软的红色格子开衫。他的发色很深，头发乱糟糟的，脸上有些小胡茬儿，不过这都不是因为邋遢，而是有意为之：她能闻到他身上的香波味道，还有一点男性气息。

“别告诉我——你女朋友派你来买《五十度灰》。”她咧嘴笑了。这话是一时冲动说的，只因为她突然想到了。

他看起来被吓到了：“当然不是。”

“抱歉。你可是不知道，有多少女人派男朋友来买那本书。还有好多男人觉得可以加点料呢。”

“不是，比那还要难为情。”他挠挠头，扬起眉，一副不好意思的样子，“实际上，是我儿子前几天问我最喜欢的书是什么，是他的作业要求写的。我才意识到——我根本没看过书。我从没看过一本书。”

他盯着地板，好像在等着被处罚。

“从来没有？”

他摇摇头：“没有，我就是跟书合不来。有几次我翻开了书，但都读不进去。”

他面无表情，艾米莉亚大笑了起来，然后停了下来。

“抱歉，我不是取笑你。”

“没事的，我懂。没关系。反正，我就决定，我得给他树立个榜样。我希望儿子能有出息。我也不想一辈子都不读一本书，所以我就想给他念本书，这样就能鼓励他了，但我不知道如何下手。书这么多，怎么挑呢？”

他看看四周的书架，被吓到的样子。

“好吧，我肯定可以帮你找到合适的。”艾米莉亚说，“他多大了？你觉得他会喜欢什么样的书？”

“他五岁，快六岁了。我不知道他会喜欢什么样的，最好短一些，”他不好意思地笑了，“简单些。当然，我是识字的。我还没那么傻。”

“不一定不读书就傻啊。”

“对，可他妈总责备我不管他的作业。”他看起来很羞怯，“她一逮住理由就数落我。我们已经分手了。”

“哦，”艾米莉亚说，“真遗憾。”

“没什么遗憾的。总体来说，这是好事。”他揉揉自己的头发，有些尴尬，“不过我还是想让她看看，我不是她想的那么糟糕。”

“那我就看看我能找到什么样的书吧。给我几分钟时间。”

艾米莉亚缓缓走到儿童区的书架前，掂量着可能的选择。她时而停下来，抽出某本书，然后再放回去。她不知道自己从前有没有遇到过没读过书的人。这让她的选择更难了。她决心不让这本书把他和他儿子吓得一辈子都不再读书。她想让他们爱上读书。她也不想在他面前摆一副高人一等的姿态。他虽说不看书，却明显很聪明。她不能随意低看人家。

“你儿子叫什么名字？”

“菲恩。”男子自豪地笑了。

“啊，”艾米莉亚说，“这就简单多了。”

她拿起一本书，走到她的新顾客身边，他则一脸好奇地看着她。

她把书放在他面前的台子上。

“这是我的最爱，《魔法师的帽子》[1]。”

“是吗？”他拿起书，不太相信地打量着它。

---

1 《魔法师的帽子》(*Finn Family Moomintroll*)：芬兰著名儿童文学作家、画家托芙·扬松（Tove Jansson，1914—2001）的代表作，主角名叫菲恩。

“我觉得你们俩都会喜欢的。故事有点疯狂，不过很酷。”她停顿了一下，“背景有些诡异，讲的是住在山谷里的姆咪一家人还有他们朋友的故事。”

“姆咪？”

“它们是一种大大的白色生物，有冬眠的习惯。”

他把书翻过来，看看封底，一句话也没说。

“说实在的，这书很可爱。你要是不喜欢，可以找我退款。”

“真的？”

“只要别把茶洒在上面就行。”

“我保证。”

她把书装进印着“夜莺书店”的蓝色纸袋里。他递给她一张十镑纸币，她给他找了零。

“我读完，会给你讲感受的。”他微笑着拿起袋子，“谢谢了。”

艾米莉亚看着他离开。她不禁想，她以后还能不能再见到他。她觉得他们刚刚的谈话有点调情的意思。跟顾客调情确实不对，可她不在意。她最近过得不怎么样。这一来她忘记了戴尔芬之前那天傍晚的敌意，还有她对马洛充满占有欲的举动——好像艾米莉亚对她来说是威胁似的。艾米莉亚一点也算不上威胁。

顾客离开后，店门关上了，她感到一丝激动，希望他读过这本书以后能爱上阅读。这就是夜莺书店的目的。它把阅读这一魔法介绍给人们，就是在他们身上施下了魔咒。对她来说，为人们打开一扇新世界的大门，是多么地美好——

她意识到自己想得太远了。她在把现实理想化。她所生活的世界不是好莱坞电影，她无法体验别人的人生。现实点，艾米莉亚，她告诉自己。他只是跟自己的前女友发生了口角，想向她证明自己而已。他也许都不会翻开那本书呢。他是绝对不会再回来的。

杰克逊把书夹在腋下，往回走。这比他想象的要容易多了。他太会演戏了。上学的时候，演戏就是他唯一的长处，但因为他总犯事儿，学校不让他在年度话剧里演主角。好角色都是优等生的。这也是杰克逊讨厌学校的原因之一。这样的规则太不公平了。一个人怎么可能什么都在行呢？学生又为什么要因为不聪明而受惩罚呢？

实际上，去书店没有他之前想的那么可怕。艾米莉亚非常热心，也没有因为他是来找书给儿子念，或是因为他从没读过一本书就嘲笑他。她很贴心，一点也没让他觉得自己傻。他甚至还非常想读这本书。姆咪人。

他不想回想自己去书店的真正原因。不想想，他去那儿其实只是为了用美男计骗艾米莉亚·南丁格尔卖掉书店。不过他觉得这应该不难办到。她已经在跟他调情了。谁也拒绝不了跟杰克逊调情的机会，除非这人已经死了。连男人也都跟他调情，异性恋的男人。不过这也没给他带来什么好处。

他需要讨伊安·曼迪普开心，至少这段时间里要做到，不然他就要丢饭碗了。

他敲敲门。菲恩跑来开门，撞在了他身上。

“爸爸！今天不是你带我出去的日子，对吧？”

杰克逊通常都是周日来接菲恩，但他觉得自己想来的话，每天都来看看他也没什么问题。

菲恩跪下来拥抱小狼。

米娅走了出来，一脸疲倦。

他举起书。

“我是来给菲恩念书的。”

“念书？”她很怀疑的样子。

“是啊，这很重要的，给孩子念书。”

“对啊，很重要，这不用你告诉我。”

她看着他进门。他在沙发上坐下。他还记得去选这个沙发的情景，在镇外的一个零售公园。五年无息分期付款。这也是他还在还贷的东西之一，所以不如好好利用。

“来吧，伙计。”菲恩现在还能坐在他腿上，“我这儿有本很疯狂的书，《魔法师的帽子》。”

小狼也挤了进来。杰克逊用双腿把它夹住，免得它跳上沙发。他觉得米娅应该不会允许它上沙发。

他打开书，开始念。

他惊讶地发现，他和菲恩很快就沉浸在了姆咪一家人和他们有趣的小世界里。他读了两章、三章。

“咱们先停下好吗？明天再继续？”

“不。”菲恩说，“我想知道后面的故事。”

米娅站在门廊里看他们。她脸上的表情似笑非笑。她走过来，坐在他旁边，这让他意想不到。她伸手拉了一下书，看书封。

“看来姆咪人的 BMI 指数有问题了。”她说。

杰克逊看着她。要说有人的 BMI 指数出问题了，那只能是米娅。她的体重下降太严重了，瘦得厉害。可他没说这些。

他把菲恩揽进怀里，继续读。

碧在做鼠尾草冬南瓜饭时，给比尔大概讲了这天下午发生的事，当然，她跳过了去还偷走的书那部分，只是给他讲她要为夜莺书店做些改造计划。

比尔皱皱眉：“这有什么意义吗？”

“我欠她个人情。”

“什么人情？”

碧完全不知道跟他说什么理由好。她当然不能讲事实了。她本希望能避免这场谈话的。她集中精神，一边把做好的菜倒进米饭里，一边尽力编理由。

“莫德在她的店里发了顿脾气。她对她很好。”

“听起来不像莫德会做的事啊。”

把责任推到她漂亮的女儿身上，碧很不好受，莫德几乎从不乱哭闹的。

“她有点累，还饿了。艾米莉亚给了她一块松饼。”

“那你做一套企划案，就为了回报一块松饼？”

碧皱着眉看他：“听着，我就是想做，好吗？动动脑子感觉挺好的。”

她有些愧疚。比尔也不是小气。

他是觉得跟她相处的时间不够吗？她不知在哪儿读到过——不是在《炉火》里，因为《炉火》中描写的生活不允许任何不完美的存在——男人有时候会忌妒新生宝宝，讨厌配偶对宝宝的精心照料。可是比尔才是更宠莫德的一方。他给的溺爱比碧多多了。

也许他只是累了。

“要不我看看明天能不能请到保姆？”她问道，“咱们可以试试匹斯布鲁克新开的餐厅，出去吃顿晚餐挺好的。”

比尔戳着他的 iPad：“不用了，还是在家待着吧。我不想工作日醉酒去上班。”

他们每次出去吃晚餐，都会每人喝下一瓶葡萄酒。不知为何，他们在家时就不会这样。碧心想，他们要是在自己家厨房也那样喝，不出一个月就都要进戒酒所了。

当然，除非是有客人来。那样的话，他们喝酒的量就说来尴尬了。可最近他们并没有多少朋友来做客。

也许比尔是需要跟人交流。请客人来十分累人，但也很有趣，现在莫德不会每天早上那么早醒来了，请客人来会容易一些。

“那咱们请毛里森夫妇周末来做客好吗？”她问道，“或者苏和托尼？我们最近社交活动有些少了。”

比尔深深叹息：“又要没完没了地洗东西，换床单。”

“没有啊。大家都会帮忙的。”反正他也从没洗过衣服，是碧换床单、洗床品，喷上薰衣草水之后再熨平。

他没有作答。

碧皱起了眉。

也许他是无聊吧，也许他是想念伦敦的生活？或者是想念伦敦的她？也许这个“匹斯布鲁克全职妈妈”版碧在他眼里太无趣了？她现在已经能穿上从前的牛仔裤了，生宝宝时长的体重都已经减掉了，但她却明白，他们的性生活不如从前频繁了。他们刚在一起时那种被欲望所淹没，充满激情的室外性爱也没了。他们两人都有点这个癖好，都承认被人看到的可能让他们更加兴奋。

可是，在伦敦的小巷子里原本可以做的事，在保守的匹斯布鲁克却不合适了。他们若是被人逮到，就需要承担后果。伦敦是个大都市。可在这样一个小镇，放肆的举动是会被人批判的。她已经可以想象到谣言的肆虐了。

可是，碧从来都无法对挑战说不。他们上楼去睡觉时，她在自己的内衣抽屉里翻来翻去，拿出了最好的一套 Coco de Mer[1] 内衣，又从衣柜里拿出鲁布托高跟鞋，溜进卫生间换衣服。她涂上口红，把头发微微向后梳，然后穿上了她的情趣套装。

她摇摆着胯走进卧室，站在走廊里，双手叉腰，脸上挂着邪魅的笑容。

“嘿！”她说。比尔盖着被子，闭着眼睛。

“嘿！”她又提高了嗓门。

她觉得他的眼皮好像动了动。她皱起眉来。她走到床边，拉起他的手，放在自己双腿间，让他用指尖感受丝绸般的温暖。

他翻了个身，嘴里嘟囔着什么，抽走了手。

她张大了嘴巴。自她认识比尔，他还从没有拒绝过她的性邀请。她在床上坐下，看着脚上亮红色的鞋子——铅笔一样细的高跟，还有绸带绑带——她回忆着，他有多少次看着她穿上这双鞋子，眼里带着笑容看她走过去。

她不知道是该生气、伤心，还是困惑。

---

1 Coco de Mer：情趣内衣品牌。

第十三章

朱恩把迈克·吉利斯皮发布会的消息页带回了家。她倒了一杯冰镇维欧尼，坐在厨桌上，看着那张纸。

他粗硬的头发如今全白了，剃得短短的。那双出了名的蓝色猫眼肯定是后期渲染、加强过，才能有那样可以催眠般的效果。他的脸被精心磨皮，突出面部立体感，只是谨慎地留了几条笑纹，因为他这个年纪的人，要是修改得一条皱纹都不留，就太假了——她并不知晓他的具体年龄，但肯定比她要大。长久以来，他一直隐瞒着自己的真实年龄，不过现在，他年事已高的事实似乎不再是需要隐瞒的事，反而是有效的市场工具。他的年老成了赚钱的噱头。

他的自传备受媒体推崇。他会做客无数个电视节目、广播节目，因为即使他年纪很大了，迈克（如今人们都叫他迈克尔）也仍然能吸引许多观众。他总能在节目上说出出格的话，或是曝光什么绝密的八卦。他的律师都在一旁候命，不过他还是很聪明的。暗示和含沙射影的嘲讽还没让他吃过官司，主要是因为他的话都是有事实依据的。他那曾经抑扬顿挫的口音早已消失，取而代之的是皇家艺术学院与好莱坞的混合口音，再加上一点爱尔兰凯里郡的口音。他的声音很出名：不论是低声细语，还是爆发式的吼叫，都能一下子被认出来。

据称，他的新书会揭露他整个职业生涯中的所有猛料，包括他的全部浪漫史和丑闻。律师们仔仔细细地把整本书排查过，还有人说有不少女人都在不安地等着书的出版。这本书一定会大卖的，不光是内容令人震惊，写作也很优秀，睿智、细致、多彩。传言说他并没有雇影子写手，每一个字都是他亲自写的。

朱恩对此深信不疑。他确实很能扯。她想象着他在汉普斯特德的暖房里——这是那些演员最爱去的休息场所——伏案将他的连珠妙语书写下来，谨慎的助理给他买来咖啡，接着是葡萄酒，快到晚上就是白兰地。

朱恩想，他的笔头功夫要是跟他的嘴上功夫一样好，描绘的图景要是跟他说的话一样漂亮、令人信服，那他就一定是个有才华的作家。

她用一只手在心口感受心跳的速度。时间过了这么久，他居然要来匹斯布鲁克了。他要来夜莺书店。

也许她不该向艾米莉亚提议。夜莺书店是这世上最能让朱恩快乐的地方。朱利叶斯病情加重时，她毫不犹豫地选择了帮忙经营，因为她很崇拜他。他填补了她生命中的一块空缺。他们之间的关系一点也算不得男女之情，而是心智上的，还有社交方面。他们经常一起出去喝一杯，吃顿晚餐，或是去听演唱会。他是她在艰难时期最亲爱的朋友。她没预料到退休生活会这样难过。她曾是一个十分成功的女商人，从各种商谈、运营、交易到终日无所事事对她来说是个很大的打击。搬到曾经只是她周末休息住所的郊外房子里，感觉也很奇怪。很久以后，她才习惯了把那里当作日常的家。有时，她周日晚上还会以为自己要打包东西，开车回伦敦。

不过她很爱自己的房子。房子里有占整面墙的书架，上面摆着的一卷卷大部头，见证了她两次失败的婚姻，还有几段马马虎虎的情史。

她之前看到过《星期日泰晤士报》上登的迈克的书的先期书评。她一方面很期待，一方面又害怕读。

她试着忘记他。时光背叛了她。时间绝不是什么解药，它未能改变什么。她试了无数种分心的办法，其他男人、酒精，甚至还试了一两次毒品（毕竟那是六十年代啊），她也尝试过参加慈善活动、去澳大利亚。最终，终于释放了一些。两个丈夫，还有孩子，这治愈了她。但现在她的孩子们不在身边了，虽然他们有了妻子、孩子，还是得回来的。这座房子到时候就又有用了。

那段记忆仍然生动。一开始，她简直像生活在梦境中：她参加了一次傻乎乎的比赛，做一个新丝袜品牌的“代言腿”——裙子越来越短，丝袜就越来越有必要了。年轻的朱恩·阿格纽赢得了比赛，一心一意觉得自己要成超级名模了，从特威克南的无名小卒直接过上名人生活。就这样，她找到了一个经纪人，弥尔顿（他不知道从哪儿冒出来的，而且还十分善良，有用），他让她把名字从朱恩改成朱诺，跟她说，她要做明星了。

朱诺有着一头漂白金色头发，大眼睛，又瘦又长的腿，她就这样成了迷你裙、高跟靴、透明雨衣的皇后，糖霜粉色的口红，再加上长长的假睫毛。她挣到了钱（当时她觉得那是一大笔钱，不过现在她明白了，还有其他人从她的收入里揩油，她拿到的不过是一小部分），在切尔西租了合租公寓，开派对、面对镜头，夜夜晚归——然后她拿到了试镜机会。所有人都激动极了。她似乎是个天生的演员。她确实觉得，这对她来说都很容易。她能记得住台词，还会假装。表演似乎是信手拈来的事。她能感觉到弥尔顿的激动，他们的事业也越做越大。他们告诉她，要注意保持身材，注意行为举止，每天早晨离开公寓前都要做发型。

弥尔顿告诉她，要有耐心，大角色会有的，但她得先演一些小角色。他给她找到了一部华丽言情片的角色，在爱尔兰西海岸拍摄，故事讲的是一个年轻女孩怀上了当地一个贵族的孩子，计划复仇。剧本是一位获奖编剧写的，导演之前的作品也非常出色。迈克·吉利斯皮是主角。朱诺演的是酒吧里的调酒师。她有两句台词。

朱诺很快读完了剧本，非常喜欢。她还做白日梦，想着演女主角的演员得了肺炎，然后让朱诺顶替，因为剧组的人看到了她的才华。不过事实是，女主角整个拍摄过程中都很健康。但迈克·吉利斯皮注意到了她。他太注意她了。

到爱尔兰之前，她从没见过那样的雨。雨一直在下，但却是绵绵的，好像肌肤在不停地被轻吻。

“这雨就不停吗？”她问他，他只是大笑。

“我是从没见过。”

还有那种味道。她很爱那种燃烧泥炭的味道，让潮湿显得更加突出；还有那里的色彩，模模糊糊，像是蒙着一层雾，一切都仿佛没有完全聚焦，像是忘记了戴眼镜。

他把他的奶油色阿兰毛衣借给她。她穿在身上太大了，但她觉得安全、特别，有被爱的感觉。她穿着这件毛衣和牛仔裤去了酒吧，头发乱糟糟的，素面朝天，他们坐在炉火旁，喝着黑啤，她觉得自己从没这样幸福过。她想让时间停止在这一刻。

然后，拍摄的最后一天，她的梦被撕碎了。她对他那么有信心，结局却令她震惊。她总以为他们会继续下去的。她没发现任何暗示，根本不知道只是暂时的。

他们站在悬崖上，他站在她身后，双臂搂着她。她的身高刚好到他的下巴下面。风呼呼地刮，但他很强壮、坚定，她不害怕掉下去。一切都是灰色的：云朵、天空、石头，像多尼盖尔粗花呢一样灰，除了点点白色的浪花，浪花如吃得过饱的马儿，躁动而欢快，互相追逐着跑上岸，摇着尾巴。

“啊，”迈克说，“这段时间还挺有趣的。”

“确实。”她答道，以为他说的是电影的拍摄。

“那好吧。”他的声音里带着些许悔意，好像喝了五分之一杯黑啤的惆怅，可他还一杯都没喝呢。

“我们还可以再回来啊。”她用双手覆住他的，“我肯定马龙太太会欢迎我们的。”

马龙太太是他们住处的房东。

她感到他的身体紧绷起来，又往他身上靠了靠。他身上的每一块肌肉都绷紧了。

“亲爱的，”他说，他的语气让她的心跌到了谷底，“不会有下次了。这就是结束了。”

她转过去面对他。

“什么？”

他脸上挂着怪异的微笑：“你必须理解，你知道规则的。你签约的时候，没人告诉你吗？”

“告诉我什么？”她很困惑。

“这只是……”他想着合适的词。他想出来了，却觉得不该说，“你知道的。”

“什么叫‘你知道的’？”

他耸耸肩：“一段风流？”

她后退一步。他伸手拉她回来。他们离山崖很近了。

“风流。”她很难说出这个词。

“你知道的吧！”他聚精会神，眯着双眼。

她摇摇头。

“那你以为这是什么？”

她快要无法呼吸，连吸了几大口空气浇灭恐慌。她捂着腹部，感觉像是有外科医生拿刀子把她的重要器官挖出来了，还没用麻醉剂。疼痛灼烧着她的内脏。

“亲爱的，亲爱的，亲爱的……”他关切地把一只手搭在她肩上，“行了，别这样。”

她把他的手甩开：“起开。”

“没这个必要。我们只有最后一晚了，要好好利用。”

她开始奔跑。她跑啊跑啊跑，在雨中跑下山崖，到了路上。他们还要拍一个场景，但她不在乎。这部电影可以去死了。

她跌跌撞撞地跑在路上。雾气在聚积，她感到肺里黏黏的。

她边跑边把毛衣拽起来，脱了下来，扔进路边的晚樱丛里，最后她只穿了一件长袖外套，有它挡着才免于被剐伤。其他东西都扔掉了，钱包，几乎所有衣物。

她在十字路口停了下来，歪歪斜斜的路标给了她一个选择。

一辆车停了下来，是负责化妆的女孩。

“进来，亲爱的。”朱诺只是紧了紧双臂，“进来！这儿前不着村，后不着店的，你这样得冻死。我带你去我那儿。”

那女孩让她从灌木丛里取回毛衣，然后去朱诺的住处取来她的东西。她给了朱诺一条毯子，让她睡在沙发上。朱诺没睡着，很早就起来赶去机场的大巴，上了第一趟回伦敦的飞机，这样才能不跟剧组其他人一起回去。她在公寓里躲了很多天，直到弥尔顿来把她揪出来。他从剧组里另一个人那儿听到了整个故事。她吓坏了，羞辱极了，发誓再也不要离开公寓。

她憔悴不堪，失掉了从前的光彩。她一直无法摆脱那天在大雨中淋进她骨子里的寒意，她害怕她永远都感受不到温暖了。她的手上有冻疮，但那疼痛根本无法与她心里空虚的煎熬相比。

她靠着拍《银月》的片酬度日，一直很节省，但钱还是花光了。有那么一刻，她的恐慌超过了痛，可她最终还是不在乎。

她就这么饿死在公寓里好了，至少这样就不需要再痛苦了。

“你想听听我的建议吗？”弥尔顿问道，“去报个秘书课程。所有人都需要打字员，我都需要呢。对了，我急需打字员。去学打字和速记，回来我给你份工作。”

她盯着他。她觉得他是好心，但他知道自己的提议意味着什么吗？一秒钟前，她是正在升起的闪耀新星，还找到了爱；下一秒，她就陨落了，她的经纪人居然让她做自己的打字员？

她已经没了斗志，于是没告诉他她的想法。

她应该冲他尖叫，告诉他，她要回到演艺圈，让他去给她找试镜的机会。可她能看到墙上镜子里的自己。那个容光焕发、光彩照人，双眼充满希望的封面女郎不见了。她成了皮包骨头、头发毫无光泽、目光空洞无神的女人。谁愿意雇这个样子的她呢？

“还有，老天爷啊，”弥尔顿接着说，“吃点东西。算了，跟我去吃午餐吧。”

他带她去了街角的一家小意式餐厅，意面、面包、奶油布丁，让她一顿吃个饱。

吃完之后，她感觉有劲儿多了。饿肚子真不是件好受的事。之前的日子过得太惨，所以她听了弥尔顿的，开始上秘书课程。六周的课程结束后，她一定会有工作做，只要她每节课都上，每晚都练习。她又变回了平凡的朱恩·阿格纽。

她过得还不错。她开始为弥尔顿工作，成了他的得力助手，然后她意识到，各行各业的办公室里，有许多需要得力助手的弥尔顿，帮他们计划生活，于是她跟他辞职，自己开办了中介，专门提供高级行政服务，她的中介慢慢发展壮大。三年前，她退休了，把公司交给了两个儿子。她有很多钱、很多朋友，可以说是最快乐的人。

可她还有未了结的心事。

她低头看着那张媒体发布消息页，上面的字并没有变。她还记得那双似乎能灼烧她灵魂的眼睛，仿佛昨日。她从没奢望过还能再见到他。当然了，她想过自己可能会在伦敦的街上碰到他，或是在拥挤的餐厅里看到他在对面。可她没想到他会跑到自己的地界上来。到他来之前，她恐怕都睡不着了。

老天啊，她告诉自己，你早就不是那个苗条的、想做演员的女孩了，他也是个老人家了。别瞎想了。

第十四章

安德利亚花了几周时间，才把所有的文件、账单整理好，这才终于能看出夜莺书店的经济状况究竟怎样。她们又发现了几个大漏洞。

艾米莉亚又翻出了一摞形式发票，似乎都还没付款。发票来自于他们的主要进货商。她不付这些款，就不可能进到新书。

早晨的报纸送来时，她还收到了一份信用卡账单。她打开之后被金额吓到了。当然，这个月没有支出，但也没有还最低还款额，因为艾米莉亚根本不知道有这张卡，它不在朱利叶斯的钱包里。

她在桌子上的一大摞文件中翻，才找到了两份之前的账单，而信封都没有拆开。所有的支出都是取现。因为一直没还款，利息也在不断增加。

她给安德利亚打了电话，安德利亚让艾米莉亚立即拿着账单去她那儿。

“他肯定是用这些钱付员工的工资的。”

安德利亚叹了口气：“这是那种六个月无息的个人理财信用卡。他肯定是用这个来平衡收支。但是现在开始就有利息了，而且会很高。我会给公司打电话，向他们说明情况。我还得通知你的律师，把这个纳入遗嘱认证。”

“这可是快四千英镑啊。”

安德利亚叹息着说：“这些钱很容易花掉。他不是第一个惹上这种麻烦的，也不会是最后一个。”

艾米莉亚怅然若失。她才刚刚开始接受已有的债务，刚刚觉得自己能还得起了。

“债务越来越高了。”

“我们可以汇总一下。”安德利亚在尽力抚慰她，“不用担心——你可是坐守金山的。需要的话，你可以抵押贷款。”

“可能吧。我不是很习惯经手这么多钱。”

“我真希望我的所有客户都这么想。说实话，从大局的角度讲，这根本算不了什么。”

“你说得容易。”

“我不是真心这么想，就不会这么说。”

安德利亚带艾米莉亚去了商业街上的银行，夜莺书店的账户一向是在那儿开的，自从朱利叶斯搬来匹斯布鲁克就一直是。她们在那儿跟银行经理谈成了一大笔透支贷款。

“这下你就不用担心工资的事了。”

艾米莉亚打了个哆嗦：“我从没欠过这么多钱。我通常都不透支信用卡的。”

“这是好债务。贷款是用来投资生意的，又不是用来买昂贵奢侈的鞋子的。”

艾米莉亚低头看着自己的旧球鞋。“对啊。”她用遗憾的语气说。她看了看安德利亚的鞋——闪亮的高跟鞋，肯定非常贵。

安德利亚笑着说：“这是我应得的。我就这么一个嗜好。对了，还有个好消息。看——你的收入有所提升，本月每周都有上涨。你肯定找对经营方法了。也不是说你爸的经营方式不对，”她赶忙补充道，“不过他明显不在乎收入。”

艾米莉亚看了看过去几周的收支平衡表。她确实做对了什么。戴夫成了社交网站专家，在推特上发书评和优惠信息，他们的销售量有所提升。过去几个周日他们都没有休息，而且周日的销量还都不错，但她还是没能做到收支平衡。

“可书店还是入不敷出啊，我要是贷款，就更还不起月息了。”

“可你要增加收入，就得先有钱。道理就是这样的。”

艾米莉亚用手扶着头：“我明白这些理论——我当然懂了。

但我想多了就头晕。要做那么多决定，还要负那么多责任。这么重的责任啊！也许我该一走了之。”

“你疯了吗？都付出了这么多，干吗这时候放弃？”安德利亚及时打住了自己，“抱歉，我不该影响你的。”

艾米莉亚看看她。

“我一开始找你的时候，不是你说我不能感情用事吗？”

“我知道。”安德利亚耸耸肩，“可我那天走在这条街上，路过书店。我看到你在里面，你当时的样子，好像你就该在那儿似的。”她笑了，“听听我的话啊！本来我才是铁面务实的理性小姐，但我都动了感情。”

艾米莉亚叹叹气：“我刚敲定了让迈克·吉利斯皮来开签售会。”

安德利亚的双眼透过镜片发着光：“迈克·吉利斯皮？哇哦！”

“就算我卖掉一百本他的书，也还是不够付电费。”

“我知道这对你来说是很难做的决定。艾米莉亚，一切都看你的选择。最终得看你是不是想要你父亲那样的生活，把夜莺书店变成你的一生。”

“我还不确定。我心里当然希望是这样，可我的理性……”

安德利亚露出善意的微笑：“我们可以拖延时间。我再看看账务上有什么我能做的。我可以试着抵销一部分债务。”

“全是因为讨厌的钱啊。”艾米莉亚说。

“对啊，但有钱世界才能运转啊。别担心，夜莺书店还没有惨到进回收箱。”

艾米莉亚沿着街走，双手插在口袋里。她刚刚感觉书店越来越好了，现实就给了她重重一击。这一切对她来说太陌生。她从没参与过后台经营的过程，现在她被困住了。她该多留心的，可那时她似乎什么都不用管，一切就能正常运转。

她还傻傻地以为经营书店是很简单的，以为她什么都了解。然而现实当然不是那么简单，经营书店当然不是简单地帮别人找适合以后在路上游玩时读的书，或是推荐一份洗礼仪式礼物，或是在顾客模糊描述“就是蓝色封面那本……”时帮他们找到正确的书。

安德利亚尽量帮她打起精神，但艾米莉亚觉得继续经营书店变得越来越不切实际了：她这样做只是不想让父亲失望。

她路过“蛋糕糖霜”，橱窗里摆满撒了糖粉的甜甜圈，上面的酒红色果酱几乎要滴下来，还有闪亮的巧克力蛋糕、金色的蛋挞。她走进去，买了一个香肠卷——比起甜品，她更喜欢吃咸味的东西——三大口就吞掉了还热着的面包夹草药香肠。

艾米莉亚为了给自己打气，打电话给碧讲迈克·吉利斯皮的事：“你绝对猜不到我请了谁来书店。”

碧听到答案之后尖叫起来：“我的老天爷啊——他是我最爱

的演员。他在《银月》里穿的那件阿兰套衫——我还给比尔买了件一样的呢。”

“你觉得会有人来吗？”

“当然了！我们要把书店装饰好。”

“不会要弄小矮妖和三叶草[1]吧？”

碧笑了。“当然不是。我会想出巧妙的招儿的。”她倒吸一口气，“你觉得活动结束后咱们可以跟他共进晚餐吗？”

“我准备在匹斯布鲁克之臂给他订个房间。”

“那你一定要把他的房间号告诉我。”

“碧——他可是个老人家了！”

“我知道，开玩笑啦。不过挺好的。他一来，队伍肯定都会排到街角了。我们一定要把它办成难忘的一夜。”

艾米莉亚挂了电话，不由得微笑起来。突然间，过去几周的各种问题都暗淡下来。她感到一丝希望。也许有了他人的帮助，再加一点想象，她就能扭转书店的局面？

莎拉好不容易在匹斯布鲁克商业街上找到了停车位。她正在往医院赶——她每天都去探视——但今天她有件事得去做。她锁上车，深吸一口气。她不知道自己是否准备好了，做她正要做的

---

1 小矮妖（leprechauns）是爱尔兰民间传说中的生物，三叶草则是爱尔兰国花。

事，可她若是等下去，恐怕就永远都准备不好了。

她一走进夜莺书店，就能感受到他的气息。这儿还藏着朱利叶斯的灵魂。这家店就是他。她环顾四周，总觉得他只是弯腰被摆书的桌子挡住了，一会儿就会抬起头来，与她的目光相遇，他那被眼镜挡住的双眼冲她微笑。

那些记忆，那种渴望的感觉，还有悲伤，一同将她淹没。朱利叶斯带给她的感觉，从没有别人能做到。他们的相遇是心灵与灵魂的碰撞。当然，还有身体……她在心里默默纠正自己。这不是她来这儿的原因——她来这儿可不是为了在回忆中伤神。那些她都永远不可能再拥有了。

她走到收银台前，艾米莉亚刚刚打完电话。

“艾米莉亚，对吧？我是莎拉。莎拉·巴塞尔顿。”她不知道艾米莉亚是否认识她。莎拉很谦逊。她向来都当别人不知道她是谁，即使大多数时候大家都是知道她的。

“莎拉，见到你太好了。”

“你过得如何？”

“哦……你知道的。有些艰难，不过我撑得住。”

“肯定非常想念令尊吧。”

“噢，天啊，太想了。”她突然记起，马洛上次排练时跟他们讲了爱丽丝的事，车祸。她在住院，“爱丽丝怎么样了？我听说她出意外了。太遗憾了。”

“啊，”莎拉说，“好消息是，她不会有大碍的。她的腿受了重伤，但照料她的医护团队很厉害。我们还在希望她婚礼时能重新站起来。不是比喻哦！不然的话，她就得拄着拐结婚了。”莎拉想笑笑。但她显然只是在假装坚强。

“帮我跟她问好好吗？”艾米莉亚跟爱丽丝并不熟，但她挺喜欢她的。她们一起上过匹斯布鲁克小学。爱丽丝比艾米莉亚小几岁，不过艾米莉亚记得在操场上见过她，金色头发，帆布外套。艾米莉亚后来上了当地的高中，而爱丽丝去了外地的寄宿学校，她们的交集也就结束了，可艾米莉亚还是很期待在她的婚礼上演奏。她的婚礼肯定会美得如梦如幻。

“实际上，我就是为了她的事来的。我想给她买本她最爱的书——我找不到家里的了。我就是觉得她有书读能好一些。”

“当然了。是什么书呢？”

莎拉微笑着说：“《骑师》，吉利·库珀的。你们有库存吗？”

“当然有了！书店怎么能没有《骑师》呢？尤其是这家书店。”艾米莉亚走到小说书架。她看到首字母为C的一众大厚平装本。吉利·库珀带来的宽慰啊。她每一本都读了：吉利有新书出版时，她都要小小庆祝一下，“这儿呢。”

“太好了——她会很高兴的。我还记得她第一次读的时候，她一周都没跟我说话。”

莎拉递过一张十英镑的纸币。艾米莉亚把书装进袋子里，她却犹豫了，好像欲言又止。最终，她清了清嗓子。

“艾米莉亚，我在想，你愿不愿意来我这儿喝杯茶呢？我有件事想跟你谈谈，要私下谈。你父亲生前跟我讨论过这事。”

“哦！”艾米莉亚很好奇这是什么事。她父亲从没提过他跟莎拉·巴塞尔顿讨论过什么。好吧，至少没有特意提过。巴塞尔顿一家是书店的常客。他们很注意支持当地的私人商铺，买书也很多，尤其是在圣诞节前后。这家人在周围很受欢迎。他们从没觉得自己有个大宅子，就高人一等，“当然了，什么时候拜访合适呢？”

“周四怎么样？大概三点钟？这样我早上就有时间去医院了——我每天都去看她。”

艾米莉亚快速翻阅了日历和员工的排班。那时候店里有一个人，这就足够了。

“当然了，非常好。”

艾米莉亚目送莎拉离开，还在想着刚刚的对话。放下书店，去匹斯布鲁克庄园透透气，是好事。她今天看烦人的账单也看够了。今早跟安德利亚见面之后，她有些生父亲的气。生意哪有这样做的？账务都不处理。她开始意识到，朱利叶斯从没把夜莺书店当作一桩生意，这对他来说只是一种生活方式。

问题在于，她是否也想要这样的生活方式？

莎拉离开夜莺书店前往医院时，感到一丝宽慰。这件事她一直在拖延，因为那儿有太多的记忆，可她不能一辈子都避开书店啊。况且她也想看看艾米莉亚。她觉得这是她欠朱利叶斯的，她应该照看艾米莉亚。毕竟，艾米莉亚现在是孑然一身，没有母亲照顾她。

莎拉想起那天，朱利叶斯给她讲丽贝卡的事，还有他一开始做父亲时情况有多么地糟糕。

“我真的被震惊到了，”他承认，“我还很年轻。那时候，我以为丽贝卡就是我一生的至爱。我们之间的一切都发生得太快，她决定留在英国，然后就怀孕了，所以我们还没有开始厌倦对方。我不知道要是把我们的爱放在真实世界里检验，作为一对带着孩子的年轻情侣，我们能坚持多久。那时候把情况理想化实在太容易了。”

“你肯定非常寂寞吧，她去世后。”

朱利叶斯厚着脸皮笑了：“哦，不用担心。女性都觉得独自抚养孩子的单身男子是最有魅力的。我在这方面可不愁。”

莎拉假装非常生气：“我还以为我是第一个融化你冰封的心的人呢。”

他认真地看着她：“你是第一个让我在乎的人。”

她想起一开始意识到她对他有多么重要时，那种酥酥麻麻的感觉。即使有他的告白，她还是明白，她在他心里只是第二位，艾米莉亚永远是第一位，而这也是合情合理的。莎拉有着极强的母性本能。她们之间的情况现在很尴尬，但她还是想让艾米莉亚知道，她若是需要的话，莎拉会照顾她的。她若是想谈谈她父亲，或是去莎拉家共进晚餐，或是一同出去，莎拉都会接受的。

这也是她能为爱人做的小事。

但这些都很微妙。她从艾米莉亚对她的态度中看出——礼貌而温暖，眼神中一点暗示都没有隐藏——艾米莉亚对她和朱利叶斯的关系毫不知情。她也不能直接说："对了，你父亲跟我有着长久的情人关系，请你就把我当作母亲来看吧……"

她想，她找到了最合适的方法，让两人好好谈一天，也许还能是一段感情的开始。她想起自己的灵机一动，不禁微笑起来：真是个好主意。她最近经常开车，去医院、回家，在车上的时间是绝佳的思考时间。现在，她又一次开到了牛津路上。她看了看副驾驶座上的书。天知道之前那本跑到哪儿去了——那是她送给爱丽丝的十四岁生日礼物——不过这本应该能让她的心情好起来。

"这真是最好最好的礼物！"爱丽丝从袋子里拿出书时说，"谢谢。不过我最希望你帮我带来的是我的笔记本电脑。"

"不行。"莎拉坚定地说，"你需要休息，爱丽丝。光是康复这一件事就够你忙了。我们一切都好。你爸现在在管事，做得非常好。”

她没有说“终于”。拉尔夫这回算是挺身而出。通常谁也不知道他人在哪儿，在干吗，除非别人给他下达了具体的任务，不然他就自顾自地做自己的事，不过这回他真的表现得非常好。

爱丽丝咯咯笑了：“我猜他肯定把大家都搞疯了吧。说实在的，妈——我躺在这儿就只能干着急。要是有电脑，我还能了解事情的进程。不然的话圣诞节就糟了。我一直在计划这事呢。”

“亲爱的，我们经常做这事呢。办公室的女孩们都有你的清单和时间表……”

“但是细节才是问题啊。我本计划今年要做很多改变的……”

“这个问题不必商谈。”莎拉打断了她，“就算今年的圣诞不够完美，也没什么的。反正我们需要你在婚礼时康复。那才是你的大日子。”

爱丽丝不耐烦地挥了挥手：“婚礼不用费心的。这个我不担心。”

“但是我希望你享受婚礼啊。”

爱丽丝一副倔强的样子：“我要是一直担心工作上的事，就没法享受婚礼，不是吗？”

莎拉笑了：“听着——我会让办公室的女孩们来这儿跟你谈。这样你就知道她们做得有多好了。”

“你是在说我可以被取代吗？”爱丽丝露出愠怒的表情。

“不，我是说你得照顾好自己，不然你的情况会更糟的。”

爱丽丝就是这样，想做什么都有决心。现在她被迫停止工作，她很不高兴。

“是谁负责做在市场分发的传单？谁在负责咱们的推特？谁去采购圣诞老人发的礼物？谁去找养驯鹿的人谈驯鹿的事？”

“一切都在进行中。”莎拉又一次安慰她，爱丽丝的这些问题她都不知道答案，但她不会这样说的。现在的头等大事就是爱丽丝的康复。即使几周没人发推特，圣诞节的时候没有驯鹿，那也不是什么世界末日。

看望过爱丽丝之后，莎拉开车回家，她看到树上的叶子已经纷纷落下了。当然了，匹斯布鲁克庄园的夏天美极了，色彩斑斓，花繁叶茂，但她更喜欢看繁花绿叶下庄园的骨骼，那些没有色彩、光秃秃的枝干，金色的石墙，扶手，门廊，渐渐褪成浅灰色。她看着一群惊鸟从头顶的天空飞过，心想，这种景象才更配她的心情。

她从车里出来，看到迪伦正在把播种机移到门廊里。自从爱丽丝出了意外，她就一直躲着迪伦，因为休说的事情的起因，让她不知道该如何作想。她不想相信他，不相信是迪伦导致了意外的发生，可她又不能问迪伦这个问题，所以不想这件事就是最好的解决办法了。她已经有太多的事要想了。

但她很喜欢迪伦，对他这样冷漠不公平。爱丽丝的事他也很难过，难道那是因为他愧疚？他知道是因为他休才开那么快的？

她沿着门廊走到去起居室路上的落地窗边。凉爽的秋风轻抚着她。这让她的心情愉悦了一些。她的左右两边都是匹斯布鲁克庄园天鹅绒般的草坪，刚刚修整过，这是冬天到来之前最后一次修剪，她享受着清新的芳草气味。远处天际可见一片高大的橡树。车道像一条灰色的绸带，飘向远方：她可以远远看到大门。

迪伦看着她走过来。他站了起来，双手沾满泥。他在种她最爱的郁金香：深紫色的，深得几乎像黑色。

“她怎么样了？”他说。

“还不错。”莎拉说。

“下次去的时候帮我跟她问个好，好吗？”

“当然。”

“她什么时候回来呢？”

“得看她的腿了。她还得等一台手术，我们在祈祷能早一些，但现在她还是住院比较好。”

迪伦扭开头。他看起来有些困扰，好像欲言又止。

“有什么问题吗，迪伦？”莎拉心想，他是不是想承认错误？她还是希望把话说开。

“不，不，没事的。我只是想——我去看看她可以吗？”

莎拉思考了片刻。要是休说的是实话，爱丽丝大概不想见他吧？另一方面，爱丽丝跟迪伦一直是朋友。他去看她，谁又有权阻止呢？

爱丽丝的母亲，她的母亲就有权。她有责任保证女儿不陷入更加尴尬的处境。

“我想还是算了吧，至少现在，如果你不介意的话。”

她转身，走进了起居室。她很难受。迪伦看起来相当沮丧。但她现在没心情对休说的话寻根问底，若是那么做，后果就太难摆平了。她不能辞退迪伦，所以她决定不再追究。但她得留份警惕之心，不能让他跟爱丽丝走得太近。至少目前为止，只能这么处理。

迪伦生自己的气。他怎么能如此懦弱？他为什么就不能勇敢一点，直接告诉莎拉在白马酒吧发生了什么？他们之间的关系并不生疏啊虽说他们也并没有多么亲密。迪伦知道莎拉不会完全平等地看他，当然不会了。

他跟布莱恩说了休的事，在酒吧。

“我不明白他怎么没被逮住。你看到他那晚喝了多少了，跟那群人开派对的时候。”

布莱恩笑了：“你有时候太单纯了，迪伦。”

“这什么意思？”

布莱恩戳了戳他的鼻子。

“什么意思啊？”

“他有点喜欢白粉，对吧？”

迪伦还是一脸困惑。

“你没有看到他一晚上去了几次卫生间吗？”

“去上厕所？”

“不是，白痴，是去吸可卡因。”

迪伦眨眨眼。“可卡因？我的老天。”他思考了片刻，“所以他并没有喝醉？”

“没有，只是嗑药嗑嗨了。”

“那警察怎么能看不出？”

“那就是他把他们迷住了呗。”

“你是说他们故意不追究？”

布莱恩耸耸肩：“应该是看他通过了酒精测试，就姑且信了他吧。他们不会怀疑他的，不是吗？他可是要娶巴塞尔顿家的人啊。”

“所以这浑蛋就这么逃过去了。”

“是啊，现在再举报他也晚了。”

“你觉得爱丽丝知道他这习惯吗？”

布莱恩耸耸肩：“可能不知道吧。她是个好女孩。他应该不希望失去她的信任。”

“你是怎么知道的来着，他吸白粉的事？”

布莱恩哼着气说："这你得问弹簧了。休的钱都进了他的口袋。弹簧是他跟他那些朋友的毒贩子。"

弹簧是镇里的毒贩，在匹斯布鲁克一些秩序混乱的酒吧里转悠，自以为算个黑社会，他留着辫子头，还有一颗大金门牙。迪伦跟他一起上过学，觉得他就是个白痴。他不想自降身份，去向弹簧要证据证明休的罪行。弹簧要是受到威胁，为了摆脱麻烦，肯定什么都愿意说。

"怎么你从前都没跟我说过？"

"我还以为你知道呢。"

迪伦摇摇头，被震惊到了。他一开始就没觉得休是什么好货色，但这也太过分了。他该做些什么呢？

他若是跟莎拉说休在意外发生的那晚嗑药了，休肯定会否认的。没人会觉得迪伦的话比休更可信，毕竟休通过了酒精测试。他们会觉得迪伦只是想惹事。大家都不愿相信休是坏人，因为他是匹斯布鲁克庄园的救星。他才是有钱的那个。他跟他们是同类人。

可他要是什么都不说，爱丽丝就会嫁给他——一个恶意操纵别人、没有道德底线的瘾君子。

他往花圃里踢了一脚土。作为社会底层的一员，真是让人烦心。到了需要身份地位的时候，他就是个无名之辈。

他走回花园小房。他还在生莎拉的气，虽然她什么也没做错。但她说不想让他去看爱丽丝的时候，他还是很难过。莎拉自己也没有什么资格站在道德高地上，迪伦若是把她跟朱利叶斯·南丁格尔的事捅出去，拉尔夫又会怎么想呢？迪伦当然是不会说的，永远也不会说。但这只能让事情更糟。拉尔夫自己也算不上模范人物。迪伦几年前就弄明白了事情的原委。所以他才恨自己，恨自己没早点看清休的真面目。

他紧咬牙关。别人对你一点都不忠诚时，对他们忠诚还有意义吗？他脱掉外套，把水壶放在炉子上。为什么全世界只有他一个人不那么虚伪呢？哦，当然还有爱丽丝。要说这一切中有谁是完全无辜的，那只能是爱丽丝。

迪伦坐下来，喝茶，喝着喝着，他做出了决定。他要自己去医院看爱丽丝，并不需要莎拉的准许。爱丽丝若是不想见他，可以自己拒绝他。他匆忙喝掉了杯里剩下的茶，拿起外套。何时比得上此刻呢？

迪伦经常去 A&E，园丁这个职业有一定的风险，打破伤风疫苗和给伤口缝针也是常有的事。但他从没进过这里的住院部。医院简直像个迷宫，箭头指向不同的楼层，每个区都有不同的色彩规则，还有去不同区域的直梯。

他费了好大劲儿才找到地方。他打开双开门，到护士站去问爱丽丝的病房。她们让他去主病房旁边的一间私人病房。

他轻轻敲门，听到了她的声音。他探头看去，看到她的时候心猛地一跳。她躺在床上，一条腿打着石膏，伸出被子外，她的脸缠着绷带，他能看到的那只眼睛也是青肿的。

“迪伦！”她显然很高兴。

他进来，把他买的泰瑞牌橘形巧克力递给她。

“我给你买了这个。”

“我的最爱！现在就打开吧。”她挪了挪，拍拍床，“来，给我讲讲最近发生了什么。”

他坐了下来，开始拆包装盒。他把巧克力放在床头柜上，它就分成了几小瓣，他边说话，边一小瓣一小瓣喂给她。

“我被关在这里太无聊了。我好想搬去普通病房啊，那样还能有人说说话，但休坚持让我住私人病房。我觉得这样别人就会以为我很特殊。”

“你是很特殊啊。”迪伦微笑着说。

“没有，我不特殊。匹斯布鲁克庄园那儿有那么多事要做呢——我妈又不让我知道情况如何，只说不要担心，可我越不清楚，就越担心啊。现在那边怎么样了？”

“一切都好，至少我这么觉得。你妈妈做了很多，还有你父亲也是。”

爱丽丝突然精神起来，好像一时想到了什么。

“你能帮我个忙吗？”

“什么事？”

“你能帮我把电脑拿来吗？这样我就能了解事情的进展了。我让我妈帮我带了，但她总是忘记。我觉得她是故意忘记的。”爱丽丝侧头，看着迪伦，眼里闪着光，“电脑就放在办公室里。那儿工作的女孩们都知道在哪儿。不要忘记电源哦。”

“好的。”迪伦很高兴能为她做点事。

“可是你不应该担心工作的事吧？”

“我做不到啊，不可能的。”

“你应该至少试一试啊，不然怎么康复呢？”

“说实在的，你跟我妈似的。她一直担心我到婚礼的时候还好不了。我现在其实还在想是不是应该取消婚礼呢。要是取消的话，我就得等明年再结婚了。圣诞节期间肯定很忙的。”

“明年再结婚有什么不好的吗？”迪伦感到一丝希望。说不定再等一年，休就会露出真面目了。

“不是啊，我们都已经计划好了。休想卖掉他的公寓，尽快搬到庄园的小房子里。我们要努力啦。”她看了看自己的腿，“我还有一次腿的手术，然后——然后他们会找个会诊医师来看我的脸……他们说这还不算最坏。我有可能会失去一只眼睛。所以我还真的挺幸运，对吧？”

她冲他微笑着，他好想把她抱在怀里，她那么勇敢，脸受了那么重的伤，还觉得自己很幸运。他不知道该说什么。是啊，从某种程度上讲，她是幸运的。他想到她可能会受的伤，不禁颤抖起来。但是这整件事本都不该发生。都怪她要嫁的那个差劲的人。

他思考了是不是该告诉她自己对休的怀疑。可爱丽丝心太善了，那么信任别人，她肯定不会信的。她会选择相信休的说辞。迪伦跟她说这种话，只会显得居心叵测。当然了，他还没有任何证据，只有布莱恩的话。他只有推测和谣言。

爱丽丝指了指床头柜上的书。

“给我念念书，好吗？”她转变了话题，“妈之前给我送来的。我有点累了。这才是让我烦心的事。我本来感觉好好的，却突然累得要死。”她叹了口气。

“那就躺下吧。”他说。他拿起那本书，吉利·库珀的《骑师》，这本书很厚。他翻开了书。

“我不是很会朗读。”他警告她。

“没关系的，”她说，“我已经把故事都记住了。我都读了二十遍了。”

“那再听一遍有意义吗？”

“这可是全世界最好的书。”她微笑着说，“不过书里有些粗鲁的部分，非常粗鲁。”

他笑了，然后开始读。一开始他读得很尴尬，但渐渐地，他融入了故事：一众多彩的人物，为爱、为奖项而竞争。房间里暖暖的，有些不透气，过了一会儿，他看出爱丽丝快睡着了，于是停了下来。

可他一停下来，她就睁开了眼。

“我没睡着。”

“可你该睡了。”他拍拍她。

她又一次闭上了眼睛。“我觉得你像一个人。”她嘟囔道。

“像谁？”

“杰克·洛弗尔，那个吉卜赛男孩。上学的时候所有人都喜欢鲁珀特·坎贝尔－布莱克，但我最喜欢杰克。我觉得你像他。”

“哦。”迪伦低下头，不确定这是不是赞美。

“这是好事啊。鲁珀特·坎贝尔－布莱克是头野兽，但杰克很可爱。”

她好像在说真实存在的人一样。他合上书，把它放回床头柜上。

“我该走了。”他说，“探视时间快结束了。”

“你还会来的，对吧？”

“当然了。”

他不知道是不是该跟她吻别。她伸出双臂。

“拥抱我一下，我需要一个大大的拥抱。”

他弯下腰，尴尬地给了她一个拥抱。

“你会没事的。”他边回答，边走出了房间。

他离开医院时，不停地握拳、张开手掌。他讨厌看到她那样，明明很痛却还要那么勇敢。休配不上她，但他也完全没办法阻止婚礼的举办。她即使断了腿，撞坏了脸，都不愿取消婚礼。

第十五章

匹斯布鲁克庄园的起居室是艾米莉亚见过的最漂亮的房间。迎春花般嫩黄色的墙，浅绿色丝绸窗帘，两个玫瑰红的天鹅绒沙发放在优雅的壁炉旁。壁炉上方挂着一幅维多利亚风格的油画，画中的女孩在给一只胖兔子喂白菜叶。那女孩脸蛋红扑扑的，一头金发，艾米莉亚觉得她有些像爱丽丝。

艾米莉亚想知道，在巴塞尔顿一家的世界里生活该是怎样的。她的生活也算不上水深火热——她明白她的世界十分纯净——但这才是典雅郊外生活最令人向往之处。莎拉在这个房间里跟客人喝茶、喝咖啡，写信，处理生意上的事。她想起了书店里的办公室，下决心要把那儿收拾成让人能舒心工作的地方。她父亲几乎从来不去那儿，只是把他不想看见的东西都扔进去。办公室又冷又潮。该做些改变了。

莎拉端着一盘茶走了进来——陶瓷茶壶，还有优雅的杯子和托盘，外加一罐奶、一碗糖。托盘上还有一盘脆饼，撒着厚厚一层细白糖。她把托盘放在了两个沙发之间的茶几上。

“加奶吗？”她问道，艾米莉亚点点头。

此刻的莎拉有些不修边幅，却仍然十分迷人。她肯定得有五十来岁了，但看起来要年轻许多。她穿着牛仔裤，加一件褪色的印花上衣，浅蓝色的平底鞋。她蜂蜜般金色的头发里夹杂着灰发，这是因为莎拉这几个月都没染发根，看起来却像是伦敦最顶级的造型师专门费神地给她挑染成这样。她的双手因为做园艺而发红、皲裂，指甲也不整齐了，但她的手指上一颗巨大的婚戒钻石闪耀着：钻石大到不像真的，但莎拉绝不是戴假珠宝的人。她没有化妆，只涂了一点点粉色唇膏，还是开门前匆忙在楼上卫生间抹的。她是典型的英伦玫瑰。

“我刚刚看完爱丽丝回来，”她边倒茶边说，“从牛津回来的路上堵车太严重了。”

“她怎么样了？”

莎拉叹着气说：“她很难受，可怜的孩子。当然了，那么多止痛药也让她晕乎乎的，但她至少在康复了。”

她在艾米莉亚对面的沙发上坐了下来。

“我请你来这儿，是因为我想跟你谈谈我跟你父亲谈过的一件事。”

艾米莉亚点点头。莎拉双手交叉。她似乎有些紧张，不敢直视艾米莉亚的眼睛。她摆弄着手上的钻戒。她纤细的手指不停打转。

“我们——我和你父亲，是很好的朋友。我们经常谈话、见面。”她抬头，接着说，“拉尔夫不是很爱读书，能跟人好好谈谈书感觉很好。朱利叶斯非常会推荐书。他总能猜到我想读什么，他推荐的书我每本都爱。有时候他给我推荐书是因为他觉得我读了有好处，而我每次都能从中学到一些东西。他拓宽了我的视野……”

她说着说着声音小了，沉浸在自己的话里。

“他太棒了。”她说完了，艾米莉亚看到她的蓝眼睛里闪着泪光，与她手上的钻石一样耀眼。

“我知道。”艾米莉亚说。

有那么一刻，莎拉无法开口说话。艾米莉亚被感动到了。她能看得出莎拉说出这番话有多么不容易。直到现在，她还惊讶于人们对她父亲的感情有多深。有些人在街上或商店里碰到她，都会上前来说他对他们有多么重要。

“我想做些事，纪念他。他常谈起办文学沙龙的事。这算是他的一个梦想，我还建议我们可以在匹斯布鲁克庄园办。我们这儿房间很多，都可以用。他生病之前，我们已经进入认真的讨论阶段了。”

莎拉低头看着地板。艾米莉亚看得出她在挣扎。

“他跟我提过一两次，”她说，“居住地离匹斯布鲁克近的作者和名人很多，我们离伦敦也不远。这个活动可以办得很精彩，尤其是有这样的场地的话。”

莎拉重新打起了精神：“对嘛！我觉得我们能招揽不少人来演讲呢。这是他的梦想，而当时已经快要实现了。我们这里办活动的条件很成熟。我——我觉得让这个机会白白溜掉太可惜了。我想，咱们可以用他的名字命名活动，”她停顿一下，“就叫‘夜莺文学沙龙’。”

“哦！”艾米莉亚道，“那真是很好的纪念方式。”

“不过我需要你的帮助，还得有书店支持。我们需要用到书店的书，当然了。还得由你来提建议，邀请谁。还有好多好多事需要思考，不过我想听听你的想法。没有你的话，我是做不到的。这必须得是团队合作。”

艾米莉亚拿起一块脆饼，咬了一口。这是个好主意。她能想象到这一切。文学名人们在舞厅里侃侃而谈，观众们饥渴地听着他们的每一句话。

但她必须谨慎，她不想让莎拉太期待这件事。这是个绝妙的主意，但她不能表现出太高的热情。

“可问题是，”她说，“我还不是很确定我要怎么处理书店。恐怕书店现在的经济状况不是很好。目前书店不怎么挣钱——我头顶的屋顶都快保不住了。得花不少钱才能让它开始盈利，我还不确定我是不是要那么做。”

莎拉被吓坏了的样子：“你该不会要关门吧？”

“我不想，当然不想了，但我不能只因为感情开这个店。那就太傻了。我还得考虑员工们，还有我自己。”

莎拉掂量了她的话。“我理解。”她叹了口气，“朱利叶斯从没说过书店有经济问题。”

她说这话的语气，让艾米莉亚觉得，他们经常交谈，莎拉觉得他没跟她提这事，让她蛮受伤的。她微笑着说：“我觉得爸只是没意识到。书店的经济状况很乱的。我也才整理出冰山一角而已，而他可以说在这方面毫无经验。”

“那他是欠债了？”

“没那么糟糕，也不算什么耻辱。确实有几项挺高的款额要付。”

“天哪。”莎拉有些不安的样子，“他从没暗示过他有经济问题。”

“我说了嘛，他根本没意识到。我父亲最爱说的话就是，我不擅长搞数字。”

“哦，老天，”莎拉向前靠了靠，“这话我只跟你说啊，处理严重的经济危机这件事，我其实很在行。之前，我们差点失去了庄园。我不想谈细节，但那事蛮吓人的，所以我理解你的感受。

我要是能帮上任何忙……”

“我有安德利亚，我的会计——我跟她上学时就认识。她是个人肉计算器，只不过穿着奢侈的高跟鞋。她很厉害。可就连她也没法挥一挥魔法棒，让问题消失。我得做一些艰难的选择。我要是选择继续经营，会非常艰难。我并不是害怕，不过……”

“有时候，你觉得你认识一个人，可你根本就不了解他。”莎拉说着说着红了脸，她用双手掩住脸颊，那一刻，艾米莉亚意识到，她父亲和莎拉的关系比她想象的要更亲密。她不知道该做何感想。她很喜欢莎拉，但是她也无法忽略莎拉跟拉尔夫仍然是夫妻的事实。她应该向莎拉询问细节吗？莎拉想让她知道吗？也许她想吧，她不止一次暗示过了。

也许今天不合适，还太早了。

她们两个才刚刚开始认识对方。若是真的办文学沙龙，一起策划的话，也许她就能听到完整的故事了，等两人都准备好的时候。

“我觉得沙龙是个好主意，”她说，“我要是决定继续经营书店，咱们就可以一起办。你也说了，这会是对他的最好纪念。我父亲会很骄傲的。”

莎拉的笑容有些不确定：“他会的……”

艾米莉亚放下茶杯：“我一有决定，就会第一时间告诉你的。”

她们沉默了片刻。莎拉又在摆弄她的婚戒了。显然，她有什么话要说。

“艾米莉亚——我有件事想跟你说，但你必须保密，绝不能传出去。”

艾米莉亚看得出，莎拉在纠结该怎么说。

“是说你跟我父亲吗？”她轻柔地问。

莎拉脸上添了一抹绯红：“我爱你父亲，非常爱。”

她回想的时候，仍然能感受到那份爱。那种燃烧在她骨髓中的火焰，仿佛温暖的火球，藏在她心中。他们从来都不知道，到底该如何处理他们的爱。如果公开，他们就将面对一个完全不同的世界，那些后果莎拉无法面对。她对她的丈夫、对她的家人，还有匹斯布鲁克庄园都有责任。她不能怠慢她的责任。他们的情况对所有人都不公平，尤其是朱利叶斯。他反驳说，他不介意，但莎拉介意。她很难过，他才是遭遇不公的那一个，而她似乎是鱼与熊掌兼得。

但是她若是谈起结束——在黎明前的黑暗里，她有时会因为愧疚提起这个——他总是把她拉进怀里，吻她。哦，他们的吻啊，那种没有尽头，深深抓住她的心的吻。她不知道还有没有什么比那些吻更美好。一个激烈的吻，让你觉得你的灵魂都与另一个人相融合。

她与朱利叶斯的关系绝不是她引以为豪的事，因为这段感情，她辜负了两个她爱的男人。她仍然以另一种形式爱着拉尔夫，即使他害她经历了那么多困难。他们虽然过着各自的生活，却仍然有许多共同点，当然，他们还有爱丽丝。她永远永远不会抛弃他们这个家。

但她太需要朱利叶斯了。她知道她很自私，不忍割断她的婚姻，即使他一直坚持说，他不在乎。他说只要能有她的一部分，他就满足了。

她无法跟艾米莉亚解释这一切。艾米莉亚太年轻了。

她肯定无法理解人到中年之后，生活的脆弱、妥协、难题。她不想给艾米莉亚关于朱利叶斯的记忆染上污点，让他显得有道德缺陷。

于是她小心地选择自己的词汇。

“我爱你父亲，当然，我有家，他很明白这点。他是个善解人意、懂得关怀的男人。他尊重我的情况。我们的关系变得很近……”

她希望她说的话艾米莉亚能听懂。她并没有撒谎，也没有否认什么。实际上，这算是一种默认。她不需要详述他们之间炽烈的感情。那种无与伦比的激情，即使感觉上很纯洁。

艾米莉亚沉默了一会儿。她终于开口时，声音轻柔。

“我很高兴。”她说，“我很高兴他有你这么迷人的人陪伴，关心他。我本以为他早晨醒来时……”一颗泪珠滑过她的脸颊，

“抱歉，我只是……好想他。”

她用手掌跟揉揉眼睛。莎拉蹦了起来。她受不了看别人哭——她对自己的情绪控制严格，但换作别人，她就成了关心人的那个。

她坐在艾米莉亚旁边，拥抱了她。

“我也想他，”她说，“想死了。”

“我只是高兴，他走的时候并不孤单。”艾米莉亚的声音在颤抖。她好像又成了一个小女孩，努力不哭得更惨。

“我总担心他孤独。他是那么好的一个人，应该有人爱才对。”

“哦，有人爱他的。这点不用担心。”

艾米莉亚紧紧靠在莎拉身上。有个爱过她父亲的人安慰她，感觉真好。

“当然，没有人知道我们的事。我们没法告诉任何人。我现在告诉你，也是在冒险，可我觉得你会理解的。因为我希望你知道，你需要的话，我一定帮忙。”莎拉说，“我知道朱利叶斯肯定希望我照顾你。要是能有任何我能帮上忙的事，拜托告诉我。即使只是想谈谈他，或是来喝杯茶、喝杯酒什么的。什么事都可以，任何事。”

艾米莉亚握着莎拉的双手，端详她。她可以看到莎拉眼里深埋的忧伤。她能感到她的温暖和善良，朱利叶斯肯定就是被这点吸引的。她很感激莎拉，感激她的关怀和坦诚。把这件事说出来一定很痛苦吧。她觉得莎拉能把这种秘密说给她听，也是她的荣幸。她得花些时间来消化这个消息，她很震惊，但她不想评判什么。想到朱利叶斯曾拥有这个女人的痴情，她倒觉得这是个安慰。她读了那么多书，她明白，生活很复杂，有时爱情就是会在意想不到的时候冒出来，禁断之恋也并不一定是该羞耻的事。

第十六章

几天之后，碧骄傲地微笑着，把一个展示文件夹放在了艾米莉亚面前。

“我真的努力了，尽量不弄得太多。”她说。

她把文件夹做成了书的形状，封面上用银色和深蓝色写着“夜莺书店”。她设计了一个 logo——N 和 B 缠绕在一起，中间有一簇玫瑰和一只小小的夜莺。

“这是 logo，你可以用在社交网络账号上、你们的袋子上，还有店外的招牌上。这个图案特别好辨识，能让人记住，一眼就看出来。”

“太好了。我们还能印 T 恤。”艾米莉亚感到一丝喜悦。

“正是。除了创造一个品牌，营造让人沉浸其中的购物体验也很重要。”

“好的……”艾米莉亚不习惯这种营销的行话，但它们让碧充满了活力。

第一页是一幅 CAD 绘图，画的是分区的书店，各区之间用双面书架隔开。店中央是四边形的收银台，站在收银台那里，就能尽览整个书店的情况。

“我的设想是，每个区域都像是一个独立的房间。每个房间都有不同的风格。”碧解释道，“这里空间浪费很严重，但是这样做的话，空间利用率就能提升一倍，还有更多的空间可供浏览。”

每一分区都有独立的一页，碧还给它们分别做了情绪板。最大的亮点是夹层的餐饮区，有一个区域卖的是卡片、包装纸、小礼品。只有三张木桌子，还有一张带大理石面板的桌子，上面放着三个蛋糕罩。

“噢！”艾米莉亚感叹道，“你觉得我们可以做到？看起来非常漂亮。有熟悉的感觉，但又非常不同。”

“我想保留你父亲在这儿建立的灵魂，但推动它向前一步。现代，但有怀旧感。把这里打造成人们能来探索自己想象世界的地方：想回到过去，就可以回到过去，或者是进入另一个世界，或者是前往未来。毕竟，书店就是该这样啊——一个通往别处的传送门。但光有书是不够的——你还得帮顾客们一把。”

艾米莉亚翻阅着文件夹里的画。碧确实很聪明。她把一切重要的东西都保留下来了，同时还加强了效果。色彩变得更柔和：

墙壁是浅灰色，书架刷成白色，这样书店就能显得更大。

“我都喜欢。我太爱这个照明了！”

现在，书店里的灯是老式条形照明灯，太糙了。在碧的计划中，有一些非常酷的吊灯：花形白色玻璃灯，还穿插有红色的金属线。

“好吧，这种灯可能会很贵，就是给你看看可以达到的效果。”

艾米莉亚叹了口气：“你觉得这得花多少钱？当然了，这就是问题。这些东西看起来都不会便宜的。”

碧做了个鬼脸：“当然了，一分价钱一分货。但这里也有些内容用纤维板和小技巧就能做到。我们可以先用已有的东西做改造。把地毯撤掉的话，就能用地板了——给它们加一些漂亮的粉笔画效果。然后把所有东西都刷成浅色，就能让空间显得大一些。这些也不需要同时做。”

“但我想一下子弄完。”艾米莉亚笑道，“你觉得要花多久呢？做这种工作必须得关门吧。”

“我做了一份时间表。”碧说，“我估算要两周，全员出动的话。至于价格，必须得问承包商。大部分工作都是木匠活儿，还有一部分电工活儿。当然，还有装饰工作。不过我们都知道，一开始动某样东西，就会发现各种问题。”

“那就是整个重新装修了。”艾米莉亚摇着头说，“搞半吊子工程没有意思。我们就把所有的书都拿出去，存在别处。我还得顺便做个新的电脑系统，还得有防盗系统。”她双手捧脸，“我好激动，但我也很害怕。我得做抉择，我不知道该怎么做。直接走人，过我从前的生活更容易些，或是重新来过。这两种选择都比留下来要容易得多。”

“可是收获也比不上这个选择吧？”

艾米莉亚环顾书店。她想象着碧所计划的内容变成现实的样子，那该有多令人激动啊。

她只需要找到足够的勇气。

还有钱……

“我去询价。还不清楚要花多少钱，就先不要瞎激动了。”

“我认识一群不错的人，他们帮我装修的房子。非常可靠，工作也快，活儿做得也好。给我工作的，必须得好。”碧笑了，“我去问问他们大概开多少价。”

“你能帮我做一个迈克·吉利斯皮发布会的展示橱窗吗？记得，他这周末就要来了。”

“当然了！”碧的双眼闪着光，“全权委托？”

“全权委托，还有五十英镑的预算。”艾米莉亚说，“能往橱窗里摆几本他的书，就有几本。”

“结果一定很棒的！”碧承诺道，“莫德周四下午去托儿所。我那时候来弄。”

“我给不了你太多钱。”

“听着，我帮你做点事，就免得无聊疯了。给我一本签名书就好了。”

“你太厉害了。”

“我知道。”

艾米莉亚微笑着，看她的新朋友离开书店。碧让她感觉，许多事都是能做到的，而且还能做得漂亮。她是那种特别的人。艾米莉亚碰上她这样好心又有能力的人，是幸运的，但她不可能长期靠她。碧不是会跟她混的人。

那周快结束的时候，杰克逊带着他对姆咪一家的评价，又去找了艾米莉亚。

“我决定了，我要向姆咪爸爸学习。”杰克逊说。

“这样立志不错嘛。”艾米莉亚说，“但你可能还得吃胖点。”

“别提体重了！我前女友不停说书里的人都太胖了，不过至少他们快乐啊。他们不用做甘蓝奶昔，更不用多吃一颗生杏仁就抓狂。”

“她是那种健康狂人？”

“她最近才变成这样的，以前不这样。她还要参加铁人三项，不停地测自己的心跳、体脂率，还有训练频率什么的。”

“听起来蛮可怕的。”

“我不介意。这样我还能多陪陪菲恩，她就去骑没完没了的自行车吧。那么——我下一部读什么？”

“我这儿有本超级适合的书。我正在布置童书区呢，我觉得你应该读读这个。”她把他领到一张展示桌前，拿起一本图画书，“我还没见过任何一个读了《小王子》，没学到什么东西的人，不过你可能得多读几遍，才能理解其中的含义。”她把书递给他。这是本很薄的书，封面上画着一个金发男孩，穿着蓝色衣服，他站在一个星球上。“这是本有趣的书，”她接着说道，“特别有趣。但它也解释了不少道理。这是我最爱的书。”

“你不是说你最爱的是姆咪一家吗？”

“这个排在姆咪之后。”她笑了，“好吧，我承认，我有好多最爱。这就是读书的问题啊，根本没法挑出最爱的。你的情绪不同，最爱的书也会变。不过我真的觉得你会喜欢这本。”

“我试试吧。”他把钱递给她，“菲恩很喜欢听我念书，念书给我们的关系带来了很大的改变。我觉得他从前觉得我只会跟他在公园胡闹，现在我们可以好好聊天了。”他有些动感情，“这样很好，毕竟之前发生了不少事。我现在不觉得自己太失败了……”

“你肯定不是个失败者。”艾米莉亚说。

杰克逊很尴尬：“抱歉，我说太多了……”

“听着，这也是这份工作的一部分。人们来这儿总会多讲些话。我相当于既是书商，又是心理诊疗师。”

她把书递给他。他接过书时，看到收银台后面贴着“与迈克·吉利斯皮共度傍晚”的海报。

“迈克·吉利斯皮？他真的要来？”

“我知道，很疯狂，对吧？我很激动。”

“你这儿还有票吗？一张多少钱？”

“五镑——门票包括免费的小吃，还有一份《银月》主题的鸡尾酒。我请了人做爱尔兰小点心，会很棒的。”

“米娅肯定会喜欢，她特别爱迈克·吉利斯皮。有一年圣诞节她送我的礼物就是那部电影里的阿兰毛衣，我穿上可傻了。”他耸耸肩，“我能买两张票吗？”

“当然了！”她从抽屉里拿出两张票。

“她肯定会高兴死的。”杰克逊笑着掏出一张十镑纸钞。

碧从窗边走过来，穿着连体工作衫，手里拿着一把胶枪。她冲杰克逊微笑着，然后看看艾米莉亚，眼神中透出疑问。

艾米莉亚没办法，只得介绍他们认识。

“碧，这是杰克逊。杰克逊，这是碧。她来帮忙做活动的橱窗布置。”

两人互相点头致意。

“你要是需要帮忙，”杰克逊说，“找我就行。”

碧举起胶枪：“不需要，不过谢谢了。”

杰克逊转身要走，举起手来跟艾米莉亚道别。

“非常感谢。再见咯。”

碧看着他走出门去：“我猜着他也愿意帮忙。你还等什么呢？”

“碧！”艾米莉亚假装很震惊，“他不是我喜欢的类型，虽然他确实挺帅的，但他还是三句话不离他的前任。他刚刚还帮她买了迈克·吉利斯皮活动的票呢！”

“她已经是前任了！”碧说，“拜托了！你得玩一玩嘛。他也需要放下她，约他吧。”

“他是顾客！我不会约他的。”

“为什么不呢？你又不是医生，又没有什么希波克拉底誓言的束缚。哪有人说你不许跟顾客交往啊？”

艾米莉亚突然想起她父亲和莎拉。她脑海里还有无数个问题在盘旋。他们的感情是怎样开始的？是在书店里吗？也许有一天，莎拉会告诉她吧。

不过现在，她得让碧别再提这事了。她跟杰克逊没有可能。她能从他的眼神中看出来。

“你头发上沾了胶。”她说，然后走开了。

迪伦每天下班都去看爱丽丝。他给她带了笔记本电脑，她可乐坏了。

“别告诉我妈。”她警告他。他觉得这没什么，她只是看看邮件而已。她在医院里也没别的事可做。

“说实话，看看电脑，还能让我不老想着疼痛。”她跟他说。

他仍然在给她读《骑师》。他也开始享受这个故事了，想知道之后发生了什么。读书的时候，就好像他跟爱丽丝所在的私人病房成了一个私密的泡泡。护士给他们端来用绿色茶杯盛的糙米茶，迪伦也带来了更多的巧克力。

“我要吃胖了。”爱丽丝抱怨道，“我都要穿不上婚纱了。”

很好，迪伦心想。他希望爱丽丝早日康复，但他一直在希望、祈祷婚礼因为她的伤势而被推迟，可她似乎下定决心要办婚礼。

即使她很疼，在康复训练时也要挑战自己。

“就算疼死，我也要不拄拐，自己走到教堂尽头。”她说。

她很累，但她假装并不累。他念书的时候，她闭目躺着。他不知道她是醒着还是睡着了，也无所谓。他还可以再重读这一章的。

他停了下来。

她睁开了眼睛。

“你想接着听吗？”

“不，”她坐了起来，“不过我想让你帮我个忙。”

“任何事都可以，你知道的。”

“我要把脸上的绷带拆掉，你帮我看看我的疤，告诉我有多严重。我不能自己看，但我得知道情况有没有严重到没法举办婚礼。”

“好的。”

她揭开固定绷带的胶带。

迪伦不想让她看出他的担忧：“小心点。”

她轻轻地揭开纱布，下面是一道鲜红的伤痕，在她的颧骨上，一道V形的伤疤。

“以后会消肿，也不会这么红，会淡化一些，”爱丽丝有些慌了，“但是这样看着很可怕吗？有没有到弗兰肯斯坦的怪物那么可怕？我像不像蓝领怪物赫曼·明斯特？我现在净担心在婚礼上会不会很丑。如果真的很难看，我就取消婚礼。我希望你能诚实告诉我。”

迪伦盯着她的伤口看了好久。他反复思考，要是告诉她伤口很严重，也许，只是也许，她就会推迟婚礼了。但同时，他还得找机会揭发休，让他在婚礼前露出真面目，这样她就会直接取消婚礼了。也许他可以从弹簧那儿弄点可卡因，以便宜价格卖给休。他不知道他装毒贩子能不能装得像，但是他觉得，匹斯布鲁克庄园就有毒贩子的话，休应该会乐意吧。

不，迪伦想，他肯定装不像的。休会起疑心。

他也不能那么对她。对他来说，就算她满脸伤疤也无所谓，她还是很美。

“只是有点红肿而已。”他说。

“真的？”她说，“我可以用头发遮遮脸，我还有面纱。”

“说实在的，”迪伦说，“没人会注意到的。”

她叹息着说：“你是唯一一个我能指望说实话的人。其他人都只会撒谎，让我好受。他们都不想让我取消婚礼，但我知道这个不会影响到你的。”

这话实在是大错特错了，迪伦心想。要说有谁希望婚礼取消，那就是他了。

“休一直告诉我，不要担心，我不想总跟他提这个，说得越多，他就越为车祸的事自责。”

迪伦快要气得喘不过气了，那个浑蛋一点都没有自责。

“你还好吗？”爱丽丝问道。

“很好，只是这里面有些憋闷。”

“我知道，晚上才严重呢，我几乎睡不着觉，还好我很快就能出去了。”

“这真是好消息。”

“我要是再在这儿待，恐怕就要疯掉了。要不是有你来看我，我就已经疯掉了。妈妈每天都来，但她和我爸都要忙庄园的事，而休最近在疯狂工作，这样才能在婚礼和蜜月时请假。”

“拜托了，”他打断了她，“我不想再听婚礼的事了。”

爱丽丝很惊讶。

他伸手轻柔地抚着她的脸。

“你很美，你知道吧？”

她盯着他看。时间停止了。他用手指的背面轻抚着她的脸颊。

“可怜的小家伙。”

他知道他不该跟她接触这么久，但她并不介意。她好像完全僵住了。

“哦，迪伦。”她说。

“怎么了？”

她的脸上写满了困惑：“你让我感觉好奇怪啊，就这样。”

“有趣。”他微笑着说，“我是想让你好受点呢。”

“你有啊！这就是问题啊——你让我觉得，我长什么样，好像没有关系。”

“当然了，当然没有关系了。”

她咬着唇：“谢谢……”

她向前靠了靠。她身上有消毒剂的味道，还有痱子粉和巧克力的味道。迪伦的心嗵嗵直跳，她要吻他了。

突然间，他们听到休的声音从走廊里传来，他在跟护士们寒暄。爱丽丝立马坐直了，迪伦站起身来，从床边走开。迪伦通常都是六点半就走，休每天七点来，他不想撞上休。但是今天，因为绷带的事，他们又谈了她脸上的伤口，他走晚了。

门打开了，穿着城里正装的休站在那儿，头发整齐地梳向脑后，一副自大的样子。他瞪着迪伦。

“你他妈的来这儿干吗？”

“我最近经常来看爱丽丝。”

“他来给我念书。”

“你不是还有花园要摆弄吗？”

“别那么无礼！”爱丽丝慌张地说。

休转身看着她。

“老天哪。”他看到她的伤口时喊道。

“闭嘴。”迪伦低声说。

休被吓到了：“好了，没关系的。我们会找最好的专家，肯定能治好的。”

他探头仔细看。

爱丽丝看看迪伦，又看看休：“迪伦说了，没那么可怕。”

“他怎么回事——瞎了吗？他只是说你想听的话罢了。我们会跟会诊医师谈的，离婚礼还有段时间。”

“我觉得爱丽丝需要的是支持和安慰，”迪伦说，“不是什么整容医生。”

休瞪着他。他双目无神，迪伦心想。

“我该走了。”他说。

“你确实该走了。”

“你没必要走啊，”爱丽丝说，“不是说休来了你就一定要走的。”

“我的停车时间也快到了。”迪伦说着向门口走去。休跟着他，去给他开了门。

“我不想再看到你来这儿。”他压低了声音说。

“好吧。”迪伦答道，心想你不会看到我的，你来的时候我早就走了。

“我是认真的。”休说。

之后的事证明，他确实是认真的。第二天，迪伦去看爱丽丝的时候，前台的护士不让他去。

“很抱歉，只有近亲才能探视巴塞尔顿小姐。”

“但她知道我要来。”

护士一脸的同情。

“我不能让你进去。”

迪伦想从她身边挤过去：“那咱们看看巴塞尔顿小姐自己怎么说吧。”

护士把一只手搭在他手臂上：“很抱歉。你要再往前走，我就得喊保安了。”

迪伦停了下来，看着她问道：“是那个浑蛋，对吧？他告诉你不要让我进的？”

“我得尊重家人的意见。”

“不是病人本人？”

护士叹了口气，迪伦知道他不能继续追究。

“能麻烦你帮我跟她说我来过吗？迪伦。告诉她迪伦来看过她可以吗？”

“当然。”

他转身离开，心里却明白，爱丽丝是永远听不到这条口信的。

第十七章

迈克·吉利斯皮的书发布的那天，托马西娜去奶酪店买了爱尔兰奶酪。她站在店外，看着展示橱窗，留意着店里排队的顾客，等她确定会排到詹姆那儿时，才进去。这是她做过的最算计的事。

“我要一点卡歇尔蓝芝士，用来做小馅饼。”她跟他说，“还要一些古比奶酪，做那种小奶酪花结泡芙。”

“听起来很棒。”詹姆从冰箱里拿出一块卡歇尔蓝芝士，抓起削奶酪器，“你还要做什么食物？”

“土豆饼配熏三文鱼，还有克洛纳基尔蒂黑布丁，配穿起来的烤苹果。还有迷你巧克力爱尔兰啤酒蛋糕。”

“太好了。”詹姆把两块奶酪递给她，用印着奶酪店 logo 的蜡纸包裹着。

两人沉默了一会儿。

“十二镑七十分。”他最终开口说。

她很快付了钱，匆忙离去。她本想邀请他，因为艾米莉亚给了她两张票，但她没有勇气。所以她才在男人面前不敢主动，她心想。她就是没有勇气。

她回到家，开始指导劳伦做小点心的准备工作。

“我要教你怎样做千层酥，”她说，“非常费时费力，但很值得。”

她们两个整个下午都在往面里抹黄油，揉面团，搓形状，再切黄油块，把面团叠起来，再重新揉。托马西娜的手指感受着丝滑的面团，劳伦也天生就是学做面点的好手，对步骤有种直觉般的理解：她的成果跟托马西娜的一样整洁、专业。托马西娜看着一下午的劳动成果，十分开心。

感谢上帝，她还有烹饪。烹饪永远不会让她失望。

“你好美。”杰克逊告诉米娅，他说的是实话。她的确很美，穿着简单的牛仔裤，配佩斯利花纹的上衣，但她这样打扮比穿她那些锻炼装备要健康多了，她穿运动装的时候看起来简直像一只闪亮的棍形昆虫。

杰克逊亮出活动的票时，她不是很确定。她看他的眼神，仿佛在问这是不是什么陷阱。他一心希望她不会拒绝，他已经费心地安排了让母亲来照看菲恩。他很确定，米娅这些日子除了去参加那些可笑的训练，几乎没怎么出过门。

“你们是要去约会？”菲恩问道。他穿着睡衣，等奇拉哄他上床睡觉。

杰克逊不知道该如何回答。米娅帮他接了问题。

“不是，我们只是碰巧去参加同一个活动，所以我们决定一起去。”

“好吧。”

出了门，在去书店的路上，杰克逊转身看着她。

“所以这不是约会？”

米娅做了个鬼脸：“不是，那多别扭啊。”

“哦。”她的否定这么坚定，杰克逊有些受伤。

“我们只是一起去一个活动，”米娅重申道，“但不是那种一起。”

有趣，杰克逊心想，我还以为是我看到你会喜欢的活动，买了票请你来的呢。米娅就是这样，可以完全忘掉他的本来意图，重新解读他的行为。可是，这也是他爱她的原因之一，她不停地闪避。

“但我现在要去酒吧的话，你会生气，对吧？”

米娅叹了口气：“你要是想去就去吧。什么时候我生气的事你就不做了？”

“我不想去酒吧。”

“那就别去！”她看起来有些恼怒了。

杰克逊沉默了。他们在原地转圈，总是这样原地踏步。他们的感情就是这样。他们走到了书店。书店里热闹得很。天花板上挂着银色的月亮。一张桌子后面坐着一个满头白发的人，桌上摆着一摞书。

“迈克·吉利斯皮。”米娅感叹道，“迈克·吉利斯皮本尊来了。”

“他都有九十七岁了吧！”不是认真的吧，杰克逊心想。女人的心思真是猜不透，更别提讨她们欢心了。

夜莺书店的橱窗美得让朱恩都窒息了。她看到过还在布置中的橱窗，但是从里面照亮之后，看起来真是妙极了。她拉紧外套，在寒风中站着。橱窗里贴满了他最出名电影的剧照。迈克·吉利斯皮演了五十年的英雄、反派、大众情人、偶像。他自己也成了一代偶像。这些剧照之间，还挂着一弯弯银月，他成名作的标志，《银月》……

这橱窗仿佛一座缅怀的灵台。

橱窗里一共挂了三十七个，她数了，三十七个迈克·吉利斯皮。她打了个战。他仍然能控制她。

她正要跨过门槛，站在门前，审视自己的感受。她仍然很痛苦，即使是现在。那份隐隐的痛埋在她心底，从未离开。她想象着，她的感情：一片疤痕，永远无法完全愈合。

今晚她是客人，不是员工，因为她本来就不是正式员工——她只是在能帮忙的时候尽力帮忙。她拒绝工资，所以艾米莉亚坚持让她今晚只管享受。梅尔和戴夫会打理活动的，托马西娜和劳伦负责分发食物，倒酒。

他们卖掉了七十张票——人再多的话，书店就挤不下了——迈克坐在一张宽桌子后，被他的书包围着。碧给他做了一个像模像样的王座：一把金色高背椅，以后就专门给来书店做签售的作者坐。马洛在另一边用小提琴演奏爱尔兰民歌，增添气氛。这让朱恩想起他们拍摄时那个小村庄里的酒吧，当地人经常在傍晚时去那儿，他们吹着口哨，以小提琴和鼓来助兴。

朱恩要了一杯银月鸡尾酒：她不清楚酒里有什么，但味道很棒，每个杯子上都插着一枚闪亮的银色月亮。她得喝点酒，安抚一下紧张的情绪，虽说她不知道这种心情该如何形容，也不知道她想在这晚结束时得到什么。跟他呼吸着同样的空气，对她来说似乎就是个大事件。

她拿起一本他的自传，加入了等待签名的队伍。朱恩从没排队做过任何事……书店里熙熙攘攘，她很高兴。朱利叶斯肯定会为艾米莉亚骄傲的。她撸起袖子，实打实地让书店运转了起来。她就在收银台后面站着，忙活着，脸上挂着微笑，时而与顾客一起欢笑，这些顾客都是朱利叶斯多年经营的成果，不过也有为迈克而来的新顾客。朱恩好希望，一切都能顺利进行，书店能继续经营下去。

排到她了。迈克·吉利斯皮抬头看了看她，眼睛仍然是那么地闪亮，他的微笑能让你感觉自己很特别……即使你根本不特别。朱恩太了解这点了。她也冲他微笑着，把翻开到扉页的书递给他签名，他没认出她。一丝回忆起她的样子都没有。

“签给谁的呢？”他问道。

“给朱恩。”她说完停顿了片刻，等待他的反应，可他没有任何反应。他写下她的名字，然后用花体字签下自己的名字，又微笑着把书递回给她。她怎么还是这么生气呢？那事已经过去那么久了。

她去收银台付款了。

“别开玩笑了，”艾米莉亚说，“你帮了我那么多忙，我怎么可能让你付钱呢？”

书店的另一边，迈克·吉利斯皮眼里闪着光，转头看马洛。

“你会拉《瓶中威士忌》（*Whiskey in the Jar*）吗？”

“当然了。”

“那就来吧，孩子。咱们让他们听听真正的音乐。”

他站了起来，马洛开始演奏，迈克和着他的音乐歌唱。欢乐的人群开始围着他们，拍起手来。

“当我翻越那著名的凯里山脉……（As I was goin’ over the far-famed Kerry mountains . . .）”

朱恩猛地转身，离开了书店。毕竟，她听过他唱那首歌了，很多年前，在一家地板都没有铺的小酒吧里，观众同样赞赏他的演唱。

朱恩走回自己家，她的家离书店并不远。天上挂着满月，似乎知道今天要办的活动，专程现身助兴。她回到了家，脱下高跟靴子，穿上慵懒的羊毛袜子，她穿着这种袜子就在石板地板上走。她往壁炉里扔了一些木柴，倒了一杯葡萄酒，蜷起腿来，在客厅的沙发上坐下。

她翻着他的书，直到找到了写《银月》的那部分。那是他事业的转折点，一部载入史册的电影，重要的篇章。

书里没有提到她。一句也没有写，那个金发的群演，演的是一个调酒师，跟他有一段情史。他甚至没有提到他当时曾表示他感受到的那种激情。

她无关紧要。场景、才华出众的编剧、远见卓识的导演，都有很长的篇幅描写，就连马龙太太——他们拍摄期间住所的女房东——都被提到了名字。可除了她以外，全世界都不知道她的存在，不知道她那段时期怎样参与了他的生活。

她去了楼上。最空的客卧里，她在衣柜里放了一个盒子。

她把盒子拿出来，里面是他的阿兰毛衣，还有一本《银月》的剧本。他们在酒吧里喝酒用的啤酒杯垫，还有贝壳、压花。她深深呼吸的话，都能闻到那里的空气。她就在那儿，站在蒙蒙细雨之中，闻着湿羊毛的气味，感受他的唇，夹杂着一丝威士忌味……

还有那些照片，有些已经褪色、卷边，但它们也是她的证据，不可辩驳的证据。他们两人搂着对方，冲镜头大笑。照片中可以看出两人之间的化学反应，能看出他们之间的激情，即使是在发黄的黑白摄影中。她记得他们找来帮忙的小个子老人，赶着驴车，他困惑地看着相机，但还是帮他们拍了照片。结果当然比不上大卫·贝利的作品，但那是他们的记忆，不是艺术品。

她还记得当初她把相机举在面前，反着拿，他们两人都躺着，冲镜头微笑，这照片放在今天就是“自拍”，他的深色头发与她的白金色头发交缠在一起。

他们很美，她心想。这照片有种如今的摄影无法做到的纯净。而且照片中的他们很真实，没有滤镜，没有修图，她也没化妆，可他们的美还是从照片上闪耀出来。

她把所有东西摆在床上。全都在这儿了，他们的故事，就这几件物件。她只需要这些证明就够了。

那时的她是另一个人。现在，她已经不漂白头发了，发色变回天然的棕色，也胖了一些。没人知道她曾经是朱诺。

她突然间很生气，是他让她无法爱上任何其他人。

她以一种低调的方式爱过她的两个丈夫，两次离婚都是和平分手，没有闹得难看。但是她从没对他们有过对迈克的那种感觉。

那里面还有一个大号棕色信封，她还没打开信封。她把信封拿起来——重重的，里面装满了纸。她掀开封口，掏出里面的手稿：一页又一页，打印在轻薄的便宜纸上。

1967年，迈克·吉利斯皮把我的心掏了出来，让它撞在库明努勒海滩的石头上。可我居然奇迹般地愈合了，过上了没有心的生活。现在我仍然活着，仍然在呼吸，还能给你讲述我身上发生的故事，一个天真的年轻女孩，爱上了世界上最闪耀的明星。这算是则寓言，含着对他人的告诫。

这是她的故事，她身上发生的事。她还记得写这些的时候，那是她去爱尔兰的两年后。她坐在打字机旁，熬夜写下这些文字，速度快得惊人，她自己的思绪都快跟不上打字的速度了。

朱恩想起老式打字机的声音，不禁微笑。不知为何，电脑键盘轻柔的啪啪声如何也比不上那种声音带来的愉悦感。她开始读这些文字，一个受伤的年轻女孩写下的文字。

读到一半，她停了下来。她觉得这太悲哀了，这些记忆。她早已不是那个女孩了。那个女孩成了如今的她身上的一部分，但她不想再回想，再重温那份痛。她现在懂了，每个人一生中都会遇到心痛的时刻。她身上发生的事并不特别，并没有让她变得不一般。那不过是生而为人的一部分。毕竟，许多书都是因为心碎而写出的呢。她也曾从这些书中寻找安慰，它们让她意识到，她并不孤单。

她把纸塞回信封里，重新封上了信封。

迈克和马洛喝得很欢乐。迈克弄了瓶帕蒂酒，正给观众斟酒，好像在说“有我一杯，就有你一杯”，接着，他说了几首民乐的名字，让马洛演奏：《爱尔兰之车》（*The Irish Rover*）、《茉莉 · 马龙》（*Molly Malone*）、《月出》（*The Rising of the Moon*）”……书店里的气氛快要转成喧闹了。

最终，艾米莉亚喊了停。她感觉迈克不太清醒了，她不知道让所有顾客在这个点儿喝得不省人事是否合法。于是她默默给马洛打手势，让他开始收拾摊子，不管迈克的反对——他若是有机会，恐怕会通宵狂欢吧——人们渐渐离开了，一阵热情洋溢的拥抱与亲吻之后，迈克也回了匹斯布鲁克之臂。艾米莉亚知道他肯定会径直去酒吧里交新朋友，但她太累了，没法亲自去陪他。

她有点生马洛的气，因为他不肯收她的钱。

“这是我这几周玩得最开心的一次了。为迈克 · 吉利斯皮演奏？要我一条右胳膊我都愿意，我不想收钱。”

“但是你要说了你不收钱，我就不会请你了。”艾米莉亚讨厌利用别人的好脾气。

“我知道，所以我才觉得没什么。”

“那我下次就绝对不请你了。”

“下次可以给我付钱，但这次不收，我自己也很享受。这也算是为你父亲做的。”马洛露出善意的微笑，“你继承了他的那种魔力，你知道吧。人们都愿意为你做事，跟他一样。你会越来越好的。”

“那就谢谢你了。”艾米莉亚很感激。马洛的演奏绝对给这个夜晚添了彩。“之后几周这就是大家都要谈论的话题了。”她笑道，“我还以为会出什么事呢。他虽然年纪这么大了，却还是难以控制。”

“他确实是个传奇人物。”马洛用假装的凯里郡口音嘲讽道，边说边扣上外套扣子。

碧觉得有些头晕之后，便离开活动，回了家。所有人都对她布置的橱窗赞不绝口，她挽着迈克·吉利斯皮的手臂站在橱窗前留影，她找回了从前的自己。自从离开《炉火》杂志，她就失去了这种感觉。妈妈碧像是某种外星生物，她仍然不习惯这一身份。

于是她回家时一心想着这一夜，不停地给比尔讲，比尔今天还特意提前下班，回家照看莫德。但他似乎心情不好，完全不感兴趣。

“我的老天，”比尔说，“别再唠叨那什么书店的事，说个没完了好吗？”

碧惊讶地张大了嘴。

“唠叨？”她说，“我有很努力不唠叨呢，真是谢谢你了。”

“抱歉。我只是想，你都没钱可拿。我觉得我是一个字也听不进去了。”

“那这么说，你能听我讲莫德午餐吃了什么吗？还是要听她的便便是什么形状？大部分新妈妈都爱说这些。我可没你那么幸运。没有人跟我谈有趣的事。我要是听起来像是对这件事过于执念，那很抱歉，夜莺书店现在是我生活中唯一有趣的事……”

她没意识到，自己感觉很没面子，嗓音也越提越高。比尔举起一只手，让她停下来。

“我去睡觉了，已经快凌晨了。我六点就得起床。抱歉。”

他就这样走出了房间。

碧很震惊。她双臂抱胸，不想就这样放过比尔的过分行为。她现在不能追究，但她明早要给托马西娜打电话，在“二人世界”订一顿晚餐，在没有争议的场合，一次性解决他们的问题。她不会眼睁睁看着自己的婚姻垮掉。

米娅和杰克逊在路灯的灯光中从夜莺书店走回家。

米娅喝了两杯鸡尾酒，话说个不停。杰克逊想，应该是因为她最近都没好好吃东西，酒精的劲儿一下子就上了头。她走路也很不稳，他们走到镇郊时，他拉住了她的手臂。她似乎并不介意。她靠在他身上，两人一起往家走去。他觉得这有些像从前，他们刚刚开始交往时，跟朋友们去镇里玩。

但他们一走到门口，米娅就变得安静、冷漠。

“谢谢你，今晚很棒。”她说，但她的语气很勉强，听起来不像是真心的，“我去上床睡觉了。谢谢你帮忙照看菲恩，奇拉。”

接着她就消失了。

杰克逊不知所措。他看着母亲，希望她能给他一个解释。

“十分钟前，她还说个不停，一直说今晚多么美好什么的。怎么突然间就变成了冰雪女王？”

奇拉一副什么都知道的神情。

“她害怕了。”

“害怕什么？不会是怕我吧？”

“她觉得自己太傻，”奇拉说，“她知道逼你搬出去是错误，但她不知道该怎么办。”

“那她为什么不直接认错？”杰克逊很不解。奇拉叹着气说：“你真是不懂女人，对吧？”

“不懂。”杰克逊说，“但是她如果真这么想，我该怎么做？”

“把她的心赢回来。”

“我还以为我已经在做了呢。”他摇摇头，“有时候我觉得我就是缺份说明书。”

“你会没事的。”

“你怎么知道？”

“我就是知道。”

杰克逊拥抱了母亲。“好吧，”他说，“我上去跟菲恩说个晚安，咱们就回家。”

十分钟后，他让母亲进了吉普车，把小狼扔进后备厢，自己绕到驾驶座旁。离开前的最后一刻，他回头看到米娅从她卧室的窗子探出头来看。她一看到他在回头看，立即拉上窗帘，消失了。

空荡、安静的书店里，艾米莉亚收起了最后几个零散的鸡尾酒杯，把它们拿到楼上去洗，然后放进箱子里，等着还给葡萄酒商。

这一晚很美妙，让她的心情也好了起来。这么多人都来看迈克·吉利斯皮，有老顾客，也有新顾客。空气中弥漫着一种活力。

当然，艾米莉亚清楚，她不可能每周都请来他这样的明星。这种新奇劲儿也会过去的。但她还是看到了书店的可能性，他们这一晚的收入比之前一周加起来都要多，因为人们不光买了迈克的书，还顺便买了其他书。戴夫和梅尔费了很大劲，把展示桌都设计得十分诱人，这样人们就会有消费的冲动，这一策略确实起效了。

当然，这里还缺了什么。她父亲肯定会很爱这种事的。但她下定了决心，再也不那么想了。朱利叶斯已经走了，而她在踩着他的脚印，试探着走自己的路。有时候，她觉得他的鞋子太小，或是太大，总是跌跌撞撞。

然而，这样的夜晚，却让她觉得他的鞋子真是再合适不过了。

快到凌晨的时候，朱恩听到风刮了起来，还下起了雨。天气很差。她把窗帘紧紧拉上，很庆幸自己搬来这儿住的时候装了双层玻璃的窗子。她去厨房泡了一杯茉莉花茶，却听到两截门那儿传来敲门声。她愣住了，这时候会有谁来呢？她也没有任何安排。她决定忽略它。

接着，她听到了喊叫声。气愤的吼声伴着大风传来。这声音她在哪儿都听得出。

“我的老天爷，开开门好吗？”

她大步走到门前，打开门闩，扭动门锁。她只打开了上半截门，以防万一。她从门框里看到的，是迈克·吉利斯皮，浑身都淋透了。

“感谢上天啊。让我进去行吗？”

“给我个合适的理由，就让你进来。”她双手叉腰。

“因为下着瓢泼大雨，我已经浑身湿透了，会得肺炎的。我可是个老人家。”

她不禁微笑了起来，真是烦人。她退后一步，他就冲进门来。她闻到羊毛被打湿的味道，还有他的气味。她接过他的外套——羊毛，根本没法抵御雨水——把它挂在炉子旁烘干。

“酒店的人还跟我说走十分钟就到了。”他气恼地抱怨道。

“你怎么找到我的？”

“这又用不着福尔摩斯的技巧。这镇子里的人口风又不紧。”

“这么说你认出我了？”

“当然了。”他说，“但我不知道该说什么。你什么也没说，我就想也许那样也好。但后来我又想，你要是不想见我，也就不会去那儿了。”

“我没想到你演技这么好，一点也看不出你认出我了。”

“我可是受过训练的，记得吗？”他的微笑里带着戏谑。那双布满皱纹的眼睛是那么迷人……

朱恩微笑着递给他一条毛巾擦头发，然后倒了两杯红酒。他们在厨房的餐桌旁坐下，四目相对。

他赞许地打量着房子。朱恩知道她的房子很漂亮。她花了不少钱把它打造得又舒适，又有设计感，她对艺术品和古董也别具慧眼。她把高端农场房子的风格做到了极致：闪亮的粉色炉子，石板地板有地暖的温度，法式厨桌，敦实的酒杯上印着蜜蜂图案。

“你这里装饰得不错嘛。”他说。

“确实。”她为自己的成就自豪，毫不害羞。

“我那时候做得很过分，”他说，“但对你来说是好事。我要是选择跟你在一起，只能让你更痛苦，你会恨我，或是杀了我。那时候我可不算是个好人。”

“这么说你现在是好人了？”

他歪歪脑袋，思考这个问题。

“我觉得我没那么坏。”

“那就好。”

“你是个好人，这是肯定的。你一直都是好人。你这样的人不会改变的，除非被我这样的人伤到了。我希望没人伤到你。”

“你是伤我最深的人了。”

两人相视一笑。

迈克举起酒杯。

“好吧，敬旧时光一杯。见到你真好。”

“你只是在酒店房间里觉得无聊了吧？”

他有些惊讶于她问了这样的问题。

“不，我想来见你。我很喜欢咱们在一起时的回忆。”

“我写了一份很足料的曝光，”朱恩说，“讲你是多么残忍地对待我。”

“真的吗？”他做了个鬼脸，“那现在可是出版最佳时机，所有人现在都对我的过去充满兴趣。”

“啊，不——严严实实锁好了。那不过是疗伤的方法罢了。”

“写作是种诊疗方式，这是必须的。我写书的时候挖出来的一些东西，把自己都惊到了。”

“所以你现在是在拨乱反正，纠正错误？”

“老天，我可没那么多时间纠正所有错误。”

他大笑起来，停下来时认真地看着她。

“只要纠正一项错误就好了。”

她直视他的眼睛。她想大笑。他真是无可救药，都这把年纪了。他就是无法控制自己。她意识到，多年来他那份一直控制着她的魔力消失了。他对她不再有任何控制权。这一刻她梦想了多少年？她已经数不清了。

但是，就这么拒绝他，多无聊啊。她已经想不起上一次有人向她发出性邀请是何时了。她也该享受些玩乐时光。他在卧室里可不是个自私的浑蛋，这点她还是记得的。她想起从前的记忆，感到自己的脸颊微微泛红，她拿起了她的酒杯。她可不能让他轻易得手。

“你想怎么样呢，迈克·吉利斯皮？”

第十八章

两周之后，托马西娜和劳伦在“二人世界”的厨房里忙活着。劳伦在做鸡肉香梨陶锅，已经到了最后阶段，切碎杏仁和香菜，撒在粗麦粉上。

“记住我说过这话啊——这是一顿危机晚餐。”劳伦低声说，“这是他们的最后一道防线。他们脸上写得清清楚楚。”

托马西娜正在给香草饼干塑形，跟意式奶油布丁一起上，她碰了碰劳伦，示意她闭嘴。“隐私”是“二人世界”的关键词——这正是这家小餐厅的意义所在。

“二人世界”现在一周可以订好几晚的晚餐了，托马西娜也越来越自信。她和劳伦成了一对好搭档，还拓展业务，帮别人的活动做宴会餐品。自从她在夜莺书店做了那些小点心，就总有人要求她为活动服务，她的这项生意忙得她都快要辞掉白天的工作了，虽说她应该是不会的。

看着劳伦在她的指导下成长、绽放，也是美好的奖励。这就是教学的乐趣所在：发现一个人，给他们灵感，给他们一个目的。劳伦是个特别的女孩，精神集中、认真、主动。若是托马西娜没看到她的潜力，发掘她的潜力，她现在可能已经被学校开除了，搭上一趟毫无成就的火车。

餐厅里，一根根蜡烛发着玫瑰色的暖光，照亮桌旁的两位客人。托马西娜的房子很小——只有一间主会客室，从前门进去就是这间屋子，餐桌也摆在那儿。她买了她能付得起的最好厨具和餐具：珍珠母柄的刀叉、淡奶油色的瓷器，上面有华丽的法式花纹。雪白的桌布和餐巾给餐厅营造了一种正式的气氛，但更重要的是，这房间的装饰给人一种浸润其中的温暖，墙壁是深红色，还铺了厚重的埃及风地毯。

比尔叹了口气，低头看看他的耶路撒冷洋蓟汤，好像汤表面漂的那一抹奶油里藏着答案似的。

“我很抱歉，非常抱歉，只是……”

“只是怎么了？”

“我觉得我要疯掉了。”

他抬起头，碧看到他眼里的空洞，吓坏了她。

“什么意思啊？”碧捏碎了一小块托马西娜做的胡桃面包。

“我知道你最近不好受，放弃了原来的生活，完全重新开始。但我倒是特别特别想跟你换位。”

“哦。”

“我觉得我无法继续了。”

“这是什么意思？”碧慌了神，“无法继续什么了？你是说我们吗？”

哦，天哪。她没完没了的唠叨让他觉得太无聊了，无聊到想要离婚了。

“不！当然不是了。我说的是这种生活方式。”

碧喝了一大口酒，接着又喝了一口。他们是走来的，所以不需要担心酒驾。

“我讨厌这种过法，讨厌离开你和莫德。这样太累太累了，每天天还没亮就得离开，去赶火车。等我回了家，又累得连话都不想说，也没法享受食物，而周末都一闪而过。等我补好了觉，就又到了周日。从周日中午开始，我就心慌得不得了，害怕周一的到来。”

“我根本不知道你是这样想的。”

“我本以为情况会好转。可我就是想过正常的生活啊，碧。我喜欢匹斯布鲁克，想做个平平常常的人，在酒吧里玩玩飞镖，在花园里忙活，享受跟家人的时光。有时候莫德看我的眼神，像是她觉得她应该认识我，却又不太想得起来我是谁……”

他抹了把脸，碧突然发现他看起来状态很糟糕，面容憔悴，眼睛红肿。她本以为他只是喝多了红酒。

他隔着桌子看她。

“我不想再做通勤一族了。我不想总去赶火车上班，没有时间做丈夫和父亲。”

碧拿着刀叉，在手里颠来倒去。她突然间没了胃口，也不想继续喝汤了。

“那咱们怎么办？”她问道，声音压得低低的。

“对不起，我不知道……

“抱歉，碧，我做不到了。我要是不小心一些，恐怕就要被开除了。我总是一副疲倦的样子，压力很大，态度还很差，经常犯错，又没法跟同事好好相处。”

碧伸出一只手，放在比尔的手上。

“对不起，”她说，“我一直只注意自己的小世界，忙着做完美的妻子、完美的母亲。说句实话，我自己也不是很快乐。我们都被迫过着自己不想要的生活，只是为了一种幻想的生活方式。”

“对嘛。”比尔说，“我知道你觉得无聊。我知道你很爱莫德，但我能看出你每天都在想法子熬过这一天。”

“我确实不是很喜欢手洗羊绒衫。”碧笑了起来，“即使可以把它们挂在漂亮的手工衣架上也不行。”

她脑海里出现了一幅画面，她自己，成了《炉火》杂志里画面的一部分。可她不能因为这个就放弃。碧是个战略家，她总有计划的。

“那咱们换一换怎么样？”她说。

比尔扬起眉毛。

“换一换？”

“我可以重新开始工作。总有人打电话问我愿不愿意工作呢，有时候我真的非常，非常不想拒绝。我很愿意重新开始工作，去伦敦做个像样的成年人，而你就能在这儿带莫德。”

“做全职爸爸？”比尔皱了皱眉，“我不知道这是否可行。”

碧做了个鬼脸：“不是！你可以在家做自由职业，送莫德去托儿所。不过你得做些家务——采购食物，偶尔洗洗东西。不过这不难啊，比尔。你以为我为什么会这么无聊？我觉得你比我更适合郊外生活。我就是觉得自己不是那种做果酱、参加妇女组织的人。可我觉得你应该喜欢照料花园、劈劈柴，经常去酒吧。”

“你觉得这可以吗？”比尔问道，“有不少人想让我做他们的顾问呢。”

“好啊！”

“那你就是挣钱的了。你不介意每天坐火车？”

“不！每次你去赶火车，我都忌妒死了。”

“真的？那咱们就可以换一下啊。”

“我得花一段时间才能找到合适的工作，但我觉得这个解决办法很好。不要误解，我不是想搬回伦敦去。我觉得这样很完美，对莫德也好。”

比尔很宽慰的样子，像是刚刚摆脱了整个世界的重量。

“我很乐意，碧。我觉得生活过得太快了，我还没来得及享受我想享受的事，要不了多久，莫德就该十六岁了。我想慢下来。我知道我才四十岁，但我不想今后十年都工作到吐血。如果说这意味着不能买那些根本没意义的贵东西——”

“比如一百英镑的蜡烛？”

他马上接了话：“对！”

“就这么成交了，先生。”

碧隔着桌子，跟丈夫握了手。

劳伦端出陶锅菜，碧舒心地叹了口气。她好害怕比尔要给她下最后通牒，或是告诉她自己有别人了。可事实是，碧确实喜欢偶尔扮一扮乡下老鼠，但她骨子里还是彻头彻尾的城里老鼠。她周末回来，这一切都仍在这里——木条篮子、彼得兔胡萝卜、粘着鸡粪的鸡蛋。

而这一次，他们回家后灌下了两瓶贵得要死的葡萄酒来庆祝刚刚的决定。她穿着 Coco de Mer 从浴室里出来时，比尔还醒着，清醒得很。

第十九章

之后的那个周日，艾米莉亚给自己放了一天假。她已经连续工作了好几周，戴夫那天也很乐意一个人照看书店。

马洛自告奋勇给她上大提琴课，帮她熟悉她不太会的曲子，练习亨德尔的曲子。所有曲子里，这首是她最应该练好的，因为这是爱丽丝进场前演奏的。

“这首曲子的大提琴部分是出了名地难，”他说，“不过我们能做到的，不用担心。”

给人带来惊喜的总是秋日。虽说秋日每天醒来都会被凉飕飕的风迎接，可温暖的阳光与无云的天空总是伴随着整个季节。艾米莉亚穿上一条黄裙子，配绿色开衫，开着车去了马洛家，一座维多利亚风格的小房子，坐落在匹斯布鲁克镇郊。这座小屋仿佛来自童话，尖尖的窗子、三角形房顶，还有拱形前门。

屋里一片混乱。书、乐谱、空葡萄酒瓶，还有两只烟熏灰色的猫在上面踩来踩去。约翰·克特兰的音乐在外放，她还能闻到新煮咖啡的味道。她意识到这里让她想起父亲还在世时的公寓，心里咯噔一下：他总是同时做很多事情，放着音乐，厨房里有食物在烹饪。

“天哪，太抱歉了。我本想先收拾一下的。”马洛给了她一个吻，“来见见小钩和八分音。”

他抱起椅子上的那只猫，拍拍椅子：“你坐这儿，先准备着，我去给你弄杯咖啡。”

艾米莉亚拿出她的大提琴，环顾房间，她看到一些戴尔芬在这里待过的痕迹。沙发上有一条爱马仕围巾，一个玻璃杯上有口红印，还有一双香奈儿芭蕾舞鞋。

“戴尔芙这周末在巴黎——她有个什么家庭聚会。你要是需要的话，我们可以练一整天。”

好吧，艾米莉亚想，我听明白了。“戴尔芙”，真是亲密的爱称。

两小时后，她就已经精疲力竭了。马洛是个好老师，很有耐心，他一次也没有让她觉得自己差劲。他帮她调整姿势，调整握琴弓的方式。有一次，他甚至把手搭在了她肩上。他用指尖用力按，直到他找到了她的肌肉。

“这块肌肉要放松，肩膀不要用力。”

艾米莉亚也想放松，可她就是做不到。他的手搭在她肩上，让她有些想入非非，满脑子都是不该想的事。最终她还是放松了下来。

“这就对了！”马洛开心地说，“这儿能放松下来，就能多演奏一会儿，效果也会更好。”

到了十二点半，她又累了。

“来，”马洛说，“跟我散步去酒吧，吃点午饭吧。”

他们走到白马酒吧，买了意式热猪肉面包，配苹果酱和咸猪皮，坐在室外有电热器的座位。艾米莉亚不想离开阳光，不想离开这里的人，不想离开让她昏昏欲睡、想直接上床的半杯苹果酒……

“咱们从树林里走吧，”马洛建议道，“这条路比较远，但咱们可以消化消化。”

他们在树林里沿着蜿蜒的河流散步。树林里的阳光和鸟鸣让艾米莉亚心情愉悦：她最近在室内太久了。她得尽力多出门，享受匹斯布鲁克周围的乡村景色。这儿的景色确实很美，树冠被染成了猩红色、珊瑚色、黄褐色，脚下的落叶还散发着浓郁的泥土香气。

最终，他们走到了河水最深的地方，河岸延伸出一湾碗形池塘。里面的水清澈见底：艾米莉亚都能看到池塘底光滑的石头，表面覆盖着苔藓，另一边的河岸还有一棵柳树，垂下的柳枝扫在水中。

“想游泳吗？”马洛问道，“最野的野泳啊。”

“开玩笑吧。肯定很冷吧？”

“不会。我经常来这儿游泳，圣诞节都来，特别提神。”

“提神？”

艾米莉亚有些犹豫，可她心里还是有些想尝试这一挑战。

“戴尔芬来这儿游泳吗？”她无法想象戴尔芬做这种事。

“当然不了，她胆小死了。”

艾米莉亚就是要这样的刺激。她要向马洛证明，她不是胆小鬼，摆在她面前的只有一道难题。

“我没有泳衣啊。”她说，她觉得这种事应该不会难倒马洛。

“我们穿内衣就好啊。”他说，“跟泳裤和比基尼没区别啊。”

艾米莉亚笑了。

“就这么定了。”她说着脱掉了鞋子，开始解裙子上的扣子。

马洛不需要激励。他直接脱掉了上衣，开始解牛仔裤，他露出紧实的皮肤，令人惊讶的是，他居然有六块腹肌，她只瞥到了一眼，他就跳进了水中。

他再次冒出水面时，边吐水边因为水冷而喊叫着。

“哇哦！”他喊道，“快来！别犹豫，不然就永远都做不到！”

她把自己的裙子扔在他的衣服上面，不等他仔细瞧她穿着内衣的样子，就跳了进去。

冰冷的水让她一时无法呼吸，确实很提神。

“我的天哪！”她说，“跟吃了冰激凌一样，脑袋被冻到了！”

他们在水里嬉戏了一会儿。

“我特别喜欢这儿，”马洛说，“我每次搞砸了事情，都会来这儿。这儿能帮我整理思绪。”

艾米莉亚点点头，可她的牙齿已经开始打架了。

“我看你不像是会搞砸事情的人啊。”

他空洞地笑笑。

“你知道那种感觉吧？把自己搅进某件事，就是无法脱身。”他的语气阴沉。

艾米莉亚不知道他是什么意思。他是在说戴尔芬吗？但他没有再解释。

“走吧，”马洛说，“你冷了吧。”

他们回到河岸上。马洛拿起自己的上衣。

“拿这个擦擦，”他说，“我不穿上衣没事。很快就到我家了。”

她有些不好意思地用他的衣服擦，干得差不多之后再穿上裙子。她被他胸前的文身吸引住了——一串乐谱。

她弯下腰仔细看。她不是很会认乐谱，但她也看出来了。

“贝多芬的第五协奏曲！”她高兴地喊道。

“不错，”他说，“你通过测试了。”

“测试？”

他直视着她，眼里闪着戏谑的光：“我从不跟认不出这段谱的人上床。”

她瞪大了眼睛。

他有些尴尬：“不是说……”

“不是！当然不是了。”

她困惑地接着走。他说这话干吗？他明明有女朋友，这样做太不公平了。他肯定是在跟她调情，即使只有那么一刻。

回到房子里，她开始瑟瑟发抖：那水确实冰凉，寒气浸透了她的骨髓。马洛给她做了一杯热可可，借给她一件灰色羊绒毛衣。她把毛衣套上，闻到了他的味道。她立马暖和了起来，像是被人拥抱一般。她想，羊绒大概就是这么暖和吧。

“兑点这个。”马洛拿出了她带来感谢他的帕蒂酒。他往她的杯子里倒了不少。她喝着喝着，就在沙发上蜷了起来，闭上了眼。早晨的演奏、散步、午餐、游泳、壁炉火的温暖，还有威士忌……

“好吧，好吧，挺舒服的嘛。”

她被惊醒了，看到戴尔芬站在门廊里。

马洛飞快从沙发上站了起来。艾米莉亚根本都不知道他坐在自己身边。

“嘿，戴尔芙。”

戴尔芬打量着眼前的景象。还好，朱利叶斯的大提琴还摆在外面，就在乐谱架旁。这就是他们唯一的借口了。

不过他们也不需要任何借口，他们什么都没做啊。可艾米莉亚想起，她还穿着马洛的毛衣。

“你怎么早回来了？”马洛说，“来点威士忌。”他从架子上取下一个酒杯。

“我该走了。”艾米莉亚说。

“可别因为我扫兴啊。”戴尔芬说着从马洛手里接过威士忌，在沙发上坐下。她穿着红色的毛衣裙，戴着配套的贝雷帽。她的表情里透着自鸣得意，艾米莉亚突然间感到强烈的厌烦。

“你介意我穿着你的衣服走吗？”她问马洛，她知道她这样有挑拨的嫌疑。她这么做，只是因为他们并没有什么可遮掩的。她一点也不愧疚。

戴尔芬没反应。马洛点了点头：“当然，下次排练时给我带回来就行。”

艾米莉亚驱车回家，一路上都在试图逃脱没好气儿的戴尔芬。她想着她今天的成就。在马洛的指导下，她有信心多了。也许她还是能不拖后腿的吧。

那个周日，杰克逊坐立不安。

伊安・曼迪普给他打电话，追问他书店的事。

“你一般用不了这么久，就能迷住一个女孩了吧！”他抱怨道，杰克逊挂了他电话。他说是因为匹斯布鲁克信号太差。

他不想再参与伊安那可鄙的计划了。他很佩服艾米莉亚为书店做的事，想到伊安要插手书店，他就厌烦。夜莺书店能推动人们的生活走向好的方向，而曼迪普只是个贪婪的可恶之人。他要是想炒了杰克逊，那就由他吧。

他往家走去。米娅正出门，她要进行一次二十英里的自行车练习，这是她“铁人三项”训练的一部分，他主动要求照看菲恩。他不把照看菲恩当作活儿来看——他怎么会呢？

“自行车不错。”他说。她正在做准备——能量胶、水瓶、修理工具。

她看着他答道：“我只有这些东西。我又不花钱买衣服。”

“我没别的意思。”杰克逊答道，他真的没有别的意思。她为何要这么冲呢？她为什么要弄得他没办法跟她客气？

他看看她，她穿着可笑的紧身莱卡黑色运动衣，头上的头盔让她显得像个外星人，他觉得她看起来好脆弱。他的心漏跳了一拍。

“好运，”他说，“累了要人接，就给我打电话。”

“我不需要。”她答道，很显然，她不想显得对他有一点点依赖。

他回到房里。

他感觉自己像是踩在某种边界上，一边是成为一个像样的人，另一边是做浪费空间的废物。他好像跌到了暗井的底部，井口有一丝光亮，他必须爬上去触摸它。他不知道他要如何去寻找这道光，但只要他碰到光，一切就会好起来，他很肯定。

他翻看着艾米莉亚推荐他读给菲恩的书——《小王子》，一本有趣的书，很多部分都让他困惑。这本书里好像藏着全世界的智慧。

她使我的生活芬芳多彩，我真不该离开她跑出来。我本来应该猜出在她那令人爱怜的花招后面所隐藏的温情。花是多么自相矛盾！我当时太年轻，还不懂得爱她……

确实，他当初太年轻，不懂如何好好爱米娅。他的所作所为把她逼走了。现在他懂了。她不信任他，那是自然的事。他确实曾经不成熟，不负责，自私。

他盯着客厅里的墙。他意识到，他已经放弃了，放弃了他的希望、他的梦想、他的爱情。他还参与了一件让他更加厌恶自己的事。他合上了书。

原来人们读书就是为了这个啊。书能解释许多事：你为什么会有某种想法，你的行为究竟怎样，并且让你意识到，不论是你做的事、你的感觉，你都绝不是一个人，让你感到你并不孤单。

他带菲恩去了溜冰场，无数想法在他脑海里盘旋，他却不知该如何处理它们，但他知道他需要厘清思绪，而答案一定藏在某处。他不想在生活中茫然前行，犯错、做他并不想做的事，一切都是为别人而做。

突然间，一切都清晰了：他知道他想要怎样的人生了。他想要一个做好丈夫的机会，与他爱过，并且仍然爱着的女人共建一个家。他知道自己算个好爸爸，但他想做一个好家庭的好爸爸，而不是踢足球、去溜冰场的单亲爸爸。

她会怎么说呢？他该怎么让她相信，他已经改了呢？他没有证据，唯一的事实就是他的感觉变了。有人——艾米莉亚——在无意中给他指了路。米娅要是听了他的解释，肯定会笑他的。她会觉得他只是想尝试一下，他这么做是为了新鲜感。

他必须问问她。他必须鼓起勇气，去争取自己想要的。他想要他的妻子和孩子跟他一起生活。他明白之前错了，也吸取了教训。他现在想要负起责任，过安定的生活。

回家的路上，他从街角的商店给自己和菲恩买了些比萨。他们在厨房里就直接吃了，甚至没拿盘子来盛，干脆从盒子里拿出来吃。

杰克逊正在整理厨房，米娅骑完自行车回来了。她看起来累坏了。

“你还好吗？”

“还好。”她高兴地答道，她斜着眼看了看剩下的比萨，扬起一边的眉毛，对这类食物的脂肪和碳水化合物含量有点意见。

要么现在，要么放弃，杰克逊心想。

“我想你了。”

米娅眨眨眼：“什么？”

“我想你。我想念咱们。我不明白咱们是怎么了，我跟我妈住在拖车里——虽然我很爱她——而你迷上了……”他挥挥手，“疯狂健身，控制食谱，把自己累垮。咱们应该出去走走，一家人玩一玩。”

她双臂抱胸，扭头不看他。她好像要哭了的样子。最终，她转回头来看他。

“可我们已经不是一家人了，杰克逊。”她走开，去烧水，背对着他，暗示他谈话已经结束，杰克逊不禁觉得失望，看来勇敢也没什么好效果。

他叹着气说：“哦。”然后他皱了皱眉，接着问道，“有没有……你是不是有别人了？”

他想象着一个肌肉发达的单车健身狂，在健身 APP 上计划没完没了的自行车旅程。

她扑哧一声笑了：“没有，没有的事。我不想要别人，杰克逊。我只是在寻找自己，我因为你经历了那些事之后，只想找到自己，开始新生活。”

没有他的新生活。这点倒是清楚。

他点点头：“好吧……”

他从厨房里走出去，去找菲恩，他正在起居室里玩Wii游戏。

“回见，小家伙。”他拥抱了儿子。至少他还有菲恩，这才是最重要的。米娅要是实在无法原谅他过去的过错，那他也无能为力。他仍然是菲恩的爸爸，这点是她无法抹去的。

他回到厨房里去道别。米娅抬起头来，眼神惊讶而带着愧疚。她在吃他们剩下的冷比萨，那个急迫劲儿，好像那是世界上最后一块比萨似的。

“再见。”杰克逊说，他强忍着说狠话的冲动。他并不想挑事，而只是很悲哀。但他心想，也许她吃了比萨，也是个小小的征兆吧。

第二十章

碧带艾米莉亚去吃早餐，还给她讲了她跟比尔的决定。

艾米莉亚很难受。自从那次跟马洛一起疯狂地野泳之后，她就一直不舒服。她在跟感冒斗争，而且不像能赢的样子。她点了加蛋的酵母面包，配烤西红柿，想从中获取点能量。碧给莫德喂着香蕉片。

艾米莉亚用勺子刮起卡布奇诺上面的泡沫。这家餐厅的咖啡是自己磨的，她每次来这儿，都会下决心再也不喝速溶咖啡。

“我有件事要告诉你。”碧吃完了她的麦片。

“没完全定下来之前，我不太想告诉你，不过现在确定了，我要重新开始工作了，在伦敦。我今天早上刚收到正式入职邀请。”

“噢。”艾米莉亚试着表现出为她高兴的样子，“这也算是生活方式大转变吧。"

"以后我去伦敦的时候，比尔就在家办公，照顾莫德。我们俩讨论之后觉得，我们现在过的生活刚好是颠倒的。"

"可我需要你啊！"艾米莉亚是在开玩笑，但她也意识到，自己有些太依赖碧的想法和建议了。她很珍惜她们的友谊。

"我知道，但我还是能帮你的。是因为帮你，我才意识到我有多想念工作。"

"那前提得是我的店接着开。"

"什么意思？"

"现在看来，需要打理的事太多了。"

碧捶了她的胳膊一下子："别这么说！我才不听你这消极言论呢。你有计划的，艾米莉亚！"

艾米莉亚无心反驳。她的嗓子都要冒烟了，头还一阵一阵地疼。于是她只是微笑着，她为她的朋友高兴，当然了。

到了周日，她已经感觉自己像个僵尸了。艾米莉亚只想躺在床上，可她今天得去跟乐队排练。婚礼的日子越来越近了。她躺在被窝里，直到最后一刻才爬起来，没洗澡就胡乱穿上衣服，赶往村会所。

她知道她的一身运动裤加套衫看起来太粗糙。更要命的是，戴尔芬穿着一件亮蓝色的蝴蝶结绑带领口上衣，配一条皮质迷你裙，光彩照人。

马洛来拥抱她，但她躲开了。

“别靠近我，我浑身都是细菌。”她把他的羊毛衫塞回给他，手洗过的。

通常，拉大提琴时，艾米莉亚会出神。音乐能抚慰她的灵魂，演奏更是深层的滋润。他们演奏的是埃尔加的《爱的礼赞》[1]，这是婚礼开始前准备音乐中的一曲。听到它，艾米莉亚想起了她父亲追念仪式上四重奏小组演奏的《夜之歌》，同样是埃尔加的曲子。

她完全没法演奏。她的手指不听使唤，不停地错音，跟不上节奏。马洛让大家停下来，看着她。

“你还好吗？”他问道，“你知道我们今天要排这首吧？”

他语调平平，可她还是感觉到他在强忍怒气。话里藏着指责，指责她没练习。可她练习了啊。只是她是个凡人，不是什么机器人。

她把琴弓放在乐谱架上。

“抱歉，我最近有些忙，身体也不舒服……”

所有人都在看她，只有佩特拉面露同情。戴尔芬的表情难以捉摸。

1 《爱的礼赞》：原名为 *Salut D'Amour*。

马洛只是生气。

“你要是真的很不舒服，就应该请假。我们这是在浪费时间。”

艾米莉亚站了起来，冲门外走去。马洛跟着她出了门。

“对不起，”他说，“正式演奏前我总是会感觉压力很大。我只是想把曲子练好，我知道你能做到。你去我家的时候拉得那么好，简直完美。这到底是怎么了？”

“今天是我父亲的生日。”艾米莉亚盯着地板。

“噢，太让人心疼了，”马洛立马温柔了下来，“天啊——我也太浑蛋了。对不起，来吧。”

他正准备拉她入怀，戴尔芬却出现在门前。

“我们只预定到四点钟。”她说。

马洛快步从艾米莉亚身边走开，好像躲瘟疫一样躲她。

她也觉得自己像瘟疫。

“我做不到。”艾米莉亚说，“我以为自己够优秀，但我不行。你们得让菲丽希缇回来了。”

“别傻了。”马洛说。

“真心的，我现在退出总比演出那天搞砸了要强。菲丽希缇熟悉所有曲子，我知道的，很抱歉。”

她重回大厅，把大提琴收了起来。她不想多谈。看样子其他人也这么想，这更说明她这么做没错。他们肯定是一直想让她走人，却不忍心跟她说。她尽快离开了剧院，这样他们就能继续排练了。这次不用再担心她搅乱演奏。

她从戴尔芬身边走过时，戴尔芬还想挤出一个同情的微笑，只是她的演技确实不怎么样。

她回到家，甚至没去看戴夫需不需要帮忙。她不想假装还好。过不了几个小时，他也就该关店了——他们周日都是下午四点停止营业。

于是，她径直去了楼上公寓，心情跌到了谷底。她决定给莎拉·巴塞尔顿打个电话。也许她们能一起去喝杯酒，讲讲关于朱利叶斯的回忆，一起敬他一杯。

“真是抱歉，”莎拉说，“我很乐意，只是今天实在不行，爱丽丝今天出院。我要跟拉尔夫一起去接她。当然，你要是来这儿我们也欢迎：我们准备了茶会迎接她回家。”

艾米莉亚在床上躺下。就连莎拉·巴塞尔顿也放下了，她甚至没来得及提起今天是他的生日。她盯着天花板，她从来没这样想念过爸爸。

也许留在匹斯布鲁克是个错误的决定？也许继续开书店是理想化的选择，太傻了？她不该过父亲的生活。她得过自己的人生。

她决定洗个热水澡，暖和一下，换套干净的床上用品，换身干净睡衣，早早睡觉。她往浴盆里倒了半瓶宝滴沐浴精油，打开水龙头，然后去厨房泡柠适感冒茶，多加了两勺蜂蜜，希望能缓解她的喉痛。她坐在沙发上小口喝茶：茶很烫，但她知道茶能帮到她。喝到杯底没化开的蜂蜜时，她的双眼沉甸甸的，快睁不开了。她就这样蜷曲着躺在沙发上，任由睡意将她带走。

爱丽丝正在做回家前最后的准备。她已经等不及出院了。这间病房快把她逼疯了。即使这儿的员工都很好，她还是受够了医院。腿上的最后一次手术很成功，现在就得靠她自己找回力量了。她的腿仍然很疼，她也容易疲惫，但她还是好想家，想匹斯布鲁克庄园，她很确定自己回家才能好得更快。

她关上行李箱，环顾房间，看看还有没有落下的东西。她的书，《骑师》。她拿起书，不由得想起了迪伦。她很喜欢听他读。躺在那儿听他读书是种安慰，即使听着听着睡着了，也无所谓，因为她已经太熟悉这本书了。他最近都没来看她，她也不知道是为什么。她想，他大概是忙着在入冬之前打理花园吧。

休不愿意念书给她听，他不喜欢念书。他每次来看她都很焦躁。他说他讨厌医院。爱丽丝想，没人喜欢医院吧，可她什么也没说。她跟他聊天，可他大多数时候都是假装在听，只顾着看他的黑莓手机。他有几单生意，想在婚礼前结束，所以她明白他压力很大。

“你要是不想的话，就不必每晚都来看我。”她说，可他还是坚持来，只是他从没留过太久。

她把书塞进箱子里，拉上拉链。她真想马上回匹斯布鲁克庄园。她要做的事好多。不光是准备婚礼，还要准备圣诞节。她得做圣诞节的装饰花绳，一条六十英尺长的绳子，扎上从匹斯布鲁克花园里采来的花。迪伦一整年都在一间盆栽棚里采花、晒干。编花绳要花不少精力，但爱丽丝有这个决心。这是对匹斯布鲁克庄园里一年中所有植物的致敬。她已经跃跃欲试，想要快点做这项工作了。

门打开了，拉尔夫和莎拉站在门外，脸上挂着激动的笑容。她心头突然涌上一股对父母的爱意，他们过去这几周太贴心了。

“那就来吧，”拉尔夫说着提起她的行李箱，“车等着呢。”

他们快开到匹斯布鲁克庄园时，爱丽丝看到所有员工都在前门集合，等着她回来——办公室里的几个女孩也来了，她们周日是不需要上班的。

“噢，天哪。”她说，“大家都来了。”

“当然了，亲爱的。”莎拉说，“他们都很想念你。”

她下了车，走到前门的台阶处。所有人都在欢呼、鼓掌。她既高兴，又有些尴尬——她不值得大家这样费心吧？

拉尔夫在大厅里开了香槟，每个人都拿到了一杯。

“祝爱丽丝早日康复！”她父亲说，所有人都跟着喊这句祝福。

爱丽丝走过去，站在第三阶台阶上，这样所有人就都能看到她了。

“我只是想跟大家说句感谢，谢谢大家在我不在的时候工作这么出色，”她说，“我知道你们每个人都格外努力，才能保证庄园正常运行。我猜，没有我对你们耳提面命的，大家也觉得很轻松吧！”

所有人都笑了。爱丽丝根本不是那种人。

“不过现在我回来了，我希望今年的圣诞节是史上最成功的圣诞节。所以你们要是有任何点子，能帮忙改进的，就请来找我吧，有任何问题，也麻烦来找我。匹斯布鲁克庄园能有今天，是我们所有人共同努力的结果。我就是想跟你们说，感谢这个一流的团队。”

她微笑着举起酒杯，所有人都跟着举杯。

她小口啜着冒泡的酒，环顾四周，想着她有多么幸运，她注意到只有一个人不在，迪伦。迪伦哪儿去了？

突然间，她只想见他。前门打开了，她急切地转头看，希望那是他。

可门外的人不是他，而是休。

“亲爱的，”他拥抱了她，“欢迎回家。”

“谢谢。”爱丽丝说。这时她才注意到，休之前一直缺席。

过了一会儿，艾米莉亚惊醒了。她不知道自己睡了多久，也不知道心里为何莫名慌张，好像觉得出了什么事。她试图整理思绪，梳理杂乱的想法。

然后她记起来了，她在放洗澡水。她闭上眼睛，祈祷自己睡觉前去关了水龙头。也许她只是忘记这回事了，但其实已经关掉了呢？她从沙发上起来，满心惶恐地向浴室走去，她一眼就看到溢满的浴盆，大股大股的水从里面溢出来，流到木地板上。

她快步冲到浴室尽头，关掉水龙头，又从外套口袋里掏出钥匙，跑下楼去，飞快打开进书店的门。她不知哪儿来的清醒，意识到不该开灯，窗外路灯的灯光就足够她判断了。

水从夹层上方的隔板哗哗流出，像一道欢快的溪流，直接浇透了下面的书。她惊恐地看着天花板缓缓坍塌，留下一个可怕的大窟窿。

她做不到。她已经有太多棘手的事要处理，不能再摊上这种事。她几乎有些宽慰，至少她不需要再努力尝试了。她可以放弃，没有人会责备她的。

她走到收银台后面，掏出伊安·曼迪普之前给她的名片，读了上面的地址。她拿起车钥匙，开车就走，头也没有回。她要是停下来思考，或是跟谁谈谈，情况就会变得更复杂。此时此刻，她想保持完全的清醒。

她开到了曼迪普家，他的房子在镇外两英里，车道很窄。她开过宏伟的大门，冲他豪华的新宅子开去，一路上的路灯都是自动亮的。

她咚咚咚地敲门。伊安·曼迪普给她开了门，他皱着眉头，看着眼前浑身是水，又心急如焚的她，一时没认出来。

“艾米莉亚·南丁格尔，”她说，“咱们能谈谈吗？”

“哦，艾米莉亚。当然了，进来吧。”

他侧身把她让进来。她走进宽敞的门厅，天花板上挂着奢华的吊灯，漂亮的楼梯铺着深紫色的格子花呢地毯。要是换作平时，她应该会享受观察他有多么地没品位，但今天她有正事要做。

“我是来跟你说，我决定卖掉书店。”她说，“你要还想要，书店就是你的了。”

他笑了。

“啊，这可是好消息啊。”

“我希望尽快签订合同。”她想在圣诞节之前离开匹斯布鲁克，而现在只剩四周的时间了。她想到地球的另一端去。

“我会派人做的。”他站在一边，示意让她去厨房，“过来喝一杯庆祝怎么样？我总是留着一瓶法兰西香槟，就是为这种场合准备的。”

“不用了，谢谢。”她答道，这一提议让她很不舒服。

“好吧，那我们就握手商定了。”

他很传统，交易要双方握手才算数。

艾米莉亚犹豫了片刻。她实在不想碰他，总觉得这是在跟恶魔交易。可她还是得为自己考虑，争取个好价钱，于是她还是跟他握手了。

她忍不住想，这样到底算不算不尊重朱利叶斯呢？他若是泉下有知，该会怎么想呢？她告诉自己，她这是做了最好的选择，她没有别的办法。只是为了纪念朱利叶斯的话，她再继续开夜莺书店就没有意义了。她是很爱书店，但她也该继续自己的生活了。不争取最好的价钱就是太傻了。

“请给我提供您律师的联系方式，”她说，“我会让我的律师起草合同的。”

他送她出门，她在车里坐了下来。她希望自己能有成就感，希望自己能因为放下了过去而自豪。可是，她却无比忧伤。

还无比孤独。她把钥匙插进点火器，发动了车，却不知道该去哪儿。

她没有工作，没有责任，没有跟任何人、任何物的牵绊，刚刚商讨完的交易就能给她一大笔钱。她开始倒车。

古巴，她想。她要预订一个古巴一月游，去寻找自己。她要沉浸在白朗姆酒里，彻夜狂舞，感受阳光照在脸上的感觉，用灵魂去感受音乐。哈瓦那疯狂、脏乱、吵闹：几乎是世上离匹斯布鲁克最远的地方了。那也是她最能逃离自己的地方。实际上，她可以直接抛下艾米莉亚·南丁格尔，回来时就改头换面，做另一个人。她想象着一个肤色健康，穿着红色褶皱裙的女孩，头发里插着一朵花。今后她就要做那个女孩。

杰克逊的电话响了，是曼迪普。他的心沉了下来。

曼迪普肯定是打电话催夜莺书店的事。他咬咬牙关。他得敞开门拒绝了。他不想再参与这场骗局了。如果这样得丢掉工作，那丢就丢吧。

他接了电话，格外小心："喂？"

"干得好，孩子。"

"什么？"

"你单靠那张嘴都能过上好日子了，真是门技术。"曼迪普笑得很难听。

"你在说什么？"杰克逊问道。

"南丁格尔小姐要把书店卖给我了。我这边正起草合同呢。很快我们就能签下来了，手套厂的项目就归你了。新年大概就能搞定了。干得好，杰克逊！"

他挂掉了电话。

"什么事啊？"奇拉问道。

“没什么，”杰克逊说，“就是曼迪普那点破事。”

他有点想吐。艾米莉亚没有他的施压，自己决定卖掉书店，他应该高兴啊。毕竟，他能从中得到一份油水丰厚的工作。手套厂项目的工头——这是该激动的事啊。可杰克逊一点也不激动。

他现在只希望艾米莉亚不要把书店卖掉。

第二十一章

爱丽丝坐在花棚里，披着她的鸭绒滑雪衣，脚踩 UGG 靴子，还戴着一副连指手套。两个帮忙摆放花的女孩跟她在一起。

她们在面前的折叠桌上摆了一条长绳子，正在用铁丝把绿叶扎在绳子上。全部扎好之后，她们会把它挂在脚手架上，然后再一朵一朵地往上面加花朵，每片叶子都从花枝上摘下来，这样更容易扎在绳子上。黄色、粉色、蓝色、紫色的花朵与绿叶混合在一起，包裹整根绳子，可以挂在教堂里面了。这是个费事的活儿，但圣诞花绳已经成了匹斯布鲁克庄园的传统。

爱丽丝看看盒子里准备好的干花。每一朵都是迪伦采的，他只选最好的，把采下来的花小心地存起来，等它们风干。她回家之后，还没怎么见他。偶尔，她会看到他在花圃里工作，但每次她一站起来喊他，他就消失了。

他在躲她，她想道。她不确定这是为什么。她做了什么伤害他的事吗？她需要弄清楚。她要去找他。想着想着，她就站了起来。

“你们继续好吗？”她跟两个女孩说，“我马上就回来。”

爱丽丝出院回家时，迪伦刻意回避了。那场面像是唐顿庄园似的——莎拉和拉尔夫开车接她时，所有的员工都排起队来，迎接她。他从远处看着，每个人都上前拥抱她。所有人都爱爱丽丝。大厅里有香槟，当然了，休也在，宠溺地看着她。爱丽丝看起来好幸福，即使她累的时候还需要用手杖走路。

他尽量回避她，至少要等到婚礼前。他若是有勇气，就该去另找一份工作，但他对莎拉的忠心胜过了他的尴尬。（还是险胜。）他心里还有点存留的倔强，想向休证明，他不怕他。

所以，爱丽丝在大门口堵住他时，他很惊讶。他正在修剪盆景，用作婚礼装饰，它们都得修剪整齐。

“嘿。”他微笑着打招呼。

“可算找到你了。”她说，“你干吗躲着我？”

“我就是忙啊，很多要做的事。”

“多到你都没时间喝杯咖啡？”

他不敢直视她的眼睛。

“算了。”她接着说，“我想去选棵树放在大厅里。我想让你带我去，帮我赶在别人开始选之前挑棵最好的。”

庄园外围有一小片花圃，他们在那儿种圣诞树，临近圣诞节的时候卖出去。人们通常十二月初来选树。然后在树上挂上一个标签，写着来领树的日期，迪伦会在那天把树挖出来，这样顾客来领时树就是新鲜的。卖圣诞树的钱足够庄园做圣诞装点，还能办一次员工午宴。

“你确定你能走过去？”迪伦有些担心，但爱丽丝挥了挥她的手杖。

“我没事的。”

他挽起她的手臂，他们一起向庄园外围松软的土地走去。

“你后来怎么没再去医院看我了？”她问道，“你答应我要去的。”

他犹豫了：“不合礼仪。”

她皱起了眉：“不合礼仪？我不懂。”

不，他心想，你不明白。而我就是因为你不懂这些事，才爱你。

“我觉得休不喜欢我去。”他平淡地说。

“太可笑了。”爱丽丝皱着眉说，她停下脚步，“迪伦，我需要你跟我坦诚。你不喜欢休，对吗？”

迪伦有些焦心。这是他的机会，告诉她他的真实想法。

“应该说是他不喜欢我……”他最终答道。

“可是为什么啊？怎么会有人不喜欢你呢？”

“因为……因为他觉得我知道他的真面目。”

“什么真面目？”

迪伦犹豫了。他必须小心，他的回答很可能对自己不利，但他觉得爱丽丝有资格了解他的怀疑。他不能就说一句“休是个自大的浑蛋”，但他可以警告她，告诉她他听说的事。这事也许就足够让她重新考虑了。

“也许只是谣言而已吧。但是有人说，他吸白粉。”

“休？”爱丽丝笑道，“不可能啊。我怎么可能不知道呢？”

迪伦耸耸肩：“我只是跟你讲我听说的话。”

爱丽丝思考了片刻。接着，她脸上又重现笑容：“可能只是酒吧里的流言吧。人们就爱说三道四的，不清楚的事他们就编。休不是本地人，他们不了解他，就喜欢编故事。他在城里工作，还有辆高级车什么的，只是……只是刻板印象罢了。”

她说不下去了。迪伦能看出，她急切地想寻求安慰。他没有足够的证据反驳她。

“可能是吧。”

“我特别希望你们两个能好好相处。你对我很重要，迪伦。我知道你是想保护我，但休其实还不错啦。他只是跟你太不同了。可他肯定会做个好丈夫的。他很爱匹斯布鲁克庄园，将来也会帮忙让它变得更好。你也是庄园的一部分。”

迪伦没有回答。他理解，都是为了金钱和权力。休有钱，有影响力，有关系。他当然能帮匹斯布鲁克变得更好了。他已经等不及做这座庄园的主人了。事情不就是这样吗？他没办法强迫爱丽丝看清真相，因为这对她来说就是真相。他无权改变这一切。

“我只想让你知道别人都在说些什么。你说得对，是因为我想保护你。”

爱丽丝拥抱了他。“谢谢你。”她说。

然后她撩起头发，给他看她的疤痕。

“看，”她说，“好多了，几乎都看不到了。”

我从没看到过，迪伦心想。

“我弄了特别的化妆品。婚礼上……应该一点都看不出来的。”

她看着他。他不知道该说什么。

她停了下来，靠在大门上。这大门是他当初为了防止游客去小屋专门弄的。这会儿又下起了雨：那种令人厌烦的暴雨，让人们记起，不能太习惯偶然一现的温暖阳光，它们瞬间即逝。

她看起来很苍白，脸色发白而灰绿。

“我的天啊。”她说，“我这条讨厌的腿。我还以为我能做到呢，可是我不行，没劲儿了。”

他看看她。他可以把她背回房子里，背或者抱都可以，但从这里回房子那边有半英里，路可能会湿滑。

“这样吧，”他说，“我去弄辆四轮摩托。”

“那太好了。你真是个天才。太不好意思了，这么麻烦你。”她抖了一下，“我就在这儿等。”

“不，”他说，“我把你抱进小屋。在这儿等非得冻死你不可，会淋透的，来。”

他伸出双臂抱她，一条手臂搂住她的肩，另一条则放在她的膝下。他没费劲就抱起了她。

“我肯定重死了。你给我吃了那么多巧克力。”

“别傻了。”

他打开大门，沿着小径走到小屋去，边走边推开乱长的植物。到了小屋，爱丽丝惊叹一声。

“天哪！看看这里！”

迪伦露出微笑。这本是他的秘密工程，他没有跟任何人讲过。完成这项工程要花些日子，因为他只能有空的时候今天做半小时，明天做半小时。不过，渐渐地，他快要把这间小屋从前的样貌还原出来了。他把疯长的常青藤和荆棘修剪整齐，下面的金色石板露了出来。他修整了砖墙，打磨了窗子和门，又用庄园里所有木质表面通用的蓝绿漆重新粉刷。他还把屋子里的地板都打磨了。

“这是个惊喜，”他说，“给你母亲准备的。”

“哦，迪伦。”爱丽丝说，“你真是太有心了。”

他让她躺在旧沙发上。他得把这沙发移走，它太旧了，潮湿发霉。他把自己的围巾摘下来，围在她脖子上，帮她保暖。她反驳，但他坚持给她。

“别着凉了。在这儿等着，我马上就回来。”

爱丽丝躺倒在沙发上。她愧疚极了。她那么努力，想要战胜腿的疼痛，可她的骨头好疼，她的止疼药快失效了，她还很冷。亲爱的迪伦，她想到，他真好。她简直不敢相信他把小屋整理得这样好。她妈妈肯定会被感动到的。

她试着在沙发上找个舒服的姿势。她想起迪伦告诉她的话，感到一股恐慌升上心头。她知道休的一些朋友有点野，也许他们确实曾染指毒品——她并不是那么天真。但休从没暗示过，自己也有参与，她也从没找到过证据，也不是说她在刻意寻找。她知道自己有点单纯。

可是休若是这种人，为什么还要娶她？他应该找个更时髦、鲜亮的人才对吧？毕竟他有不少那样的朋友，可他还是选择了她。他爱她，她很确定。

她闭上双眼，任思绪纷飞。可爱踏实的迪伦：他总是那么想保护她。她想起在医院里的那一刻，她以为迪伦要吻她。她无法假装自己不想要那个吻，但若是承认，事情就太复杂了。她对迪伦一直是有好感的，但直到那个下午，她都没有表露出来。现在，她才意识到他是一点兴趣都没有。止痛药让她不停胡思乱想。幸好休赶在那个节骨眼儿上出现了。想起另一种可能性，她觉得自己脸红了。她怎么了？对老实善良的迪伦想入非非。这事明显让他很尴尬，所以他才一直躲着她。她真是个笨蛋。

她自嘲地笑了，把双手放在身后，打算挪一下位子。她摸到一本书的书角，书是掉到了沙发垫子后面。

她把书抽了出来，《安娜·卡列尼娜》，一本厚重的企鹅经典书。她翻开书，书页潮湿泛黄。

书的衬页上有题字，用钢笔写的。

你比安娜更勇敢美丽，我希望我比渥伦斯基要好。

就这样。没有落款，也没有写是送给谁的。没有日期。爱丽丝翻过书页，开始读。

幸福的家庭都是相似的。不幸的家庭却各有各的不幸。

好吧，爱丽丝心想，至少我的家庭很幸福。没有家人，她不敢想象自己的生活会是怎样。她开始读这本书。

莎拉从后面走来时，迪伦正在院子里倒车，她身上厚厚的防雨大衣飘在身后。他最怕的事发生了，但他不能不理她。她看起来很担心。

“你看到爱丽丝了吗？她本来在帮忙弄花环，结果不知道跑哪儿去了，现在都没回来。她跑了老半天，这又下雨了。”

“我在路上碰到她了，”迪伦故意说得模棱两可，“我正要开着四轮车去接她呢。”

“她还好吗？”

“只是淋湿了一些。我觉得她还有些累。”

“你留她在雨里等吗？”

迪伦片刻之后才回答：“她在小屋里。那儿不怕淋。”

莎拉看了看四轮摩托：“我跟你去。”

他无法反驳。他本是想等小屋完全修缮完毕，再告诉她这个惊喜。现在，她不能一下子看到最完美的惊喜了——还有些工作没做完。可他也不能永远守着秘密啊。

“那就上来吧。”

他以最快的速度开过草坪，抄近路从树林里开到了小屋。过去几周里，都只有他一个人来这儿。他停车，熄了火。

莎拉下车后惊异地看着小屋。“这都是你做的？”她问道，迪伦差点以为她要生气了。也许他这么做是冒犯吧。

“我不想这屋子就这么垮掉。它算是危房了，所以我决定修一修。”

她仍然直勾勾地盯着屋子，眼里有泪水在打转。小屋看起来又像是有人照料、有人爱的样子了。之前它几乎被遗弃，就像人过中年、放弃打扮的女性。现在它又一次自豪地闪耀着，漆工无可挑剔，温暖而有魅力。

“太棒了。”她轻柔地说，“谢谢。”

“咱们进去看爱丽丝吧。”他的声音有些因尴尬而沙哑。

莎拉深吸一口气，推开了门。自从朱利叶斯去世，她还没走进来过。迪伦又一次施展了魔力。四面墙都重新粉刷，地板打磨过，屋里的木工也都修理了。

沙发上的爱丽丝正沉浸在《安娜·卡列尼娜》的世界里。

“亲爱的！”莎拉匆忙走过去，开始嘘寒问暖，“你的手冰凉啊。傻孩子——你想什么呢？快来，赶紧回房子里去。”

爱丽丝举起书：“看我从沙发缝儿里找到什么了！”

莎拉僵直地站了片刻，好似被变成了石像，然后她从爱丽丝手里接过书：“哦，对了。这是我从二手店买的。我看到了一半，还一直纳闷它跑哪儿去了呢。”

“好嘞，”迪伦说着又抱起了爱丽丝，“不过车上恐怕坐不下三个人。”

“没关系的，”莎拉说，“我走回去就行。把她送回厨房，给她泡杯热可可。我随后就到。”

迪伦抱着爱丽丝，大步走出门去，仿佛她不过一袋面粉的重量。

莎拉站在小屋中央。屋里淡淡的霉味很熟悉，带她回到了过去。她看看那落满灰尘的旧沙发，回忆起他们两人坐在那儿的时候，互相拥抱着，窗外雨落纷纷，偶尔还会下雪。那是多么惬意啊，他们的小小避风港。

她要是转身，也许就能看到他从杂乱的草木中走来，看到她便露出明亮的微笑。

她把书捂在胸口。她再也见不到他了。时间到底会不会抚平伤口呢？她心里那个朱利叶斯曾经占据、现在却成了空空的洞的地方。

她打量着小屋，被迪伦的善心和贴心感动，心里暖暖的。他肯定为此花了很久。她想，她该在这儿装个壁炉，弄些像样的家具。生活压力大的时候，她就可以来这儿读读书。这儿可以再次成为她的小港湾。

这让她想起了另一件事。休不管怎样说迪伦，不管怎样指责他，肯定都不是真的。他在乎爱丽丝，她看得出来。他很忠诚可靠，值得信赖。她怎么会怀疑他呢？哪怕是一秒钟？

那天傍晚，爱丽丝终于鼓起勇气去跟休对质。她必须说些什么。迪伦告诉她的话，让她憋得好难受。晚餐前，他们坐在小画室里。休给壁炉生了火，正在给自己调金汤力。爱丽丝只喝了杜松子酒，她现在没法喝琴酒这样的烈酒。

“有件事得问问你。”

“说吧，什么事？”休说着往酒杯里投了几块冰块。

“你有没有……吸过可卡？”爱丽丝问道，说这个词都让她尴尬得很。她觉得自己说得很傻，“我是说，可卡因。”

休一脸惊愕地看着她：“怎么突然这么问？”

“我……我听别人说了些事，谣言，挺让我焦心的。”

“谣言？哪儿听来的？谁跟你说的？”

“哦，只是——只是酒吧里的话。有人说你吸可卡因。”

休沉默了片刻，他低头看着自己的金汤力。再次抬起头来时，他的表情很严肃。

“你想听真相吗？”

“当然了。”爱丽丝答道，她的心里一阵恐惧的翻滚。

休叹着气说：“我吸过。那几年我跟一群影响不好的人混，有些乱搞。人们不都那么干吗？”

“哦。”

“但我们年轻的时候，不都会做傻事吗？我已经放下了。现在让我拿根长杆碰它我都不会碰。”他微笑着说，“我很高兴咱们谈了这事。我不希望咱们之间有任何秘密。不过这种事还是没法无缘无故地提起来吧，所以你问了我还是好事。”

爱丽丝点点头：“谢谢你这么坦诚。我都要担心死了！”

休笑了：“你还以为我要把匹斯布鲁克庄园都吸垮？”

“没有啦。我只是想知道真相。”

“好吧，那你知道我的不光荣史了。可我现在改过自新了。这下你能告诉传谣言的人一边去了。”他咧嘴笑了，“那你呢？有没有什么要坦白的？有没有什么可怕的秘密，要在事态失控之前告诉我的？”

爱丽丝脸红了。她告诉自己，是火烤得太暖了。

“说实话，我好像是没有。”

“你确定？”休打趣道，“我觉得你看起来有点愧疚呢。真的没在小马俱乐部的夏令营比赛里作过弊吗？”

“当然没有，”爱丽丝坚定地答道，“每一座奖杯都是公平公正拿到的。”

“那好吧。”休说。

爱丽丝喝了一口杜松子酒。

她不会告诉他，她想吻迪伦。她想那样的话，事情会变得非常棘手吧。

第二十二章

周一早晨，艾米莉亚给员工们打电话，告诉他们漏水的事，也告诉他们不用去店里。她精心编了一个借口，说要跟保险公司的人开一个麻烦的会议，不然他们肯定会想来帮忙清理的，而她还不想面对他们。她知道，她把店卖掉是背叛了他们，她也知道，她不需要为了他们继续经营，但这个决定依然让她不安。

她站在书店中央，检查漏水造成的损失。整个店成了一团糟。要把完好的书挑出来、整理，就是一项费力的工作了，她还不知道该拿它们怎么办。大甩卖？捐给图书馆？让镇里的人来随便拿？

她还傻傻地尝试让朱利叶斯的梦想活下去。可那不是她的梦想，也不是她的世界。夜莺书店只是在名义上属于她，继续经营书店对她来说是麻烦大于收益。她继续经营的决定也完全是出于责任感，以及个人感情。现在她得放手了。

她得鼓起勇气，把这个消息告诉莎拉·巴塞尔顿。她知道莎拉一定会难过的，不光是因为她想办的文学沙龙没法办了。她这么做是自私吗？不，她告诉自己，她不能单为了莎拉的感情继续经营书店。要是莎拉将来还想办文学沙龙，那就只能找别人帮忙了。匹斯布鲁克应该有不少人愿意做这件事。

她觉得自己泄了气，像是有人把她的气球戳破了，完全扁了下来，好像精气神都蒸发了。她不知道这样的感受是不是她活该，她想，大概也有悲痛的原因，还有压力，再加上她还不知道下一步要怎么做。她想开启人生的新篇章，想到这个比方，她微笑了。要是人生能重写就好了。她要是有这样的机会，又会选择回到哪个人生节点呢？

有人走进了门廊，她希望不是哪个员工，她还没有心力跟他们讲她的决定。

可那人是杰克逊。

“我的老天。”他打量着书店的惨相。

“我忘记关水龙头了，”艾米莉亚做了个鬼脸，“然后楼就被淹了。”

“我可以帮你弄点吸湿的材料，那样能快点干。”他抬头看看，“你要是需要的话，我还能帮你把天花板补补，暂时顶一下。”

“谢谢了，不过没什么意义了。我只打算把能救的书救一救，剩下的事留给买主去发愁吧。”她看着他，说，“我要把书店卖掉了。”杰克逊没告诉她，他已经知道了。

“你不能卖，你知道吧？”

“我没有选择啊。”

“可书店这么好。这么好的一个地方，你可以改变人们的生命，让大家过得更美好。”

“行了，别太理想化。”

“说真的。你就改变了我的生活，就因为你给我的那些书。你让我看到我从前没有看到的真相，让我看到我该成为的自己。我跟米娅的关系已经没法补救了，但……至少我知道问题出在哪里了。我不会再犯同样的错误。决定权在你。”

“啊，那不错，很不错。”艾米莉亚试着微笑。

“但你要是关了书店，你就永远没有那样的机会了。”

“当然有了。总有别的办法影响人们生活的。”

“我觉得你会后悔的。”杰克逊的眼睛像是映着火光一般炽烈，“我第一次进书店的时候，你看起来很享受经营书店。你迫不及待地想给我找可以读的书。我再次进来，说我喜欢这本书的时候，你高兴极了。你能想到别的工作能让你这样快乐吗？”

“我还没想好。”艾米莉亚耸耸肩。

“别卖掉书店，”杰克逊说，“它已经住在你身上了。”

“哦，天哪。”艾米莉亚说，“杰克逊，感谢你这么说，但书店欠款太多了。我付不起重新装修的费用。还有——还有千千万万的理由告诉我，继续开下去是个坏主意。总之，我都已经跟人说定了。我不能反悔。”

“你可以反悔，”杰克逊说，“我得坦白些事。”

“怎么了？”

“我第一次来的时候不是来买书，而是来做卧底的。”

艾米莉亚皱起了眉头。他要说什么？

“你不会是税务局的吧？”

“不是。”他深吸一口气，“我是伊安·曼迪普手下的人，是他派我来劝你卖掉书店。”

艾米莉亚试着消化他刚刚透露的信息。

“浑蛋！”

“谁？我还是他？”

“我不知道，你俩都是吧。”她一脸怒色，“所以你当初根本就没想给菲恩念故事？什么想做好爸爸之类的，全都是装出来的鬼话——”

“不是！我想一开始算是——”

“出去。”艾米莉亚指着门勒令道。

杰克逊没有动摇。

“听着，我也很不好受。我一跟你接触，就觉得没法继续执行计划了。我根本没想到你居然会妥协。”

艾米莉亚耸耸肩：“反正已经迟了。我付不起这笔开销了。你看看，这都成什么样了？完全毁了。要把这些弄好，得花一大笔钱呢。”

两人都打量着店里的狼藉景象。

“我有个提议。”

艾米莉亚翻了个白眼。他根本就不会看眼色。

“谢谢你的兴趣，杰克逊，不过能不能麻烦你别惹我了？我没心情听。”

“给我一分钟就行，好吗？”

他们互相盯着对方。艾米莉亚叹息着说：“就一分钟。”

“我看过手套厂的改造蓝图了，”杰克逊说，“我观察了停车场，有大概的数据。我算了算，要是把楼后面平顶的厢房，办公室那块拆掉，然后把停车场分出三分之一卖给曼迪普，他就有多建四套房的停车位了，这样他就能多挣两万英镑。”

“两万英镑？”艾米莉亚惊讶地扬起眉。

杰克逊点头：“所以他应该能给你付一半。”

艾米莉亚想了想他的话：“一万英镑？就买一部分停车位？”

“我知道这样你就没有办公室那处厢房了，但我觉得那不是什么问题，完全可以把办公室设在地下室里。这可能需要做些活儿，但只要地下室结实、干燥，就没问题……”

“你考虑得倒挺周全，是吧？”

“是啊，因为我不想让书店消失，也不想让你白白错过宰曼迪普一把的机会。他是个贪婪的家伙。”

“你确定他会同意吗？我说不卖了，他肯定会生气得很吧？他一定不想让我赚他的钱。”

杰克逊笑了：“他要是没有那些停车位，就会赔钱的。他肯定会妥协。我了解他，比起自尊，他更在乎盈利。”

“他肯定会对你不满意，对吧？”

“无所谓了，我也不打算跟他干了。我正要辞职呢，出来单干。”他咧嘴笑了，“实际上，你就可以做我的第一个客户，你要是愿意的话。”

“啊，所以说你还是有利可图的？”

“我开玩笑啦，算是吧……”

艾米莉亚抱起双臂。她打量着书店。这真是一场灾难。味道也不太好闻，她得把大片大片的地毯揭起来了。她完全无法想象怎样才能让这地方恢复正常。

“反正你得把店里清空，才能做修缮。那倒不如同时也装修一遍，重新整理一下线路，加些智能照明、音响功能……”

艾米莉亚平淡地看看他：“我为什么要相信你？你已经承认了，你打算欺骗我呢。”

杰克逊举起双手：“好吧，好吧。”

他们沉默了片刻。

“大概要花多久？”艾米莉亚问。

“你不想先听听价钱吗？这得取决于你想要什么样的装潢、什么样的效果。”

艾米莉亚走到收银台后，拿出碧做的计划册，递给了杰克逊。

“我想要这个效果。”

杰克逊开始翻阅：“这挺酷的。你完全可以做到，没问题。我猜大概三周就够了。”

“给我开个价吧，就这么定。”

“真的？”

艾米莉亚掏出电话。

“你想听我怎么给曼迪普讲吗？”

听了这个消息，曼迪普火冒三丈，不过正如杰克逊所预料，他还是可以获利的。艾米莉亚知道伊安有多爱耍花招，于是跟他来硬的，收了他一大笔订金，这样她就有资金重新装修了。

安德利亚被她的举动惊讶到了，很是赞赏。即使曼迪普也是她的客户，她还是高兴得欢呼雀跃。

“不要因为给他施压而过意不去。”她跟艾米莉亚说，“手套厂的项目就够他赚了。这样是双赢。”

曼迪普听说杰克逊要辞职时，出人意料地冷静。不过他并不知道是杰克逊给艾米莉亚透露了内部消息。

“我早就知道你总有一天会走，”他说，“你只是需要时间鼓起勇气罢了。”

“我要给书店做修缮。”杰克逊告诉他，暗暗希望他能自己把线索穿起来。曼迪普点点头，伸出手来。“你是个好伙计。”他说，“你肯定行的。你走了我觉得可惜。”他清了清嗓子，“我不介意以后给你一些转包项目。”

那晚，杰克逊跟小狼遛弯回家的时候，满心欢喜。现在的结果比他期望的更美好。他有了第一个自己的项目，还有拿到更多项目的前景。而他是没有妥协，按照自己的方式获得这一切的。

“你明天晚上可以帮忙看菲恩吗？”他问母亲，“我想带米娅出去吃顿饭。”

“当然了，亲爱的。”奇拉答道，她感到了儿子的变化。她有时会担心，他会迷失在人生道路上，完全失去了救赎的机会，但他找到了方向。

第二天，杰克逊告诉米娅，他要跟她谈些事情。

“我需要晚饭时候跟你讲。我在匹斯布鲁克之臂订好了位子。”

她不大情愿，但最终还是答应了。

“说说这怎么回事吧。”她询问道，声音冷冷的，有些戒备。

“我要自己干，不跟曼迪普了，终于啊。肯定会有些困难，但我觉得从长远考虑，这是好事。”

“哦，是吗？”

“对我来说，是件大事。”看她没什么反应，杰克逊蛮失望的。

她叹了口气。杰克逊皱起眉头，他觉得她眼里似乎有泪。

“不需要哭啊。不用担心，我还是会给你付钱的。”

他没想到她会是这样的反应。他本想求她重新开始。但很显然，她更担心钱和经济来源。她并不感兴趣……

她哭了。

“怎么？怎么了，米娅？”

“没事，我只是以为——以为你要告诉我你有别人了。”

“没有！”杰克逊皱着眉说，“绝对没有！”

“那就好，”米娅点点头，“我可能会受不了的。”

“受不了我有别人？你还会在乎这个？”

米娅低头看着桌布。

“我——我想你了。”

“想我？”

她点点头，一大颗泪珠顺着她的脸颊滚下来。

“我很抱歉，不该逼你搬走。我做得不对。”

“什么？”她空腹喝了一杯葡萄酒——她不是在说胡话吧？

“我对你要求太高了，杰克逊。但是我很害怕，做母亲这件事——真的吓坏我了。我变得暴躁、烦人、神经质。”

“你没那么糟糕！”

他为什么要隐瞒呢？那时的她确实让他感觉自己是全世界最差劲的丈夫、最差劲的父亲。

他说善意的谎言，是因为，重新追回米娅比犯犟更重要。他说善意的谎言，是因为人生苦短，而他当时确实很不负责任，偶尔让她失望。但他吸取了教训，他深爱着儿子，最重要的是，他想让菲恩拥有一个家，而他已经有这个家了。

“我以为你恨我。”米娅说。

“什么？”杰克逊被吓到了，“没有！”

“我以为你等不及要离开我了，”他直视着她，“我还以为你恨我呢。”

米娅摇摇头：“我那时好恨自己。”

“我也是。”他想起那时啤酒一罐接一罐，对自己深恶痛绝的感觉。

他们两人四目相对。

“回来吧。”米娅说。

糟了，杰克逊心想，他也要开始哭了。

他们走回家的路上，手牵着手。

米娅打开门，把他领进去，他的家——他们的家。

“来吧。”杰克逊说，而米娅走进了他的怀抱。

杰克逊搂着她，越过她的肩看到几张大大的黑白照片，这是菲恩还小的时候他们照的。还有衣架，上面挂着去年圣诞节他买给她的白色外套。他听到菲恩从楼上蹦跳着走了下来，他蹦到楼梯底时，看到爸爸和妈妈在拥抱，便停了下来。

“妈妈？”他向前走了一步，充满保护欲，杰克逊十分自豪。他伸出一只手臂。

“来，你也过来啊。”他说。他们三人就这样一起拥抱了一会儿。

奇拉站在走廊里，突然觉得很为儿子自豪。他曾经是个问题男孩，但现在，他找到了自己的人生。

“你送我回家吧，”她微笑着说，“顺便取走你的牙刷。”

第二十三章

一周后，托马西娜准备好了晚餐的食材：一对刚生了宝宝不久的年轻情侣想来庆祝生日。

她在匹斯布鲁克待到八点半，从肉铺取了她订的肉，在菜市场选了些上好的蔬菜，然后在奶酪店逛了逛，买了三种法式奶酪：软的、硬的、蓝纹的。招待她的不是詹姆，她有点失望，不过他看到她时，高兴地冲她挥手，还从柜台另一边竖了竖大拇指。他忙着帮别的客人，没空说话。托马西娜走时他还没脱身。

她回到家时，劳伦已经准备好，在等她了：她打理了厨房，整个厨房都在发光，所有厨具都摆放好了，就等开灶。她们做好了分工。劳伦用她这周早些时候做好的鸡肉高汤煮了芹菜汤，不断地过滤，直到汤变得爽滑如丝，然后她把汤放在一边，煎了一些培根，可以做配菜。

主菜是一块鹿肉，浇上嫩煎蘑菇丁酱汁，用发酵的面团裹起来。配菜是小铜锅装的土豆奶汁烤菜，切成纸片厚度的薄片，再配上花椰菜浓汤。

甜点是精致的香梨慕斯，轻薄而蓬松，中间是温暖的巧克力酱。

四点半时，一切可以提前做的准备工作都已经做完了，厨房打扫干净，托马西娜正在餐厅做最后的调整。

四点四十五分，电话响了，是订了晚餐的那位丈夫。他们的宝宝感冒了，没法把宝宝交给保姆。当然，他们还是会付钱的，但他们来不了了。

托马西娜放下电话。她看着准备好的两人餐桌，然后走进了厨房，她那包裹完美的鹿肉正在变凉。她知道这是检验她的时刻。她知道，若是不做她想做的事，她可能会孤单一辈子，她可能一辈子都要为别人的周年庆、生日庆祝烹饪。她要永远看着别人含情脉脉地四目相对。她将永远不会了解，跟一个人对坐在自己的餐桌旁，是怎样的感觉。

她应该有机会与一个人眼神相遇。她懂得这道理。

“你打算怎么办？”劳伦说，“太浪费了。”

“等一下。”托马西娜说。

她走进厨房，拿起刚刚烹饪用的酒，给自己倒了一杯。她一口气就喝下去了，然后她拨了奶酪店的电话。他们可能已经关门了。她不知道他们营业到几点，现在是五点十分，很可能五点就关门了。电话响了一轮又一轮。她正要挂掉，那边有人接了。

“匹斯布鲁克奶酪店。”

“麻烦帮我叫下詹姆可以吗？”

“我觉得他可能已经走了，亲爱的。我们五点关门。”

“哦。”她不能要他的手机号，她做不到，“那就算了。”

她发现，失望的感觉冰冷噎人，堵在胸口，就像没消化的木薯淀粉。

“别——等一下，他从库房出来了。詹姆——电话，有人找你。”

她听到听筒被放下，有人对话，然后是脚步声。她可以现在挂掉，詹姆永远不会知道是她的。她可以免于被羞辱。她想，失望有多冰冷，羞辱就该有多炙热灼人吧。

“喂？”詹姆欢快的声音从电话那边传来，她能感受到他的温暖。这给了她勇气。她想再次感受到那种温暖，面对面。她需要那种温暖。

“是托马西娜，”她说，“在书店遇到的那个，开‘二人世界’的那个。”

“哦！”詹姆听起来很高兴，“你好。”

托马西娜鼓起最后一点勇气：“是这么回事，我这边有客人取消预订了，十分钟前。订的是今晚的晚餐。本来都已经准备好，就等进炉子了。这些东西都不能放冰箱。所以我想……”

“你想退掉奶酪？”

“不！当然不是了，不……”

“啊，你想让我过去，帮你吃掉它？”詹姆问道。

“对。”

“哦，”他停顿了片刻，“我只是开玩笑。”

“芹菜汤、鹿肉，加香梨慕斯。”

“不需要诱惑我啦，”他说，“几点？”

托马西娜被惊到了。他要来吃晚餐了。他似乎还很高兴来。她做了什么？

“七点半？”她挤出这句话，“八点开饭。”

“那就这么定了！我会带点酒。一会儿见。”

他挂掉了电话，托马西娜盯着墙，电话还握在手里。

劳伦站在门廊里，冲她傻笑。

“你要穿什么？”

“我不想专门打扮。”

劳伦指着她说：“哦，你当然要了。在这儿等着。”

二十分钟后，她跑着回来了，拿着一个装得满满的化妆包，一个放大化妆镜、一把电热梳，还有一袋饰品。

“来吧，”她说，“上楼。”

托马西娜乖乖跟着她进了卧室。

“好吧，”说着她就让托马西娜在镜子前坐下，递给她一条毛巾材质的发带，“把这个戴上。”

托马西娜反驳道：“我不想化太浓的妆！”

劳伦无视了她，往自己的左手上挤了一点粉底液，然后开始往托马西娜脸上抹，直到她觉得底妆完美为止。

“看，”她说，“一点瑕疵都看不到。你本来也就没什么要遮的——你的皮肤很好。”

托马西娜觉得自己像是戴了个面具，但她什么也没说。她沉默地坐着，看劳伦拿出一个又一个彩妆盘，各种不同的颜色，还有不同型号的刷子。劳伦给她画上了粗粗的黑眼线，眼窝涂上了加闪粉的炭灰色。还给她描了眉，画出优雅的弧度，然后贴上一根根独立的假睫毛。又用浅珊瑚色给脸蛋打高光。唇部用浅粉色勾画，再上裸色唇膏，唇心和下唇中间部分加一点亮。

然后她拿出电热梳，把托马西娜的头发梳得又直又亮，然后再向后梳，扎了一个半马尾。她还拿出一对银制大耳环给她戴上。

“你要穿什么？”

托马西娜耸耸肩：“就平时穿的黑色长裤和T恤啊。”

劳伦摇摇头：“不行。”

劳伦站在托马西娜的衣柜前，翻看所有东西，时不时地发出“啧啧”或是叹息声。她看到还可以接受的衣物，就搭在自己手臂上。

“好吧，”她说，“我觉得咱们还是可以发挥一下的。”

她把一条有弹性的黑色短裙卷到了膝盖上方一点，然后搭配了一件红色开衫，最上面的两颗扣子没系，又从一条旧连衣裙上取下黑色装饰腰带，给托马西娜系在腰上。接着，她剪掉了一条黑色连裤袜的袜子部分，让她穿上之后配了一双平底芭蕾鞋。

然后她让托马西娜站在镜子前。

托马西娜用手捂住了嘴。

“你看起来很棒。”劳伦说。

“可这不是我。”托马西娜说着，正要系上开衫上的扣子，却被劳伦打了手。

“别动那个。”她命令道，“这样就很漂亮，好像法式——”

“果馅饼？”托马西娜提议道，又换各种角度看自己。

“不是！是电影明星。”

“我肯定会特别难受的。我不能穿这个做饭。”

“你不用做饭。”

“什么？”

“今天我来做饭。我看你做看得够多了。”

“我打算让你回家的。”

“不不，你今天是客人，所有活儿都由我干。我要是遇到问题了，你就指导我，但我不会让你动一根手指头的。我总看见你在忙来忙去帮别人，保证一切井然有序，他们都玩得很开心。今天轮到你被服务了。”

“但是我不知道打扮成这样，该怎么做……”托马西娜无助地指指镜子里的自己。那个大眼睛的陌生人盯着她看。

“做自己就好。”

“可我很无聊啊。”

“不，你不无聊。”劳伦摇着头说，“你很棒。你给人启发。你确实不像我一样这么能说，这么爱炫耀，但至少你说的话是有趣的。”

“有趣？”

“真的——你是学校里唯一帮我保持正常的人，没有你我都要疯掉了。我喜欢你的课，每次上完我都觉得自己这一生要做点什么。要不是你，我可能早就辍学了。你烹饪的时候喜欢讲故事。你能让人们愿意听。这样我就学得更多。”

“哦。”

“也不是我一个人这么想，你是好多人最喜欢的老师。”

“随你说吧。”托马西娜不知该如何回应她不习惯的这些赞扬。

“对啊，我就是这样的人，就是爱这么说。”劳伦翻翻白眼，“闭嘴吧。快去赶在他来之前，喝一杯普洛赛克，就一杯啊。”

她把托马西娜拉出了卧室。

楼下摆好了一张小桌子，餐具擦得闪亮，玻璃杯也锃亮。

小碗里放着奶油色玫瑰和深橘色的非洲菊。

今晚，托马西娜点燃蜡烛，调暗灯光时想，这些是为她准备的。

今晚，这些是为她准备的。她找到一张肖邦的前奏曲，开始放。

她和詹姆。

“二人世界”的晚餐。

半小时后，托马西娜为詹姆打开了门，他的脸上露出灿烂的笑容。

“你看起来真棒。”他欣赏地说，“晚餐闻起来也很棒。我带来了两瓶酒——一瓶红葡，一瓶白葡，还有……”他害羞地递上一束红玫瑰，“绝对不是减价买的，我保证。”

托马西娜接过花。

劳伦接过两瓶酒：“我去把白的放冰箱，打开红的凉一会儿，好吗？”

托马西娜看到劳伦这热情劲儿，差点忍不住笑出来。

“我很高兴你来了，”她对詹姆说，“不然就太浪费了。”

劳伦端着托盘走过来，托盘上放着两杯普洛赛克，杯子里冒着金色的气泡。

“今晚有人给咱们服务。”托马西娜跟詹姆说，“这对劳伦来说也是不错的经验。这样我就能帮她写推荐信了。”

“太棒了。”他说着举起酒杯。托马西娜也举起自己的酒杯。她很自信，很激动，很幸福。

“敬临时取消的晚餐预订。”她说。

第二十四章

这么短的时间里完成，重新装修的结果却好得惊艳，所有人都上阵了，大家还十分乐意帮忙。漏水事件发生两天后，夜莺书店就被搬空了，所有没受影响的存货都装箱，放进了朱恩的车库。艾米莉亚和碧开车去郊外取装潢材料——书架、灯、漆。杰克逊雇了三个伙计帮他做粉刷和木匠活儿，还雇了他能找到的最好的电工。每个人都加班到很晚。

爱丽丝·巴塞尔顿婚礼的那天早晨，书店的门被人推开了。艾米莉亚惊讶地抬起头。她正在帮忙打磨一些旧书架。

是马洛。

自从她离开了四重奏小组，他们还没说过话。她以为他会联系她，也许会给她打电话，但他没有。

“我需要你。”马洛说。他的头发乱糟糟的，好像刚从床上爬起来。可他这个时候应该穿好西装、靴子，头发整齐地梳好了啊——婚礼十二点就开始了。

艾米莉亚叹了口气：“干什么？”

“戴尔芬跑回巴黎了，我需要你加入演奏。”

“什么？为什么？”

马洛的眼神躲躲闪闪。

“怎么回事，马洛？你做了什么？”

“听着，我没时间吵架。再过一个多小时，婚礼就要开始了，不论如何，四重奏小组都得演奏《席巴女王之进场》。可我们现在只有三个人……”

“听起来不会有问题的。”

“艾米莉亚，这是爱丽丝·巴塞尔顿的婚礼。你知道那女孩有多善良。我们不能让她失望。”

“她又听不出少了把大提琴。”

“可是莎拉·巴塞尔顿听得出。”

艾米莉亚扭过头去。她一心想拒绝，但她想象着爱丽丝走过教堂的走廊，她身上发生了那么多事，艾米莉亚希望她能有个完美的婚礼。自从她从排练场走出去，她还没见过马洛。

“那我拉得很糟糕也无所谓？”

“你拉得不糟糕，只要你努力。”他看了一眼手表，很紧张的样子，“来吧，艾米莉亚，还有五十分钟。爱丽丝不该被……”

她放下了手里的工具，跑到自己房间，猛地拉开衣柜门，拿上一条黑色长裙和她的大提琴，就跑下了楼，直接跑到街上，跳进马洛车的后座。他开着车，她就在后座挣扎着换掉脏衣服。

她从后视镜里看到马洛在大笑。

“别嘲笑我！”她穿上了紧身上衣的裙子，祈祷它不会被撑破。然后她看了看自己的脚。

“我忘记拿鞋了！”她喊道。

“没时间回去了。”

“可我不能穿运动鞋啊。”

“那就光脚。达斯蒂·斯普林菲尔德不就那样？”

“谁？”

马洛翻翻白眼：“你可以说自己是‘光脚大提琴家’，是个不错的外号。”

“外面那么冷！”

他们到了匹斯布鲁克庄园的大门，门上装饰着冬青、常春藤、红玫瑰、白绸带，还有小小的彩灯。

“噢，”艾米莉亚赞叹道，“好美啊。看啊，马洛。”

“对对对。”他匆匆瞥了一眼，就接着开走了。婚礼的宾客被带到一片用绳子围起来的草坪上，但他还是接着开，开到了教堂旁边的正式停车场。

马洛对着镜子系上了领结。艾米莉亚从两个座位之间探出脑袋看。

“戴尔芬为什么这样跑掉了？这事也做得太浑蛋了吧，婚礼就是今天呢。这么自私。”

“对啊，戴尔芬就是这样。”看来马洛是不打算露口风，“不过我倒是不觉得遗憾。我们俩之间的问题也有段时间了。”

“一个人会这样让你失望，你的生活中就不需要她。”

他们目光相遇。马洛先扭了头。

“对啊……”

艾米莉亚咬着唇。很显然，他比表面上要难过。

“菲丽希缇和佩特拉已经准备好了。”马洛对她说。

“我告诉她们你要来了。”

“你怎么知道我会答应？”

马洛咧嘴笑着，耸了耸肩。

艾米莉亚拿起她的大提琴，提起裙脚。

十分钟后，她在教堂里自己的位置上坐下了，面对着观众席。她把裙子铺开，希望没人注意到她光着脚。谢天谢地，她一周前刚刚涂过脚指甲，脚趾才没显得过分难看。

马洛、艾米莉亚、佩特拉和菲丽希缇都调好了音。

他们开始为观众演奏，艾米莉亚感到一股冷静。她的注意力很集中，面前的乐谱也活了起来，她的手指十分灵活。她微笑着，越来越自信，马洛向她投来赞许的微笑时，她还感到小小的激动。这就好像跟随着音乐的起伏在空中飞翔。

接着，在马洛给出十分低调的信号之后，他们开始了《席巴女王之进场》的演奏。

爱丽丝面前的走廊似乎长到没有尽头。

她日出时就醒了，一直到现在，心里麻麻的。但这不是那种生日前一天紧张而欣喜的感觉，或是圣诞前夜的期待，更像是带着不安的紧张。她的胃因为焦虑而翻滚，让她觉得世界末日要到了。

莎拉给她系裙子上的扣子时，她感觉喘不上气，而且不是因为裙子太紧。

婚纱上身是紧身的丝绸，七分袖，背后用扣子系起来。下身是薄纱裙摆，绣着常青藤和玫瑰。人们都开玩笑说，爱丽丝可能会在裙子下面穿长筒靴，不过她找到了最漂亮的串珠丝绸鞋，鞋头上还装饰着玫瑰花骨朵。她把手杖放在观众席的前排，若是需要就能拿到，不过她决心自己走过去。

“哦，亲爱的。”莎拉说，“你真是美得仿若天仙。休是天底下最幸福的男人。”

爱丽丝望向卧室的窗外。车道里满是车，载着身穿华服的宾客，缓缓前行，后座上放着包装精美的礼物。她能看到帽子，几乎能闻到香水的气味。她认识的人今天基本都要来。

她看到迪伦正在挪开一段绳子，好让新来的车进停车场。他穿着迷彩裤、反光背心。为什么看到他，她的心就暖暖的，而看到休，心则像是被丢进了冰桶里呢?

因为你要嫁的不是他，傻瓜，她告诉自己。她看到迪伦当然感觉安全了，因为他们之间没有风险。他对她来说不是改变。他那么坚实、可靠，总是在那里，就是这样，他以后也会永远在那儿。

“我有点晕。”她跟母亲说。

“我记得我跟你爸结婚的那天早晨也害怕极了。”莎拉说，“因为从现在起，你的整个人生都要改变了，但这不是坏事。”

“你跟爸爸在一起一直幸福吗？有没有想过这是个错误呢？”

她母亲看着她。

“我要是说没想过也许不同的人生更好的话，那就是在说谎。可是我觉得很多人都这样想过。路上总得有艰难险阻的。有时候你会跟婚姻里的另一半有分歧，或是不太懂他们的观点。但是总体来说，我还是很高兴嫁给了你爸。他是个好人，一个好丈夫，还是个非常棒的父亲。”

莎拉没有说自己不是个好人，不是个好妻子——不过她还是觉得自己算是个好母亲——是因为她希望女儿能享受自己的婚礼，不让她有任何疑虑，全身心地与休进入婚礼殿堂。

她拥抱了爱丽丝。

“你最近经历了很多困难，而你一直很勇敢。你值得享受美好的婚礼日，幸福的一生。我太为你自豪了。但我也想让你知道，无论发生任何事，我跟你爸都会在你身边的，无论如何。”

听了母亲的话，爱丽丝安心了许多。莎拉是这世界上她最敬重的人，也是她最信任的人。现在爱丽丝该站出来，接过责任的接力棒了，把匹斯布鲁克庄园变成她的全部生活，跟休一起。小别墅在等着他们，新刷的墙、新挂的窗帘格外鲜亮。

现在，她站在这儿，站在走廊的起点，四重奏小组正在演奏。她挽起父亲的手臂，挺直腰板。她看到走廊尽头休挺直的背，他穿着晨礼服，高大挺拔，黑发梳向脑后。他转头跟伴郎说了句话，她看到他那熟悉的笑容。

四重奏小组的进场曲已经演奏到一半了。再晚一些，她的进场就算迟到了。观众都转过头来，看为什么迟迟不开始。

爱丽丝开始走。还没人能看到她的脸，因为有奶油色的蕾丝面纱挡着，这是巴塞尔顿家族的婚礼面纱。没人能看到她脸上的疤。

他们只能看到爱丽丝的笑容。

爱丽丝脸上总是挂着微笑。

音乐停了下来，她刚好走到休的身边。她还是挽着父亲的手臂，不想松手。这是她最后仅仅身为女儿的时刻了。再过一小会儿，她就身为人妻了。

迪伦告诉莎拉，他不会作为宾客参加婚礼。

“那样我会不自在的。”他跟她说，“我还是更愿意在一边，确保一切顺利。”

“我不想让你觉得我们不接受你。”

“没关系，我知道你们对我好。我只是不想，你要是不介意的话。你能帮我跟爱丽丝解释吗？”

“当然了。”莎拉说，但迪伦这么想，她还是很难过。她一直以自己跟员工的好关系而自豪。她也有些怀疑迪伦这次怯场不光是因为社交尴尬。迪伦和休的关系不好，现在她明白了。

迪伦那天早晨很早就来了，确保一切布置都完美，维持停车场的秩序，让工作人员都明白自己的职责。宾客要从教堂走到大厅，午餐将在那儿进行，他得保证这条路上没有一点脏东西。连起来的棚子按照军队标准整齐排列，移动卫生间隐蔽地排列在树从之后。

他想着，所有人都到了酒席地点，他就可以逃了。他不想接着留在这儿，看爱丽丝出事那晚，那一群人醉酒的样子，他们定会再次喝得烂醉。他也不想留下来看休得意的脸。

迪伦径直走向自己的车。他没有回头看教堂。他能听到里面响起了带着胜利气息的进行曲。他把脑海中爱丽丝穿着婚纱的画面赶了出去。他启动了车，往白马酒吧开去，在那儿点了一小杯苹果酒和一颗苏格兰蛋。

“你刚刚的演奏真是场好球。”艾米莉亚收起大提琴时，马洛微笑着对她说。

“那可不是足球赛。”她微笑着回答道。她的演奏确实精彩。不知为何，一切都很自然。她的琴弓轻舞着拉出音符，每一首曲子都是如此。就连她根本没有参与排练，不得不即兴读谱的曲子也是一样，这些是她离开后他们商量加入的曲子。

“音乐天才。”马洛说。

“有天分的业余乐手。”艾米莉亚纠正道。她要是跟他，或是——她很不愿意承认——跟戴尔芬比，可还差得远了。但他们演奏得不错，现在宾客都已经就座，等午餐，他们就不需要演奏了。

两人之间的沉默有些尴尬。

“我该回书店了。现在所有人都得上阵。”

“哦。”马洛说。她觉得他似乎有点失望。也许他是想出去借酒浇愁？不过她不能跟他一起去。她早上急匆匆跑出来，已经很愧疚了。

“我载你一程。”马洛说。

“那太好了，谢谢。”

她把大提琴放进马洛车的行李箱里，坐进了车前座。她抓起自己的运动鞋，又穿上。他发动了车，她把头靠在头靠上。

“你还好吗？”她问道，“戴尔芬的事。”

他耸耸肩："会没事的。"

"那你想谈谈吗？"

马洛沉默了片刻："说实话，不怎么想。"

"那好吧，"艾米莉亚说，"你要是需要的话，知道到哪儿找我。"

马洛点点头："谢了。"

他当然不想跟她谈了，艾米莉亚心想。他可能要回家，喝光她送他的威士忌。男孩们伤心的时候不就这么干吗？她不会干涉的。

几小时后，爱丽丝想到，她结婚了。她的脸跟她的腿一样疼，因为笑得太多了。她得坐下来，还想上厕所。她从宴席脱身。有一群她不认识的女孩在抽烟，她们一定是休的朋友。她们比她在匹斯布鲁克的朋友要时髦多了，长长的腿、长长的头发、昂贵的衣服和香水，抽着薄荷脑香烟，把烟圈吹在朋友身上。

"嗨！"她对她们说，她们把她围起来，夸赞她的裙子，说她有多么幸运。

"你看起来太棒了。"其中一个说，她说自己叫露露，"休说得太严重了。"

"没关系的。"爱丽丝说，"现在有点疼了。我可能得坐一会儿。"

“哦，我说的不是腿。”露露说，“我是说脸上的疤。”

她指了指自己的脸：“他说你的疤很严重，给你化妆的人真是厉害。”

爱丽丝瞪着她，不相信自己的耳朵。她不相信会有人如此愚蠢、粗鲁，不相信自己的丈夫会在她背后说这么难听的话，而且还是跟这些浅薄、白痴的女孩。

“失陪。”她说着去了一个隔间。

她把隔间的门插上，努力不让眼泪落下。她告诉自己，休也许并没有说她的疤难看，那个女孩只是醉了，有点粗鲁而已。是她想太多了，仅此而已。她得坚强一些。

她听到高跟鞋的声音，刚才那群女孩进了卫生间。她听到露露的嗓音比其他人的都大。

“休说没有点‘货’的婚礼就不叫婚礼。”她说。

爱丽丝听到一阵欣喜的惊叹。

“我的天——太好了！”另一个女孩说，“他真是会玩。”

“他说他等不及在这儿开大派对了。”

“在水槽边上摊开吧。”另一个说，“我可不想从马桶盖上吸。”

爱丽丝站起身，调整了裙子，走出隔间。露露一脸微笑。

“你要来点吗？”她问着，拎起一小袋白粉。

爱丽丝想，她们太傻了，再加上烂醉，根本就不知道避讳，或者她们完全不知道她不是那样的人。她们可能觉得，既然她要嫁给休，就肯定跟她们是一路人。她伸出手。

“麻烦给我好吗？”

露露眨了眨眼：“当然了——你要是想先来的话。”

“谢谢。”爱丽丝接过袋子，低头看着它。

“有很多呢，”露露说，“足够我们每个人都爽一爽。”她咯咯笑着，“休说他即使搬到郊外，也不会变成乡下佬的。”

爱丽丝抓住袋子。“抱歉，姑娘们。”她说，“这是我的了。”

露露很愤怒：“你不能就这么拿走！”

“看你拦不拦得住我。”爱丽丝说。

她十分冷静地走下台阶，穿过草坪，回到宴席。没人敢跟着她。她看到休在他们的桌旁敬酒。他直视着她的眼睛，睁着眼说瞎话。她几乎，几乎能容忍可卡因，却容忍不了谎言。你怎么能嫁给一个这样的事都瞒着你的人呢？

她走到桌旁。休看到她，微笑着站了起来。

“我的美丽新娘。”他说。

她不打算质问他他对她疤痕的评价。她懒得说。

她只是把小袋子举到他眼前。他的脸一下子变得惨白。

“这么着吧，”她说，“你现在就离开宴席。周一早晨，你给自己的律师打电话，宣布婚姻无效。你会负担所有费用，你的，还有我的。我再也不想看到你。”

休张嘴反对，伸手想抓那个袋子，但她闪开了。

“不然的话，我就报警。然后这事就会上报纸，说真的，那样可就成大丑闻了。”

她用眼角余光瞥到，她父母正往这边来。

“亲爱的？”莎拉说。

“休会解释的，”爱丽丝说，“对吧，休？”

拉尔夫逼近了他的女婿：“怎么回事，休？”

“不是看起来的那样。我觉得爱丽丝有点……”

“爱丽丝怎么了？”爱丽丝说，“听着，我不想把事闹大。我希望所有人都继续享受，玩得尽兴。现在喊停就太可惜了。爸，也许你能帮休叫辆出租车？我觉得他这个样子没法开车。妈，我得去见个人。你能帮我招待客人吗？我一会儿就回来。”

莎拉犹豫了片刻。她不知道出了什么事，但一定很严重。事情不一定总是照她的想法发展。但她信任爱丽丝，那天早上才许下过诺言。她和拉尔夫一定会在她身边，不论发生什么事。她想，她知道爱丽丝会去找谁。

“当然了，亲爱的。”

爱丽丝给她一个拥抱，就离开了宴席。

她要留休在这儿做解释。她想到他的怒吼，不禁微笑了起来。他会想招数脱身。她父母肯定会好好修理他的，这点她很确信，而且他们还不会闹得太过难堪。

她走到了房子后面的院子，她的旧老爷车停在那儿。她在围墙顶上摸索着找到了钥匙。她一直把钥匙放在那儿，因为放别处她肯定会丢的。她发动了车，倒车。还好，她只喝了一杯香槟，因为她还在吃止痛药。她掉转车头，开进了车道。

迪伦已经在喝第二杯苹果酒了。他最好不要再接着喝了，也许该再吃点东西，又或许他该回家了。酒精的问题就在于，人总以为喝酒能让自己好受一些。

布莱恩走到他身边时，拍了拍他的背："怎么没去最盛大的年度婚礼呢，伙计？"

"没赶上。"迪伦说。她现在应该已经结婚了，他想。他喝了一口酒，然后放下了杯子。酒味酸酸的，他不想再喝了。

门口有一阵骚动。他转头看，皱了皱眉。外面很黑，他看不大清。但门前的那个身影穿着白裙，婚纱。她头上的头纱掉了，裙角都粘着泥巴。

"爱丽丝？"

她走到了他的桌边。

"我要一杯接骨木花糖浆，"她说，"也许再来点薯片吧，加盐和醋。"

她在晃悠悠的长凳上坐了下来。

"你怎么了？"他问道，"你不是应该……"

“我有点把事情搞砸了。”她说，“但我想，找个好律师应该能帮我脱身。我早该意识到的。”

“意识到什么？”他看着她，她的睫毛膏花了，她精致的发型全乱了，口红也抹乱了。

“我想跟你在一起。”她说。

“我？”

“你总是在我身边。我们相处的时候总是那么愉快。你跟我一样爱匹斯布鲁克庄园。最重要的是，我想要你吻我。”

有那么一刻，他以为这是在开什么玩笑。他要是做了那件他早就想做的事，休会不会提着手枪冲过来。

算了，就算是被打上一枪，能吻到爱丽丝，也是值得的。

她的面纱又掉下来，遮住了她的脸。他把面纱拉起来，看着她的全部：她美丽的眼睛、可爱的嘴唇。

然后他吻了她。他吻着她，心里暗自发誓，他一定会照顾她，保护她，一生一世，不论发生什么事。

第二十五章

两周后，夜莺书店的装修结束了。

书店仍然留着从前的影子，但整体看来更新、更亮。墙刷成了浅灰色，书架是白色的，标签是人工刷上去的。

碧把每个区都设计成了一个独立房间的样子。虚构类文学区里放了一个软软的沙发，两边分别放了一张小桌子，桌上的罐子里是新采的玫瑰花。犯罪类放在壁炉旁，摆着一个格子靠椅，还有波斯地毯，你几乎可以想象到夏洛克·福尔摩斯靠在椅子上，抽着烟斗。

他们选在十二月的第一周重新开业，为圣诞节做准备。根本没有时间筹办派对，但艾米莉亚还是办了一个小型开业仪式，邀请所有帮忙的人来：朱恩、梅尔、戴夫、杰克逊和他的伙计们、碧、安德利亚……

“非常感谢大家能来，”艾米莉亚说，“这对我来说意义重大。我知道父亲会感激你们所有人的。”

她把营业标牌转了一下，显示营业中。

人行道上有人在等着，急切地想光顾书店，一天里客流都没停过。收银台甚至排起了队，还好艾米莉亚预测到了这种情况，雇了三个新店员在圣诞节期间帮忙。

一天结束，她感谢所有员工，跟他们道别，但还没关门，门口的铃就响了。她正要跟进门的人说他们今天打烊了。

可进门的是马洛。他微笑着，手里拿着一瓶皮耶爵香槟。

“关门了吗？”

“可以破个例，只为你。”

“我想在开业日买本书，配合一下好日子。”

“那进来看吧。”

他把酒瓶放在收银台上，赞赏地打量书店。

“真棒，艾米莉亚。”

她也左右看看，试着从他的视角看。确实很棒。突然间，她被强烈的情绪所淹没，因为她最希望在这里的人，不在了。她感到泪水开始充盈她的眼眶。

“嘿！”马洛马上走到她的身边。

“抱歉，我只是特别希望他能看到这些。”

“当然了。”马洛搂住她。他用一根手指擦掉了她的眼泪，

“他肯定会为你自豪，你知道的。”

艾米莉亚点点头。她应该振作起来，去把香槟打开。可是她不想离开他的怀抱。实际上，她还想靠他更近一些。她闭上了眼睛。

他们就那样站了一会儿，紧紧相拥，两人的呼吸融合成一个节奏。

“你想要哪本书来着？”最后，她问道，几乎说不出话来。

“能不能找到这样一本书，一个男人很久很久都没有意识到，他爱的人其实就在他眼皮底下？”

“那种可多了，”她说，“能具体一点吗？”

“呃，”马洛说，“他是个小提琴手，她开书店。”

她睁开眼睛，突然意识到他在说什么。

“哦，”她说，“那我觉得没有。”

“那该有人写一本了。”马洛冲她微笑着说。

艾米莉亚咽了口唾沫，努力消化他话里的意思。

“是真的吗？”她问道。

“真的，自从看你在追念仪式上拉了《天鹅》。你那么害怕，可又那么勇敢，你的表演里充满了爱……我从没见任何人那样演奏过。”

“哦。”艾米莉亚不知道该说什么好。她不知如何反应，无论是对他的表白，还是他对她表演的评价。

“戴尔芬比我还早意识到，”马洛说，“这也是她离开的原因。她在这方面很厉害。她说她不想碍事。”

艾米莉亚不知怎样回答，只是把头靠在他肩上，她感到他的双臂紧紧拥住了她。

“那么，这本书的结局该怎么写？”

“哦，当然是幸福的，”马洛说，“所有的好书结局都是幸福的嘛。题目就叫作……书店里遇到爱。”

他们就站在那儿，紧紧相拥。

“听起来像，”艾米莉亚说，“史上最棒的书。我要一下子买五十本。”

第二十六章

那是匹斯布鲁克的平安夜。

从早上起，街道上就一直熙熙攘攘。肉铺的队排出了店外，人们都去取火鸡和鹅；匹斯布鲁克奶酪店也全员上阵，卖出一大块一大块的车达奶酪，一份一份的斯蒂尔顿奶酪，一盒盒法式夹心蛋糕。一个唱诗班劲头十足地在市场里的圣诞树边表演。空气新鲜而凉爽，蓝蓝的天空中点缀着饱满的白云。

“日落之前肯定会下雪的。”詹姆的父亲抬头望着天，眼神仿佛在说他什么都懂。

即将降落的雪给这一天增添了一分急切。人们的眼睛都亮亮的，鼻头粉粉的，脸上都挂着大大的微笑，在街上匆忙把事情办完，回家团聚。

夜莺书店里，艾米莉亚从早晨九点开门起，还没顾得上喘一口气，她都差点成了踩踏事故的受害者。她不知道人们怎么放心等到这时候才买礼物，不过她也不会抱怨。他们买得太多了。托马西娜做了好几加仑香料热红酒，客人挑书时就递给他们，空气中弥漫着浓浓的丁香和肉桂的香气。她跟劳伦还一起做了姜饼小人儿，给等父母买东西的孩子们吃。

碧负责包礼物。包书真是一项让人舒服的活儿，直直的边、尖尖的角，而碧这个完美主义者更是把书的包装改造得更加精致。

包装纸用的还是朱利叶斯惯用的普通棕色纸，然后用红色绸带绑起来，再在书脚上印上“来自夜莺书店的圣诞问候”。

朱恩和艾米莉亚忙着给顾客推荐书：她们两人很好认，碧给她们做了红色的天鹅绒精灵帽。艾米莉亚卖出了《戴帽子的猫》、伊妮德·布莱顿、《火车头托马斯》《花仙子》等礼品书，福尔摩斯探案选、园艺百科全书和阿加莎·克里斯蒂套装，以及数不清的烹饪书、传记、地图册。

一个穿深蓝色大衣的男子冲进来，问送他的妻子什么好。艾米莉亚想象着一个漂亮女人，站在一栋美丽的格鲁吉亚宅子里，于是给他推荐了卡扎勒特系列，因为她认识的人只要是读过这套书的，还没有人说过不喜欢。

下午四点钟，书店突然像被施了魔法一样，一下子空了。艾米莉亚穿上外套，关上门，掏出钥匙反锁住。她想到今天卖出的那么多书，想象着它们明早被拆开，人们坐在满是包装纸的地板上翻开书，或是举着一杯香槟在沙发上蜷起来，或是坐在壁炉旁，看栗子被烤熟，瞬间被带往书中的世界。

她转过身，马洛站在她身后，微笑着。

“准备好了吗？”他问道，而她点点头，挽住他的胳膊。

他们沿着商业街往教堂走去，一路上的商店都在关门。然后，呼吸着周围凉飕飕的空气，她抬头看到天鹅绒般的天空里，有一颗明亮的星，她知道不现实，却忍不住想，那也许是朱利叶斯，他在冲他们微笑，为他们骄傲。

“你乐什么呢？”马洛问道。

“我很快乐，”她说，“我没想到我会觉得快乐，这是我第一个没有他的圣诞节，当然，我还是特别特别想他，但是……我挺快乐的。”

马洛用一只手臂把她揽进怀里，紧紧抱着她。她不需要解释，他是她快乐的原因之一，因为他知道，这也是她快乐的原因之一。马洛总是懂，不需要她说。

教堂里挤满了人，但艾米莉亚还是看到了朱恩朝她挥舞的红手套，他们跟她招手，挤过坐好的人们，走到靠前的位置，边走边道歉，微笑着跟周围的人打招呼。当然了，巴塞尔顿一家坐在前排：莎拉戴着一顶皮毛帽，坐在拉尔夫旁边，爱丽丝靠在迪伦肩上，迪伦好像还不太习惯这样亲昵的姿势。

教堂静得针落可闻，迈克·吉利斯皮上台朗诵“敲出钟声吧，狂野的群钟”，他独特的音色加上些许西科克郡口音，让台下的听众全神贯注。

敲出钟声吧，狂野的群钟，敲向狂野的天空，
敲向飞翔的云团，敲向结霜的光芒……

艾米莉亚看到身边的朱恩眼里会聚了骄傲与爱慕。他现在顶着一头白发，鼻梁上架着眼镜，迈克早就不是她当年爱上的那个耀眼的年轻明星了，但他还是有让观众目不转睛的能力，丁尼生的文字在教堂里回响。

敲灭让你心灵衰竭的悲痛，
为我们在此不再看到的人们……[1]

艾米莉亚感到马洛轻轻捏了一下她的手臂，又一次因为他的懂得而更爱他。她看了看莎拉，好奇地想她此刻在想什么。她用插在口袋里的手摸了摸一会儿要送给莎拉的软包裹。她是在收拾办公室的时候从抽屉里找到的。她知道这是送给莎拉的，她一定

1 万之译。

得让她拿到，虽然这可能唤醒她的各种感情，有喜有悲。

她看着迈克走下台，回到朱恩身边，看着她轻声对他说“好样的”。他微笑着道谢，即使他是得过奥斯卡的优秀演员，根本不需要听别人夸赞他，艾米莉亚很爱这一刻。她觉得很自豪，她也算为他们最终走到一起做了些小贡献，而他们两人本来都担心自己会孤独度过余生。

杰克逊也带着米娅和菲恩来了，她知道，明早除了新的足球、滑板、波波枪，菲恩还会拿到他的第一本《哈利·波特》，她希望这个圣诞节的午后，杰克逊和菲恩能一起蜷在沙发上，开始前往霍格沃兹的旅途。

目之所及，到处都是她熟悉的面庞。

之后，她跟马洛一起去匹斯布鲁克庄园的大厅里参加平安夜酒会。楼梯旁放着一棵巨大的圣诞树，有两层楼那么高，篝火燃得正旺，拉尔夫一手一瓶酒，跑来跑去地给大家添酒。

艾米莉亚躲开庆祝的人群，在厨房里找到了莎拉，她正从炉子里取出香肠卷，把它们摆在银盘上。

“我找到一件东西，”她说，“在办公室找到的。我觉得这是送你的。我知道父亲肯定希望我交给你。”

莎拉站起身来，双手捧着盘子。她睁圆的双眼里满是不确定。

“哦。”她答道。接着，她放下盘子，用一块茶盘盖布擦了擦手。

“我可以把东西放在这儿……”艾米莉亚指了指餐桌。

“不用，拜托了。我希望你留下，看我打开。”莎拉左右看看，仿佛是害怕有人听到她们的谈话，可这里很安静，远离喧闹的人群。她接过小小的包裹。艾米莉亚打开包裹之后又重新粘上了胶带，不过她小心地从下面抽出了一条围巾：一条长长的德沃尔面料围巾，深夜蓝配银灰色，还有丝绸般光滑的流苏。

她点点头，好像在说这正是朱利叶斯会为她选的礼物。她把围巾贴在脸上，用脸颊感受它的柔软。

她开口时声音有些沙哑：“我总感觉他下一秒就会走进门来，告诉我他选这个是因为颜色跟我的眼睛相称。”

艾米莉亚想象着父亲在商店里比较着围巾的颜色和材质，举起来对着光看，直到他找到合适的那条。

“他是最会选礼物的。”

“谢谢你，艾米莉亚，谢谢你找到了它。谢谢你把它带过来。”

“爸肯定希望我这么做的。”

莎拉把围巾叠了起来，装回包装里，刚好赶上拉尔夫出现在门廊里。

“亲爱的，香肠卷呢？大家都饿坏了。喝了那么多酒，得吃点东西填肚子啊。”

艾米莉亚微笑着转身，莎拉端起盘子：“就来了。”

她们两人一起走进人群里，渐渐与对方走远。她们之间这段联系会一直存在，这是她们两人的秘密，不需要说出来。她们知道，要是想一起思考，一起回忆，她们就在彼此身边，互相安慰。

这种情况并不寻常，艾米莉亚想，可什么情况才算是寻常呢？人生的意义不就在于，你永远不知道下一秒会发生什么吗？有时候是好事，有时候不是好事，但总有惊喜。她默默地笑了，穿过房间，看到马洛站在篝火旁，跟两个健朗的老太太聊天，她们打量他的眼神简直像是狐狸打量逃出鸡舍的鸡。

“快看！”有人喊道，“下雪了！”

所有人都冲到窗边朝外看，几乎在发光的雪花在花园里金色灯光的照射下翩翩飞舞。它们落在地上，越来越快，好比聚光灯下小小的芭蕾舞演员。

“你觉得咱们现在走好吗？”艾米莉亚问马洛，“别等雪下大了，走不掉了。”

“那走吧。”马洛说，“我总害怕被谁生吞了。”

他们小心翼翼地溜了出去——没完没了的道别和圣诞祝福只能冲淡喜悦。马洛发动了车，打开暖气，在风雪中小心行驶，两边的雨刮器快速运动着。音响放着剑桥国王学院的圣诞颂歌。他们好像躲在一个舒适的泡泡里，远离外面的世界。

“白色圣诞节。”艾米莉亚感叹道，他们周围的景色变成了冰雪的奇妙乐园。这是他们的第一个圣诞节，她默默地微笑，想起早晨在他家醒来，她给他放了礼物的袜子挂在壁炉边。

他们把车开进了匹斯布鲁克，马洛开到桥中间停了下来，艾米莉亚看着夜莺书店，窗子仍然透着屋里的亮光，房顶上已经落了一层白雪，她在心里默默说：“圣诞快乐，爸爸。”然后车再次启动起来，开到桥的另一边，沿着商业街开进纷纷雪花中。

译后记

书店，似乎早已被现代人所遗忘。没有电商的折扣，没有电子书的便携，书店好像渐渐走出了大多数人的生活。可每当我捧起一本书，总是会有无数关于书店的记忆涌来。

高中时喜欢在体育课和自习时躲在操场旁的书店里偷看书，全是教辅的书店里，有一两个书架上摆的是文学书，我就是在那儿一本一本读完了村上春树的全集，也是在那儿开始认识后来迷得一发不可收的当代英文文学。曾经躲在书架后堆货的地方，被书店老板抓住过。后来回忆这段时光，不禁觉得这事有些林海音《窃读记》的感觉。

在美国实习的时候，工作很忙，最开心的时候就是下了早班多坐一站公交去连锁书店巴诺书店看书。工作日看一下午，休息日可以看一整天。这家店很开放，摆着几张桌子，供阅读俱乐部讨论，也有学生去那儿写作业。我则是每次进店就搜罗几本书，一本一本换着看。后来我还有了自己最喜欢的座位，为了抢好的座位尽力去早些。在那儿看书看了半年，直到离开时才买了几本书，加上几份纪念品，我拿着创意写作练习的本子去结账，收银台的小哥问我是不是作家，我笑答，不算，不过是想试试写作罢了。我终究没有写下多少东西，因为只顾翻译别人的文字。

去一座城市，最开心的也是拜访那儿的书店，因为想见识大名鼎鼎的鲍威尔书城（号称是全世界最大的独立书店），专程去了波特兰；也去过洛杉矶的“最后的书店”，纽约的众多独立小书店，每家书店都有自己独特的灵魂。多一本书不多，少一本则是一辈子的遗憾。

读“写书的书”对爱书之人来说，无疑是巨大的乐趣，就像《偷书贼》里一样，不论你的人生上演着怎样的故事，书都可以是灵魂的港湾。

《夜莺书店》是一个温馨的故事，发生在英国的书店里。说起英国书店，不得不提电视剧《布莱克书店》，虽说二者风格完全不同，却同样有着英国小镇书店那种独立感，而能改变读者人生的，正是这种不起眼却是一些人全部生活的书店。

愿每位读者都能找到属于自己的心灵港湾，在最爱的书店里，一杯浓茶、一首慢歌，体验一家书店里的悲欢离合。

2016年10月

图书在版编目（CIP）数据

夜莺书店 / (英) 维罗妮卡·亨利著；王思宁译.
—北京：北京联合出版公司，2017.5

ISBN 978-7-5596-0002-8

Ⅰ.①夜… Ⅱ.①维… ②王… Ⅲ.①长篇小说–英国–现代 Ⅳ.①I561.45

中国版本图书馆CIP数据核字（2017）第064584号

著作权合同登记号 图字：01-2017-2515

夜莺书店

作　　者：（英）维罗妮卡·亨利
译　　者：王思宁
选题策划：北京磨铁图书有限公司
责任编辑：牛炜征
封面设计：所以设计馆

北京联合出版公司出版
（北京市西城区德外大街83号楼9层　100088）
北京慧美印刷有限公司印刷　新华书店经销
字数：240千字　889mm×1194mm　1/32　印张：12.75
2017年5月第1版　　2017年5月第1次印刷
ISBN 978-7-5596-0002-8
定价：48.00元